东方创 著

天津出版传媒集团

天津人民出版社

图书在版编目（CIP）数据

地藏：长白王陵 / 东方创著 . -- 天津：天津人民出版社，2018.8
ISBN 978-7-201-13545-8

Ⅰ . ①地… Ⅱ . ①东… Ⅲ . ①长篇小说 – 中国 – 当代 Ⅳ . ① I247.5

中国版本图书馆 CIP 数据核字 (2018) 第 155944 号

地藏：长白王陵
DI CANG CHANG BAI WANG LING
东方创 著

出　　版　天津人民出版社
出 版 人　黄　沛
地　　址　天津市和平区西康路 35 号康岳大厦
邮政编码　300051
邮购电话　（022）2332469
网　　址　http://www.tjrmcbs.com
电子信箱　tjrmcbs@123.com

责任编辑　章　赪
封面设计　王　鑫

制版印刷　天津旭丰源印刷有限公司
经　　销　新华书店
开　　本　787 × 1092 毫米　1/16
印　　张　17
字　　数　173 千字
版次印次　2018 年 8 月第 1 版　2018 年 8 月第 1 次印刷
定　　价　49.00 元

目录 Contents

第一章
殡仪馆

市郊殡仪馆，8 月 29 日，夜 23 点，暴雨。

豆大的雨点“噼里啪啦”地打在殡仪馆的玻璃窗上，砸得人心慌，间或有树枝扫到窗上，投下鸡爪似的阴影。

急刹车刺耳的声音盖过了雨声，一辆黑色奔驰停在殡仪馆门口。茶色玻璃徐徐放下一半，但天色已晚，看不清车内情况，只听到一个女人的声音从车内传出来：

“给陈馆长打过电话了？”女人声音冷漠。

“打过了。已经安排焚尸工接应。”驾驶座一颗脑袋探出车窗，显然看到了什么，他的声音因紧张而发颤。隔了几秒钟，驾驶座车门开了，男人弯腰护着脑袋出来，他身形模糊，一身黑衣，仿佛整个人都融进了周围漆黑的环境中。他晃了晃手电，看向荒草丛生的四周，脚下的黄叶翻动着身子，像是断翅的蝴蝶，在黑亮的鞋帮上呻吟缠绕，他丝毫没有发觉，急忙跑到殡仪馆门前的遮雨棚下。

锈迹斑斑的铁门赫然在前，男人举起拳头捶了两下。忽然听到“吱嘎”一声，男人受惊似的退了两步，这才看到殡仪馆的大门缓缓开启。门内的灯光由远及近，依次亮起。一个壮汉踏着光亮走了过来，身后拖着长长的影子，他的影子由矮小变得高大，走到门口时，殡仪馆门口的灯也亮了。

壮汉穿着雨衣，满脸的络腮胡子，盯着面前的男人，目光犀利，充满戒备。男人勉强挤出一丝笑容，不由得伸出了手：“您好，您是张飞师傅吗？我叫陈皮子。”

张飞掏出手，却没有握手的意思，而是戴上黄色的橡胶手套。他皱眉盯着奔驰车，用速战速决的口吻说：“遗体在哪儿？”

陈皮子愣住了，还未回答，张飞已经起步，径直向车子后备厢走去。经过车头时，他停下脚步，盯着车内看，迎接他的是一道雪亮的目光。张飞感觉身子一震，不敢再看，吹着口哨走开了。

这么多年来，张飞经常要处理一些私密性很强的“清扫”业务，他很容易就从女人的眼神中猜到了她的意思：不该知道的事别打听，不该见到的人别去看。

这个女人给他一种凛冽的杀气，像个女特工。实际上这个女人符合特工的所有条件，冷艳，红唇如血，一身黑风衣衬得身材如猎豹般流畅、优美、矫健、有力，仿佛只要锁定猎物，随时都可以发出致命一击。

张飞来到车后，只听“滴”的一声，后备厢露出一道缝隙，张飞掀开了后备厢盖儿。

后备厢宽敞干净，横放着一个用白色塑料膜包裹住的物体，从轮廓上看，显然是一个女人蜷缩的尸体。张飞刚伸出手，却像烫着了一般又猛地缩回了手。

“怎么了？”已经赶到的陈皮子问。

“没什么。”张飞擦掉额头的雨水以掩饰惊恐。

张飞定下心神，继续拖动女尸。这女尸太不正常了。一般人的尸体都是僵硬的，而这个女尸却与活人一样柔软，看来是刚死不久。他想起车内女人凛冽的眼神，又打了一个寒战。女尸的背部异常拱起，透过薄膜，张飞看到她的手腕有一处横拉的裂口，裂口很宽、很深，几乎将手腕切下来。他“不小心”扯破了塑料膜，摸到女尸的皮肤，竟然滑如泥鳅，仿佛刚在油里泡过。张飞抓了几次没抓住，那种黏滑的感觉让他觉得自己仿佛在摸着一条蛇。

刚才在车内的女子已经下来了，在旁边盯着他看，那冷冷的目光让张飞不回头也觉得冰冷刺骨，冷汗顿时出来了。他不敢再磨蹭，也不敢去看女尸长发遮住的脸，快速封好塑料膜，抓紧袋口，拖出，往肩上一扛，挺腰便走。

一般碰到这种半夜来的私活儿，都会有某些不足为外人道的原因。张飞也总是能旁敲侧击地用这些私密性很强的把柄来敲客户一笔。但今晚，他却不由自主地收起了这种想法，只想赶紧完事，打发这两个瘟神走人。

陈皮子打着伞，遮着扛着女尸的张飞蹚着雨水急步向大门走去。

死寂的走廊，污秽的瓷砖，破烂的玻璃窗。在下着瓢泼大雨的夜晚中，一切都显得触目惊心。嘶嘶作响的日光灯，挣扎了一番后熄灭了，走廊里陷入黑暗。接着殡仪馆里的所有灯都灭了。

“真倒霉，这个时候停电了！”张飞咕哝了一句。“咚咚”的脚步声在深长而逼仄的走廊里回响着，如心跳过速的搏动声。

两人停住脚步，虽看不见彼此神情，但都能在黑暗中感觉到对方的恐惧和惶乱。一声叹息幽幽传来，张飞身子猛颤，他艰难回头。他想告诉别人刚才的叹息声是从耳边女尸传来的，但是很快又自我否定了。自己一定是太紧张了！女子的口鼻被薄膜封得这么紧，正常人屏息不超过半小时，她不可能还活着。

陈皮子在后面推了推他，张飞才回过神来，两人借着窗外电光，快步向焚尸间跑去。

然而转过拐角，两人都停住了脚步，紧张地盯着焚尸间方向。

焚尸间竟然有光亮透出来。

怎么可能？如果停电，不可能只有焚尸间的灯还亮着！

身后微不可闻的脚步在靠近，陈皮子转身挥伞，但是挥到半空的伞却再也动不了了。

“唐姐……”他声音颤抖地叫了一声。

张飞也转身，看到车内的那个女人手里拿着白色塑胶瓶。张飞立刻意识到里面装着汽油。

黑暗的走廊静悄悄的，那个叫“唐姐”的女人朝陈皮子点了点头，把汽油瓶交给他。她走在前头，潜行到焚尸间，焚尸间透出的光亮十分突兀。“唐姐”从靴筒拔出军刀，猛地踹开焚尸间的门，冲了进去，两个男人随后进入。

焚尸炉外墙发黄、发黑，两个拱形窑口如同黑洞洞的眼睛，直勾勾地看着众人。窑口墙面粘着多年焚尸而熏出的尸油，这些黑色尸油本来都风干了，不知道怎么回事，竟然在融化，还有不少滴到地上，如同石料厂里肺尘病人吐出的黑色浓痰，恶心而触目惊心。窑墙上面横排着一串铁环，挂着布满窟窿的工作服、烧焦的秃头火棍和钩尸的锋利火钩。停放在中间的推尸车最为显眼，台面龟裂，纹路如同掌纹的三叉戟，长满梅毒丘疹状的褐色铁锈和毛茸茸的黑色霉斑，而在台面边缘并排摆着两根烧剩下半截的白蜡烛，烛芯在火焰中扭曲地透出黑头，像受难者的躯干，发出一阵怪响，烧出的烛油顺着烛体滴到推尸车的轮子上。

民间守灵，会在灵前点两根白烛。这殡仪馆明明废弃已久，怎么会突然多出两根烧剩下半截的蜡烛，难道有人为死者守灵？这死者难道就是背上的尸体？张飞吓得一激灵，尸体掉到地上。

陈皮子被突然而来的声音吓了一跳，瞪了张飞一眼。

“唐姐”却丝毫不受影响，她快速扫视室内，目光锁定在窗户上。窗户大开，玻璃破碎，地上还留着杂乱的脚印，显然刚才有人破窗而入。

这人是怎么知道焚尸的事，他究竟是谁？“唐姐”在窗前查看。陈皮子搜索可能藏人的地方。显然人已经走了。

“动，动，动了！”张飞结巴的惊叫吸引了两人的注意力，他手指颤抖，指着地上静静躺着的尸体。陈皮子像受到侮辱似的冲过来，一把抓住张飞的衣领：“你再捣乱……”

“真的动了，真的动了！”张飞蜷着身体，任由收紧的领口勒着脖子，“我要是说谎，就叫我天天撞着鬼！”

陈皮子见张飞说得真切，因紧张反而将张飞抓得更紧。

“唐姐”试着朝女尸踢了一脚，女尸不动。

“把尸体烧了！”“唐姐”意味深长地盯着张飞，但这句话却是对陈皮子说的。显然，她没有排除张飞搞鬼的可能性。她来到窗前，越窗而出。

陈皮子松开张飞，心悸地看了看女尸，说：“她已经死了，死人变不了鬼！咱们别自己吓自己。快点儿，去把焚尸炉打开！”

张飞开了加热器与炉灶，在等待加温的时候，陈皮子拧开汽油瓶盖，把汽油泼在女尸身上。突然他脑袋剧痛，伸手去摸，黏稠的液体从脸上淌了下来，他讶异地看到满手的血。张飞又一棍砸过来，陈皮子只觉得眼前一黑，身体晃了晃，便倒了下去。

张飞嘲讽地踢了踢陈皮子：“敢对你张爷爷动手动脚，真是活得不耐烦了！”他拿火棍尖头划开薄膜，伸手在女尸身上摸索。他的手停在女尸腰部丝袜上，抽出一本册子，翻了翻，塞进怀里，不由得意地吹了声口哨。

就在这时，张飞突然觉得女尸真的动了。他揉了揉眼，定睛看去，乌黑长发斜遮半边秀丽的脸，一只桃花眼上挂着眼泪，张飞鬼使神差地拨开头发，竟然发现女尸另一只眼是睁着的，正斜着望着他。他越看越不对劲儿，突然意识到这张扭曲的脸竟然与那个“唐姐”长得一模一样。张飞倒吸一口凉气，再去看，这不就是活生生的“唐姐”吗？！怎么会有两个一模一样的人，她怎么会烧死自己？！张飞只感觉背脊冰凉，想喊，却喊不出声来，想逃，却是双腿发软动不了。

第二章

复 活

唐嫆跳出窗外，集中精神在泥路上追寻足迹，然而追了十多分钟，她突然发现足迹绕了一圈，竟然又回到了殡仪馆，只不过这时的足迹没有先前那么清晰了。唐嫆暗道不好，刚到殡仪馆门口时，月光下一个人影从门口窜出来，看体形是张飞无疑。

“站住！”

张飞却没有站住，反而加快了速度，看来他是想钻进前面密林里。情急之下，唐嫆拾起石子朝张飞掷去。她特警出身，手头很有力道和准头。

张飞踉跄一下摔倒在泥水里。唐嫆三步并作两步，制住反抗的张飞。

在回殡仪馆的路上，唐嫆迫使张飞交代了所有事情。据他说，昨晚10点，“罗爷”突然找到他，许以重金，让他别惊动唐嫆，从女尸身上偷一本册子。所以张飞才算好保险丝烧断时间让殡仪馆断电，并自编自演了一出好戏。

“还瞒着我！”唐嫆手中用力，张飞反剪于背的关节“咯咯”作响。

“我真不知道罗爷是谁！他们都叫他罗爷！”张飞杀猪般大喊。

唐嫆再用力，张飞痛得抽搐起来，他的声音仿佛将死的老人，苍白缓慢：“杀……杀人……我……我不会说出去的……”“你别……别……杀……杀我……”

张飞已经意识到唐嫆与女尸应该是孪生姐妹，她连亲人都可以杀，张飞宁愿现在碰到的女人是鬼。唐嫆见张飞如此说，松了些力道，但依旧推搡着张飞往前走。

张飞认定唐嫆要杀人灭口，双脚顶住门口台阶，用力抵住不再前进。他宁可现在这样死，也不愿意被活活烧死。

“我没……没看她的脸……”

“少啰嗦，快点儿走！”张飞的话更让唐嫆生疑，她被张飞的话搅得心神不宁，更为焦急。她抬膝往张飞腰上一顶，对着他的脚后跟一阵猛踢，以四两拨千斤之力迫使张飞脚部的力量改变了轨迹，踉跄着向前跌去。

昏黄的烛光摇曳着，唐嫆很快就见到了女尸的脸，脸色顿时白了。

张飞见唐嫆分心，转身就逃。没想到唐嫆动作极快，膝盖压在了他身上，拔刀顶着他的脖子：“说！你为什么把我妹妹弄到这里来！”

唐嫆的杀气张飞明显感觉到了。他吓得浑身哆嗦，一个劲儿地哀求：“别杀我！”他在身上慌乱地摸索，掏出小册子给唐嫆，“是罗爷让我干的，都是罗爷！”

房内死一般寂静。

唐嫆一张俏脸狰狞凶恶，双目如有火在烧一般，一使力，张飞脖子上有血流了出来。

“真不关我的事，我都不知道，都是他们要这个小册子，你都拿去，求求你放过我……”张飞语无伦次起来，把从女尸身上偷来的钱和小册子拼命往唐嫆手里塞。

唐嫆憎恶地盯着张飞，一脚把他踢飞，张飞顿时晕死过去。

唐嫆俯下身，撩开女尸左耳头发，只见她耳廓上赫然有一颗淡淡的黑痣，这痣比芝麻粒还小，一般人哪能发现？但是唐嫆与妹妹耳鬓厮磨这么多年，又怎么会认不出？

唐嫆眼眶顿时湿了，腿一软，虚脱般坐在地上。

她茫然地看着女尸，脑中混乱至极。妹妹的午夜电话，让她焚尸，原来是为了烧死妹妹自己！

唐嫆和妹妹都是孤儿。唐嫆很早就学会了各种农活儿，洗衣、做饭，甚至种菜，柔弱的妹妹总是跟在她屁股后头，帮着姐姐一起干活儿。他们在姨妈的抚养下长大，生活平淡快乐，但是姐妹俩一直都有个心结，就是爸妈去了哪里？

失踪似乎成为唐家的烙印。一个月前，唐幂说找到了爸妈失踪的线索，他们跟队去了长白山，结果考古队员全都离奇失踪。而昨夜，唐嫆偏偏接到妹妹声嘶力竭的电话。

“姐，我出了麻烦了，你一定要帮我……什么都不要问，什么都不要说！我只要你火化了这具尸体，是的，必须今晚火化干净……你千万不能看那具尸体，你发毒誓……发生了可怕的事，今晚必须烧掉她！”

妹妹性情温和善良，平常杀鸡都手软，更不可能杀人。这女人不会是妹妹杀的，即便是误杀也不可能。既然妹妹执意不说女人怎么死的以及为什么要火化一具尸体，唐嫆决定从其他的问题切入以寻找真相，便问妹妹发生了什么事，考古队究竟怎么失踪的？还有没有其他人回来？她又是怎么回来的？电话却断了……

唐嫆陷入思绪之中，完全没有注意到女尸睁开眼睛，正斜眼盯着她。

“唐姐，小心！”不知道什么时候醒来的陈皮子推开唐嫆，突然觉得脖子很痛。

唐嫆大骇，瞪大眼睛看着这一幕，她不明白已经死掉的妹妹怎么突然活了，直到看到陈皮子扭曲的脸及脖子上鲜红的血喷射出来，她才冷静下来，挥掌切向女尸的颈动脉，只是却像打到棉花上。唐嫆抱住女尸往后拖，但女尸力气大得吓人。陈皮子双手乱划，鲜血喷涌不止。女尸的牙齿还在进一步撕裂，只要咬断颈动脉，陈皮子必然失血而死。空荡的焚尸间回荡着惨叫声，格外撕心裂肺。唐嫆再也不顾忌妹妹是否还活着了，她抓起锋利的火钩钩住妹妹，用力往后拖。弯钩钩破衣服，将皮肉扯得直响，女尸被拖得步步后移，被她咬着的陈皮子也被步步往后拖。陈皮子突然被松开了。女尸借着铁钩拉扯之力，张牙舞爪地扑向唐嫆。

唐嫆手肘弯曲，猛击女尸脑门儿。还没待女尸从地上爬起来，唐嫆拉来推尸车往女尸身上碾去，狠狠地将她压在轮下，并把自身的重量压在车上，压住咆哮如雷的女尸。

唐嫆找到绳索将女尸捆了起来，拿布条塞住女尸的嘴巴，以防她咬断绳索，随后为陈皮子包扎止血。这一切做完之后，唐嫆才松了口气。

妹妹怎么会活过来，难道只是假死？妹妹手腕的伤口明显是想割腕自杀，害怕杀不死自己，还特意嘱咐她来焚尸，究竟是为了什么？难道真如影视作品中所讲的，妹妹被恶灵附体，必须得焚烧才能死吗？

“之前可是一点儿脉搏也没有的，怎么突然活了？”陈皮子捂着脖子，声音颤抖，“唐姐，现在怎么办？”

“送医院！”唐嫆想到了另一个可能。

“我听说南洋有一种邪术，可以下降头让人假死，但当死人活过来时，就变成了厉鬼……”陈皮子也猜到了另一种可能性，“前几年我们不是碰到过这种案子吗？”

唐嫆想了起来，那是一个妻子因为丈夫不忠而心生怨毒，以去泰国旅游为由，请降头师为丈夫下死降，结果回国没几天，丈夫无疾而终。婆家怀疑是儿媳害了儿子，却苦于没有证据，准备解剖尸体查明原因，却遭到儿媳坚决反对。当时天气炎热，尸体也不宜久留。唐嫆赶到时，已经封棺的尸体正摆在道堂做道场。唐嫆他们半夜撬棺，准备检验尸体，没想到尸体突然弹起，追着人就咬，多亏一名老道用法术制住。

“世间哪有邪术，都是人心做坏。”此案之后，唐嫆专门请教过脑科医生，知道那是丈夫被人下了药。这种药可以让人假死，副作用很大，让人产生幻觉。只不过唐嫆他们撬棺当天，正好丈夫从假死中醒了过来。

“现在送医院好吗？”陈皮子犹疑地问。

唐嫆明白陈皮子的担心，女尸与假死案男主症状完全不一样，如果后者还像个人，那么现在的妹妹完全是一头野兽了，而且知道这事的人越少越好。

“要不要请靳大师先来看看？搞清楚是不是邪术作祟，我们才好行动。”

唐嫆点了点头。在将妹妹送往医院之前，唐嫆需要一位大师来排除其他的可能性，虽然这种可能性是多么无稽。这位大师必须是法术强、嘴严而且值得信任的人。唐嫆的朋友不多，但幸运的是，她就有这样一位朋友。

距离殡仪馆十五公里的运大南路114号，一栋欧式别墅伫立在风雨之中。这幢别墅红墙白顶，白天看起来巍然矗立，豪华气派。但是，在风雨交加的夜晚，别墅的门柱、门洞及窗户构成的图形，突然多出了空洞洞的眼睛和豁开的嘴巴，在闪电的照耀下，极像一张尖叫的人脸。

这是近年来传闻最多的凶宅。清末，那些横死的人都被扔到了这里，形成了方圆十里的乱葬岗。时过境迁，到了民国时期，这里是连通日、法、英租界的要道，商铺林立，十分繁华。传说第二次直奉战争胜利后，大军阀张作霖养了很多姨太太，他在此给第十姨太建了大公馆。

这位十姨太原来是个戏子，会唱戏说书解闷儿，最为受宠。每次过节，张作霖都挑最好的绫罗绸缎、珠宝首饰给她，也常常留宿公馆。但是，一天夜里，张作霖被一段凄怨的京剧声惊醒，他拉开灯，凤冠霞帔、一身红衣的十姨太吊在梁上。自此之后，此地多有吊死之人，民间传为凶宅。

五年前，这里还是人口密集的棚户区。旧城改造，这块地皮由宏源房地产王老板以低价购得，房价涨了几十倍。饱暖思淫欲，王老板换了无数个女人，最宠爱的一个二奶住在别墅的三单元，也就是他住宅的附近。本以为最危险的地方最安全，没想到，正妻还是嗅出了蛛丝马迹。

正妻也出身权贵之家，她凌辱二奶时，王老板屁都不敢放，借故避开了。当天半夜，二奶披着大红衣服悬梁自尽。

虽然定性为自杀，但好端端的人怎么会自杀？一时，二奶抢人老公被十姨太附体的传闻四起。其他住户纷纷贱卖别墅，搬离此地，以凶宅为中心的联排别墅久久无人问津，最后不得已打成隔断，租住给不明真相的打工者。

事情也真是蹊跷，夫妻住在这里，妻子会红杏出墙；恋人住在这里，会争吵不断；不满五岁的小孩儿常常无缘无故地啼哭；有三个做金融的白领住了一段时间后被查出得了癌症。凶宅、鬼屋的名声在贴吧流传开来。现在别墅早已荒无人烟，只有一些拾荒者、野狗和老鼠不时光顾。

虽然靳柯不信那些骗人的鬼话，但在雨夜看到毛发被淋湿的野狗双目绿光荧荧，嘴里咬着硕大的还在吱吱叫的老鼠，靳柯还是打了个冷战。

垃圾堆积如山，黑色的水踩在脚下很不舒服，半人高的野草在风中乱舞啸叫，豆大的雨点溅起朵朵黑浆，染得砖墙斑斓污秽。来到此处，仿佛置身于“聊斋”的荒村野店之中。尽管如此，还是能看到大门处有烟头一明一暗，那是别墅的守夜老头儿。

靳柯把介绍信在老头儿面前晃了下，便与三胖一起向螺旋楼梯走去。在湿气如此大的雨夜，竟然还有灰尘扑来，两人微微打了个喷嚏，继续沿着楼梯向上走，地板上留下道道足印。两人也不打开手电，只是凭着不时闪耀的电光摸索到了二楼。

黑暗会掩饰很多声音，又会放大很多声音。待在黑暗里太久，悸动的幻声都可以把自己吓得够呛，但是，靳柯来到此处凶宅，除了碰到野狗令之心悸之外，其他时候却是心寂如枯井，不起一丝波澜。

他费了不少周折，好不容易打听到这个地方，怎么可能轻易放弃呢？宏源房产王老板听到靳柯要来做法镇宅，不仅一路绿灯大开，而且破财求其作法解厄运。之所以如此，只因靳柯近年名头太响。靳柯是什么人？网络、杂志和电视哪里没有他的身影？他是最近几年最火的大师，人称靳大仙，又因为他每次露出招牌式的八颗牙齿，报上又称他为“靳八牙”。

不过，他在电视上现身是因为自己的另一个身份——靳氏古玩集团的当家人。他谈起历代古玩珍宝头头是道，分析真品、赝品是慧眼独识，一针见血。讲得嗨了，也会牵涉寻找国宝背后的惊险故事，常常一不小心论到风水堪舆、降妖镇鬼的经历。被电视台掐掉的部分，都可以在靳柯的“宝龙论道”的网站上看到。

此刻，靳柯穿着道袍，一手拿罗盘，一手持祖传斩鬼刀，和发小三胖打着手电来到了校花小三上吊的房间门口。

靳柯抬手看了看表，距离午夜零点还差三分钟，便招呼三胖在门口抽烟等着。三胖性子急，不耐烦地说："要我说干脆冲进去，差一两分钟怕什么！说不定它知道我们来了，也想会会咱们俩，干他个三百回合。"

靳柯缓缓吐了一口烟圈，不紧不慢地道："鬼者，归也。鬼有所归，乃不为厉；它为厉作怪，必是怨气难消，无所归。今夜是它的一周年忌日，肯定会回家看看自己的高跟儿鞋、梳妆台、床和浴缸什么的。我们要帮它，就要尊重它，等它先进场，这就像开生日 Party 一样，寿星还没到，我们宾客就想开始吗？"

别墅空置已久，灯也不亮了，阴森狭长的过道，在闪电中泛着冰冷的黑暗，只有两人嘴里的烟头一明一暗。

靳柯把烟掐灭，看时间已到，掏钥匙开了房门。这钥匙是王老板给他的。这家伙不实在，说今晚也过来助阵，原来是放屁。

靳柯拿着手电开路，三胖跟在后面拿着手电乱晃，好像生怕有什么东西在背后偷袭。

忽然，"啪"的一声，房内的窗户被风吹开，风雨灌了进来，阴"嗖嗖"的，猩红色的窗帘狂乱飘舞，手电筒照在上面的光圈晃得跳动。两人正自惊疑，房内突然传来一声猫叫，靳柯转过手电筒一照，两盏碧绿的光正死死照着他，不知道哪里来的黑猫蹲伏在衣柜上，守着旁边一颗女人的头……

第三章
人 头

一张大如脸盆的蛛网横吊在柜顶和天花板之间，一只长毛大蜘蛛守在网角，网下便是那颗女人的头，女人头后脑勺儿对着门口，一头长发又黑又亮，隐约有虫子从浓密的长发里钻出来。靳柯只觉得喉咙发干，他是天师道第 101 代传人，下山以来降妖除魔，碰到敢如此吓唬人的厉鬼还是第一次。

靳柯掏出铜镜对着人头一照，无论鬼妖，一照便现原形，但靳柯照了半天却没有反应。

这妖物的法力难道已经到了妖仙的境界？靳柯虽然心慌，却没有乱了阵脚，他上前一步，“咄”的一声，右手斩鬼刀指向守护人头的黑猫。

黑猫受到威胁，黑毛倒竖，弓起身子，龇牙喷出一股唾沫。靳柯侧身躲过，迅速抽出纸符，正要用秘术点着，突然听到后面“呼”的一声响。他一惊，难道还有帮凶！急忙转身，却吓了一跳。只见一个男婴躺在地上，仔细一看，他悬着的心才放下来，原来只是一个男婴的铜像。

三胖却捡起男婴，举着它对还在蓄势攻击的黑猫胡乱怪叫，也不知在念哪国的咒语。那黑猫“喵呜”一嗓子，伸爪直扑三胖。

靳柯叫了一声“小心”，手中的纸符燃烧起来，打向黑猫。那黑猫毛发被燎，一声厉叫，从半空坠落。靳柯一剑刺去，黑猫身法灵敏，缩尾低头地从他胯下钻过，窜向门口。

再追已经来不及了，靳柯暗叹可惜。他想着帮凶虽然已走，但元凶未除，便转身举刀对着女人头喝道："妖孽，靳天师在此，还不快快束手就擒！"

但那女人头依旧背对着他，无动于衷，似乎靳柯那套话早就听得多了。

三胖站到靳柯旁边，对靳柯说："这厉鬼太凶，你那套不管用，看我的童童！"

他举着男婴，口中又不知道念起了什么，猛地把男婴对着女人头一推，似乎有一股法力打向女人头。靳柯此时认出了男婴身份，赶紧拦住，责问道："谁让你养古曼童的？这小鬼没控制好就会反噬主人，这且不说，一旦女鬼上了它的身，成为怨灵，我们都得栽在这儿，即便出去了，搞不好连着三年倒血霉……"说着便伸手去夺古曼童，三胖却像小孩儿生怕别人抢他玩具似的急步避开。

三胖特意从网上订购了小鬼，今夜让它初露峥嵘，却遭到靳柯连唬带抢，哪肯服气？他指着男婴得意地说："别小看了我的童童，它来自泰国，泰国大法师龙婆灵用精血炼养它三百六十五天，又有大和尚念咒加持开光一百单八日。你看它个儿小，欺负它是孩子，实际上它会的本事多着呢！催财运、旺桃花、抓大鬼，法力无边，无所不能，简直是居家旅行发财泡妞的必备良物。"他不屑地看着靳柯，"女鬼能上他的身？笑话，它不上女鬼的身就算不错了。"

三胖带来的泰国男婴叫古曼童，中国人叫养小鬼。小鬼脾性像小孩儿，俗话说得好："六月的天，小孩子的脸，说变就变。"一个招待不周，轻则败运生病，重则有性命之忧。靳柯还以为是三胖炼养的，一听原来是网上买的，暗暗发笑，也松了一口气，便有意捉弄道："既然如此厉害，那就请吧！不过……"他顿了顿，收起刀和镜，接着说，"这女鬼之厉分为三等，一等只占天时，比如死于午夜子时；二等只占地利，比如葬在五害七煞之地；三等占了天时、地利、人和。天时就是子时正点，也就是这个时候。地利是这别墅的地形：别墅附近高楼林立，围绕俯视，形成低压煞。整个楼体呈反弓状，楼前又栽了七棵古槐，形成七鬼抱镰刀的镰刀煞。楼后湖潭竖有巨石，光滑如镜，强光反射，直照楼户窗门，形成反光煞。可谓三煞聚鬼，乃最凶之地。黑猫乃极阴之物，地鬼之忌，现有它助恶，女鬼就算得了人和，厉气冲天，实莫难敌。”说完，他侧过身，让开道路，抱臂在前，一副悉听尊便的样子。

三胖听了这番话，身子往后缩了缩，但嘴硬道：“我就不信这个邪了，你等着，看我把它的头拧下来当球踢。”说着举着古曼童往前挪动步子。

但他才移了几步，突然扭过头，吓得声音都变了：“针……”

靳柯想压压三胖的天王老子我第一的性格，本不想去看，但察觉有异状，便上前靠近柜子。这个时候他看得更清楚了，十多只小蜘蛛从头发上钻了出来，爬进了柜里，人头的后脖子上插着几根细针。

靳柯来不及细想，上前举起斩鬼刀，一刀向那女人头部斩去，只听一阵“咕噜”声，那女人的头滚到了他的脚前。

两人再一看，都长出了一口气，他们瞎紧张了半天，这女人的头不就是医用人头模型吗？它脸上刻了些穴位的名字。

靳柯从王老板那里了解到，那个小三儿就是名按摩师，会拔罐和针灸，这人头肯定是用来练针法的。

“害得胖爷紧张半天，原来是这个东西。”三胖一脚将人头踢得远远的。

两人心神大定，又检查了洗手间和厨房，没发现异常，于是关好窗户，摆好香桌，供上带来的香烛。

靳柯左手持诀，右手拿桃木剑踏着罡步，绕着香堂走了三圈，请天尊下凡，烧符超度。他口中念念有词，忙了半个多小时，最后结语道：“呜呼痛哉，姑娘蓓蕾初绽，还未待花朵堪摘时，却青春早逝，殊令亲者痛仇者快。你本聪明善良、温柔娴静，天使的面庞让多少男人辗转失眠，魔鬼身段惹多少浪客拜倒裙下，偏要自轻自贱，午夜自缢……”

三胖在一旁嘀咕道：“死就死吧，还穿着大红衣服，这不是有意扰乱社会和谐吗？”

“沦为孤魂野鬼，餐风宿雨，荒坟做伴，寒鸦同行，尤为可悲可叹。阳世虽好，奈何布满机关消息，人心多狡，感情多变，世事多舛，皆如此，你又何必执着，报复仇者一人又能怎样？恨多伤身，怨大伤心，速速结束飘荡之苦，快快喝尽忘忧之汤……”

三胖忍不住插嘴：“早死早投胎，以一万年计，你还能比别人多活两三个轮回。科技发达了，到时有外星人光顾，我们都没见着，你倒可以见着了。”

靳柯话头被打断，瞪了三胖一眼，见他左顾右盼装没看见，便又点燃符咒超度，接着念道：“阴有阴界，阳有阳界，千万不可淆乱阴阳、颠倒乾坤。我这六张金符，保你避过六道轮回之苦，投胎大富大贵之家，来世不是高贵尊崇的公主就是人人艳羡的女神。若再留恋人世，就枉费我们大半夜冒雨超度的苦心，不是好女孩儿了。”

三胖连连点头，喝叫道：“靳大仙的话你都记住了。你这女人再不识好歹，我的童童可不是吃素的，它正好缺一亲娘，把你抓来，日夜啼哭吵闹、拉屎吃奶烦死你！”

做完法事，两人收拾好物品，向门外走去。突然听到大门有响动，两人相顾吃惊，透过窗户一看，外面停着许多轿车，前照灯开着。靳柯暗道不好，这些家伙怎么追来了？

第四章
追 逐

妹妹渐渐平静，像狼似的不时皱鼻发出威胁的低嗥，只是嘴里塞着布，那声音听起来更像是痛苦的呼号。唐嫆紧攥着手机望着焚尸炉，她表面上无动于衷，实际上思潮翻涌。晕过去的张飞不知道什么时候逃了，陈馆长也不接电话，还有没有人参与其中？现在情势不明朗，把靳柯过早拉进来会不会害了他？唐嫆不是一个优柔寡断的人，但是在是否把靳柯拉下水的问题上，她却纠缠良久。唐嫆叹了口气，收起手机，突然摸到怀里硬邦邦的东西。唐嫆顿时觉得柳暗花明。

她掏出那本张飞上缴的小册子，里面有很多考古专业术语，也有很多重复提到的词：喜王、陵墓、玛雅……字迹虽然潦草，但唐嫆很容易分辨出这不是妹妹的字，而是靳教授的字。

靳教授是靳柯的爷爷，写得一手好行书，唐嫆曾看到他卧室上挂着"淡泊明志""宁静致远"的横幅，字体飘逸，很有仙风道骨。老爷子稳重，经验丰富，妹妹毕业后跟着他学考古，唐嫆十分放心。但是，她万万没有想到，从来没出过事的考古队，却在上个月神秘失踪了。他们在考古中遭遇了什么？妹妹回来了，其他人呢？他们是不是也变成跟妹妹一样的人？

唐嫆急迫地翻阅着，试图从册子里找到真相，却完全没有想到外面的情况不妙。

一辆金杯停在院子前，十多个黑衣人从车子里走出来，全副武装，在外警戒的陈皮子哪敢盘问，急匆匆跑回来向唐嫆报告。然而，那些黑衣人训练有素，行动迅速，陈皮子前脚刚到，他们后脚就跟来了。

“他们在里面！”一个声音听起来格外刺耳。

唐嫆马上意识到是张飞告密了。来不及多想，她迅速吹灭蜡烛，借着黑暗掩护背着女尸向窗边逃去。子弹在耳旁尖啸，在周围打出了几个窟窿，窗框木屑纷飞，石碴乱扬，碎玻璃散落一地。

“留下《考古笔记》！”一壮汉怒吼，“再不停下！我朝人打了！”

唐嫆与陈皮子迅速从窗户跃出，敌人离他们不到百米距离，个个用枪子儿打得他们脚下火花迸溅。而他们手无寸铁，毫无还手之力。这些人若真朝人开枪，他们俩不可能活着离开。唐嫆把车钥匙扔给陈皮子，把女尸扔进车里，转身朝歹徒迎去：“别开枪！”

“站住！”为首的刀疤脸喝道，示意喽啰去追陈皮子。

唐嫆叫住：“你们要的东西在这里！”她眯着眼睛，对突然照射过来的手电光很不适应。她举起双手，表示手里没有武器，随后慢慢地从怀里掏出小册子。

刀疤脸怀疑地看向张飞，张飞点了点头。刀疤脸喝道：“慢慢蹲下！”他夺过《考古笔记》，正准备一枪托砸向唐嫆，却不提防一摊烂泥飞向面门，紧接着被踩脚、折手，手枪掉地，手里的《考古笔记》突然一紧。唐嫆没想到刀疤脸突然遇袭，还能将笔记紧抓不放，只听“哧”的一声，笔记被撕成了两半。

后面的黑衣人持枪围堵，形势紧迫之际，马达轰鸣，一辆奔驰车突然冲了过来，将众黑衣人撞散。

怒呼声中，黑衣人纷纷找大树做掩体，蹲着扫射奔驰车，奔驰车跑得太快，子弹只是将车体打得“砰砰”乱响。

陈皮子急转方向盘，车子打了几个转，撞向近前的几个黑衣人，停在唐嫆面前：“快上车！”唐嫆一个箭步冲进副驾室，车子向大路逃去。

金杯紧咬不放，几个黑衣人从车内探出身子，单手扫射，子弹如冰雹似的落到奔驰车上。

“嫆姐，这些人怎么还有枪？”陈皮子紧握方向盘，不时回头。

唐嫆眉头紧皱，她收好半本《考古笔记》，现在反倒不希望靳柯过来蹚浑水了。

别墅内，靳柯与三胖正趴在客厅沙发底下，看着宏源地产的王老板带着记者们走过。王老板边走边说：“现在楼市行情不好，银行又提高了房贷利率，大家憋着劲儿不买房子，就等房价下跌。我们宏源能不能活下来，就看各位了。只要把靳大仙镇宅除鬼的事好好搞一搞，说我们这别墅群和周边楼盘是风水宝地，一定好卖。”

一名记者推了推眼镜，说：“作法镇鬼这事我们不敢太炒作，上头已经指示了，这属于搞封建迷信，我们新闻周刊只能刊登一小篇幅，作为一件事讲一讲，那些八卦娱乐杂志倒是可以大肆渲染。”

靳柯看着他们上了楼，马上走出门外，跳上悍马车，点火踩油门，冲向公路。坐在副驾驶的三胖摸了摸靳柯的脸，惊讶道：“你没发烧啊？”

靳柯没好气地说：“你才烧着呢！”

三胖说：“现在靳大仙转性了，怎么像贼一样躲着记者，以前不带这样整的。”

靳柯突然熄火停车，降下车窗玻璃，雨水打在他的脸上，但他浑然不觉。他看着窗外，沉默许久，才缓缓说：“以前搞名气，只是想让人抓鬼找我，但这么多年来，离奇古怪的事都是人祸，哪有什么鬼？也许小时候我们都眼花了吧！”

谈到这个话题，三胖脸色肃穆了起来，说：“袖子捋开我看看。”

靳柯挽起袖子，右手的手臂露了出来，只见在肘关节中间部位刻有硬币大的红色圆斑，圆斑中间是一条“S”形曲线，极似阴阳鱼图案。

三胖叹了一口气，抬起头说道：“一看它，我就堵得慌。真希望只是一个梦。”

靳柯笑了，用力拍了拍三胖的肩膀：“你感慨什么，又不是在你身上。”

“看到你那痛不欲生的样子，我就头皮发麻。皮肤都烂了，我都看得难受。”三胖从烟盒里拿了两根烟，分了一根给靳柯，说，“下次你发病的时候去美国、欧洲那些大医院，对症下药，我不信治不好。”

靳柯靠着椅背，吐着烟雾，摇头说：“都看过了，有的说是皮肤病，有的说是皮肤癌，有的说是淋巴结瘤变，反正什么说法都有，就是治不好。不说治本，就连治标都不行。一年前我已经到过欧美一些顶尖的病毒研究所检查了，但是报告现在还没有给我。”

“那中医试过没有？也治不好？”

靳柯耸耸肩，扔掉烟头，升起车窗，正要点火，手机响了。靳柯接完电话，心跳不由得快了起来。唐嫆告诉他的事情让他是既期待又恐惧。恐惧来源于唐嫆对女尸情形的描述，记忆深处这情形似曾相识；他以前这么拼命“抓鬼”，只是希望碰到这样的一只鬼，没想到竟然就出现了。

靳柯说了句“我半小时后到”，便挂断电话。

悍马车重新发出轰响，轮胎压着公路上未流进下水道的积水，一路劈波斩浪，溅起一尺高的水花。

深夜两点的运大街虽不及白天热闹，却也零星有了车辆和行人。鲁富从公司庆功会出来，并没有回家陪老婆，他认为一个男人一生之中只有一个女人，那这个男人就太失败了。身边小鸟依人的情人娇笑地扯开他的领带，对着他耳朵吹气，而且手很不安分。

突然听到“砰”的一声响，鲁富扭头发现后视镜被撞碎，怒火“腾”地蹿了上来，刚要踩上油门去追肇事车辆，耳边就响起尖锐的呼啸声，他和情人还没反应过来是怎么回事，一股巨大的冲击力使车子偏离街道，撞在 24 小时营业的商店玻璃门上。

鲁富从血泊中抬起头，第一眼看到的是，情人的脑袋缺了一角。他还来不及悲痛，一辆现代出租车从空中翻转了 360 度，撞向旁边酒店的霓虹招牌，巨大的爆炸声在耳边响起。紧接着，身后运大街主路上传来汽车相撞时空洞而剧烈的撞击声，伴着路人的尖叫声，越发震耳欲聋，响彻云霄。鲁富转头看去，又有一辆车滑过运大街主路，冲向酒店门柱，另一辆车紧跟着撞上前一辆车的后车厢，把前一辆车推进旋转门之中。前一辆车的车头滑稽地夹在旋转门当中，已经扭曲变形，后一辆车身子歪斜，车头陷进了前车的车尾里，四个轮子空转个不停，一只断臂从车内掉出来。大堂里一名酒店服务员已经忘了逃跑，她握着双拳举在嘴巴前，声音很高；震惊之下，她的声音似乎又高了八度。鲁富想捂住耳朵，突然感到手不听话了。他震惊地看着骨头戳出来的手肘，像小孩儿那样好奇地看着，好像还在思索究竟出了什么事。接着他感到了剧烈的痛，疼痛程度已超过他的心理承受力；渐渐地，他失去了意识。

改装过的金杯有着大白鲨的攻击性，它在街道上横冲直撞，平稳而迅猛地咬住沿“S”形路线疾驰以躲避车辆和行人的奔驰车。

然而一路疾驰的奔驰车出人意料地冲离主路，行驶轨迹忽左忽右。车内，陈皮子凄厉的叫声令唐嫆不寒而栗。女尸不知什么时候咬烂了绳索，正像大蜘蛛一样骑在陈皮子的脖子上，“呵呵”的声音响个不停，陈皮子身体里的鲜血被源源不断地吸进女尸鲜红的齿缝里。

唐嫆扯开安全带，扑上前救助，但淌了血的方向盘却不受控制地旋转，车子巨大的惯性将唐嫆一下子甩到了椅背上。她很快起身去拉女尸，眼角的余光看到车子冲向街边的宣传墙。唐嫆赶紧伏下身，双手紧抓门把手，只听“砰”的一声巨响，雨刷弯折，挡风玻璃被撞碎，只留下巨大的“窗框”，车头顶在宣传墙上，将墙撞得凹下半圈，那女尸猝不及防被抛出了“窗框”。

女尸在地上滚了几圈，脸上插满了玻璃碴子，她也不拔，迅速从地上爬起来，四肢并用，迅速靠近，她双手往冒着烟的发动盖上一按，腾空而起。

唐嫆瞅准时机，捡起两块砖头，用力掷去，打翻女尸；拉起陈皮子，刚从车内滚出来，就看到刀疤脸他们在逼近。唐嫆一分神，被女尸撞翻在地，被压在地上。唐嫆双手顶住女尸的下颌，双脚往女尸肚子一蹬，勉强脱身。她虽然逃过致命一咬，手臂却没有躲过，女尸血红的牙齿划过她的皮肤，皮肤就像被烧红的玻璃割过一般，剧烈的灼痛迅速蔓延全身。

发动机舱浓烟滚滚，电路线开始烧起来，并沿着漏出的油液向四周迅速蔓延。汽车马上要爆炸了。

唐嫆捡起一块砖头打退再次攻击的女尸后，便搀起陈皮子，跑向不远处的报刊亭躲避，然而黑洞洞的枪口挡住了她的去路。

“交出来！”刀疤脸用枪顶着唐嫆的额头。

唐嫆思量对策，突然瞥到奔驰燃烧起来，便慢吞吞地取出前半部《考古笔记》，递到刀疤脸面前。突然，她用力将册子扔向刀疤脸，趴下，随着震耳欲聋的爆炸声，一股巨大的气浪席卷了众人，包括刀疤脸等黑衣人被掀倒在地。

唐嫆捡起册子，扶起陈皮子逃跑。陈皮子却突然推开她，挡在她面前。唐嫆还没反应过来是怎么回事，陈皮子已经中弹身亡。

刀疤脸用枪指着唐嫆，慢慢从石砾中爬起来，他环视着地上躺着的数具同伴尸体，已完全失控了：“你害死老子这么多兄弟！给老子去死！”

他正要扣动扳机，没想到报刊亭突然坍塌，无数书刊像暗器一般激射而来。一辆悍马飞驰而至，挡在了唐嫆和其他黑衣人面前。众人刚要开枪射击，车子突然一个 270 度旋转，撞翻刀疤脸和其他黑衣人。一只有力的手从车内伸出，将唐嫆拉上车，扬长而去。

几个黑衣人呻吟着从地上爬起来，他们目瞪口呆地看到女尸踩着报刊亭的铁架，猛地跃上了悍马的后车厢，吸在上面，浓密的长发飘动着，在闪电照亮的雨夜犹如万蛇舞动。

第五章

诡 胎

悍马冲向铁轨，抢在列车拦腰撞上之前，惊险横越铁道，将金杯留在铁轨的另一侧。等列车飞驰而过时，悍马已经杳无踪迹。刀疤脸看着前方三条岔道，气得破口大骂。

悍马甩开金杯之后，便朝着医院方向开去。唐嫆他们早就从后视镜看到了女尸，他们故意打开车窗，放慢车速，等到女尸爬到车窗咬人之时，唐嫆以特种兵独有的手法，捉住女尸的脑袋，将其勒晕，并用绳索将她捆绑起来。

女尸凶悍撕咬一番之后，突然汗如雨下，脸憋得通红，异常配合地让人捆绑。她喉咙里“咕噜咕噜”地响，“哇哇”吐起白沫，那气味又腥又甜，就像孕妇害喜一般。唐嫆不顾危险从前座翻到后座，和三胖一起把座位平展开，让女尸躺在上面。

“这是怎么回事？”三胖吓得缩回手，刚才车内灯光昏暗，他竟然没有看到。

唐嫆扶着妹妹平躺时也摸到了她的胸部，胸部孕育生命似的鼓了起来，随着女尸每一声呕吐，乳房就颤巍巍地胀大。看这架势，马上有东西要破胸而出。

“鬼胎！”三胖缩进最后一排座位里，举着一个矿泉水瓶当武器。

“瞎嚷什么！”唐嫆的声音比平常高了几十分贝。她盯着妹妹，身子却不听话地往靳柯那边凑了凑。

靳柯也是第一次见到这么诡异的事情，一时有些发懵，幸好女尸没有伤人，靳柯只是希望那“凶器”别炸得血肉横飞，那就很不好玩儿了。这样想着，就觉得自己特别邪恶，然后又开始希望，希望“唐幂”能坚持到医院，好让医生检查诊断，得到救治。

女尸好像也害怕胸口炸裂，当胸部鼓得如坟头一样时，她伸出手去挖自己的喉咙，挖得特别用力，把喉膜挖得鲜血淋漓，接着深掏、绞动，一直把手臂都伸了进去。众人看得心惊肉跳，不知道会发生什么可怕的事。

女尸面红耳赤，身体抽搐，约莫一分钟猛然拔出手，嘴里“哇啦啦”吐出一堆绿色黏液。这时，医院到了。

车子熄了火，靳柯与唐嫆率先下车。三胖却盯着那些黏液，眼睛发亮，他正要凑近察看，没想到女尸猛地抓了过来，把他的手臂抓出五道深深的血痕。三胖大怒，一瓶子砸下，却滑了一跤，他鼻子贴着那些黏液，胃里翻腾不止，正要坐起来，突然发现黏液闪着紫光，有颗珠子滚到面前，晶莹剔透，好像是珍珠丸。三胖捡起一颗珠子，在袖口蹭了蹭，兴奋地猛拍大腿，痛得他龇牙咧嘴。他手里的珠子混杂着紫、黑两种颜色，在多重建筑物叠加的黑暗里发着紫色的冷光。这是一颗能发光的珠子。

三胖喜出望外，也不管腥臭，像鸡扒食一般在呕吐物里扒拉，那里竟然有十多颗白色药丸、数颗紫色的珍珠和一块古朴的玉玦。

“能吐珠子的怪物啊，千万别死了！”三胖狂吼一声，冲向医院。靳柯与唐嫆早已经将女尸从车子里架了出去，移进了医院。

三胖很快找到了在急救室门外焦急等候的靳柯与唐嫆，猴儿急地把珠子和玉玦给靳柯鉴定。

这珠子冰冷异常，在灯光下看是白色的，而在暗处却呈现紫光。靳柯让三胖找块砖头，三胖没有找到，却把古曼童带来了。靳柯拿过古曼童，狠狠砸在珠子上。只见铁制的古曼童裂开了，走廊的木椅多了一个圆窟窿，珠子从窟窿中掉了下去，竟然完好无损。三胖先是气得大叫，后是惊得瞪眼，再是狂喜地捡起珠子亲个不停，他倒忘了这珠子是从哪里得到的了。

靳柯非常震惊，一般的夜明珠都发绿光，发出紫光的非常罕见，更何况这些紫珠里面有长条状的阴影，就像游动于云海中的龙，这应该是很罕见的紫龙珠。一般的夜明珠是由萤石构成的矿物，在关闭光源后能产生磷光现象，而经过刚才的测试，这紫龙珠显然不是由易碎的萤石构成的，它的主要成分是金刚石原石。这跟慈禧太后嘴中随葬的夜明珠材质一样，坚硬无比，可使尸体不腐。据靳柯所知，满足这两种条件的紫龙珠，只出现在商代，当年商纣王为博妲己一笑而剖肚鉴子，便是用紫龙珠防止死去的孕妇腐烂，用这样的方式来保存众多孕妇生前的体貌，从而在众多实验品中以归纳之法窥探生男生女的秘诀。而那环形玉玦形质古朴，触手温润，环体上侧缺口的阴线双兽相交，轮廓清晰，简洁有力，边缘还雕琢有似是而非的饕餮纹和雷纹，应该是介于新石器时代与夏代之间的随葬物，是置于死者耳边的耳环，材质用的是上等羊脂玉，乃皇族贵胄独用。靳柯几乎可以断定玉玦也是商代之物。只是他弄不明白这些紫龙珠和玉玦怎么会在女尸肚子里。

“依我看，他们在坟里遇到千年粽子精，男队员留下来做鬼奴，女队员被抓去做新娘。老粽子有什么脑子，以为活人跟它一样，只要往嘴里硬塞些夜明珠，便能保持肉身不腐……”三胖忙着夺回宝贝往兜儿里塞，好像别人要跟他抢似的。

“紫龙珠即便是防腐珠，也是含在死人嘴里的，哪有还让它吞到肚中的道理？”靳柯注意到三胖手里还有白色圆丸，便问，“这是什么？”

三胖捏了一把，白色圆丸稀泥一般融开，散发出一股药味儿。他把鼻子凑上去闻了闻，正要开口，却听唐嫆失声叫道：“这是安眠药！”

唐嫆知道妹妹最近睡不好觉，这味道她再熟悉不过了。

三个人一时都沉默了。即便是热情高涨的三胖，也突然意识到，吞下这么多安眠药，不用说杀人，就是杀死一头牛也足够了。而且唐幂还割过腕，这不像是有人逼着她这么做。她这么想杀死自己，难道真是怀了鬼胎？

靳柯问起发现女尸的经过，唐嫆平复了下情绪说：“昨晚跟妹妹通了电话后，我非常担心，开车刚到小区，便看到妹妹说的女尸就躺在下水道的井盖上……”

急救室的门被推开，唐嫆打住话头。孙医生迈着大步走出来，他逐一看向三人，眼里闪着狂热的光。

靳教授有什么病痛一般都找这里的医生。这孙医生和靳柯虽然没见几次面，但也是老熟人。靳柯见他如此，忙问病人情况如何。

孙医生先摇头，后又目光灼灼地看着众人，问谁是病人家属。

唐嫆上前紧紧握着孙医生的手，恳求他一定要救下妹妹。

孙医生把唐嫆让进急救室，靳柯与三胖也闯了进来，孙医生也不拦阻。

孙医生拿起手术台上的一张CT照，指给唐嫆看，他有些激动，连说话都毫无头绪:“你知道这是什么吗？家族有遗传病吗？我们怀疑拍错了，又拍了三张，却发现三张全部都是一样的。”

唐嫆的心一下子沉下去了，她看到黑乎乎的片子正中是一个蓝得发白的圆环，再仔细一看，圆环首尾相连，而它扁圆的脑袋竟然有人的五官轮廓。

“我从医20年了，从来没有遇到这样的事，我们对你妹妹进行检查，结果……”他晃了晃脑袋，似乎搜索着合适的词来表达。不过，他很快抬起头，认真地看着唐嫆，一字一顿地说，“你妹妹一个月前就死了！”

唐嫆嘴唇发抖，她想辩驳，但是喉咙发紧，一个字也吐不出来。

孙医生想装出惋惜的口吻，但实际上只是冷冰冰地做着死亡报告：“人死不能复生，还请您节哀！这应该是一种新的疾病，是女性基因娠性突裂的隐兆。”

“你是说她怀孕了？”唐嫆看着挺着胸的妹妹，突然扭头满眼凶光地瞪向靳柯，她的声音颤抖得厉害。

孙医生又晃了晃脑袋，似乎晃脑袋的动作能加强他话语的权威性：“我们也怀疑过，但是发现她的处女膜是完整的。”他继续解释道，“简单地说，她胸腔怀着孩子，而她就是因为孩子缺氧窒息而再次死去的！”他停顿了下，留下时间给三个人消化他刚才的话，接着语速越来越快，“这是世界医学界的重大发现，所以我们代表医院恳求唐女士同意转让尸体作为医学研究。当然，我们医院会给唐女士最丰厚的补偿。”

“住嘴，你们把我妹妹治死了，还要拿她做实验！”唐嫆突然拔出匕首，顶在孙医生脖子上。

“给我站住！”唐嫆凶恶地瞪着纷纷围上来的其他医生，拿刀把孙医生逼到墙角：“你给我说，到底是怎么回事！”孙医生吓得瑟瑟发抖。

靳柯却不去劝说唐嫆，而是默默来到女尸旁边，他在扒女尸的衣服，接着又扒开她的裤子和内衣。

三胖在旁边急得跳脚：我靠，这都什么时候了，八牙还有闲空儿窥尸！他赶紧跑去拉靳柯，阻止他添乱，没想到一凑近，却发现自己想错了。女尸大腿和肚皮靠近腰部的地方有着深红色的斑块，呈圆形，图案像阴阳鱼，跟靳柯身上的毫无差别，只是颜色更黑、更深。

“你们都别闹了！”靳柯的声音不大，却有一种不容拒绝的严厉。靳柯看着唐嫆说：“快看下伤口，是不是也有阴阳鱼？”

身上有伤口的人也只有三胖和唐嫆。唐嫆还在犹豫，三胖却已经撸起袖子，一看吓了一跳，手臂上抓痕发黑，有淡红的阴阳鱼图案。三胖知道靳柯身上有这种东西时的痛苦，特别是每年的惊蛰时分，那皮肤像被泼了一桶硫酸，烂得能吓死鬼，光是想想，他就已经觉得汗毛立了起来，顿时一屁股坐在地上，拍着大腿说道：“完了，完了，没想到这种烂病缠上我了！”

唐嫆也惊愕地发现被女尸抓过的手臂出现同样的诡异图案。三胖神经那根弦一绷断，上下唇就关不住了，先是自怜自怨，后是咒天骂地，以靳柯做反面教材，把发病的惨状以及救治无效的苦痛宣泄了个底朝天，听得其他医生个个面如土色，惊惶对视。唐嫆了解三胖满嘴跑火车的禀性，对他的话虽然只是三分信，但是，脑海中突然蹦出那封邮件来，这让她不由得打了个冷战。

那两封神秘的邮件说的是真的？一个月前，唐嫆收到了一封匿名邮件，说了些“我走了”等莫名其妙的话，唐嫆以为是垃圾邮件，当时就删了。十天前，她又收到了同样的匿名邮件，附了一份报告，但里面的内容却让她惊心动魄。

现在听到三胖描述了靳柯的病况，她已经相信这世上真有这种病存在。唯一疑惑的是时间对不上，但想到发件人可能是定期发送邮件，便也解释得通了。

就在唐嫆胡思乱想之时，房中突然传来一声凄厉的惨叫。大家本以为晕掉的女尸突然跳起，一口咬住离得最近的年轻护士。

那女尸的牙齿像生了根一样，扎在护士的脖子上了，众人忙活了半天，却根本扯不下来。

众人的惊叫声与女尸的吸血声对比鲜明，眼看年轻护士坚持不了几秒钟了。突然，女尸圆瞪双眼，身体僵住了，胸口裂开一道白光。

一把刀从后背直透到前胸。靳柯冷酷地拔出斩鬼刀，女尸抽搐着，嘴里冒着血沫，倒在地上。其他人仿佛还没弄明白突如其来的变故，呆愣了下，接着手忙脚乱地把昏迷的护士救了出来，然后便看到唐嫆歇斯底里地冲向靳柯。但是靳柯一句话却打消了她的愤怒：“她是杀不死的！”

“尸体必须烧掉，不能留！”

“死对她才是解脱！”靳柯的下一句话如一道闪电击中了唐嫆。妹妹割腕、吞安眠药，甚至自焚，都是计划好的。正如靳柯所说的，死，对于妹妹来说是解脱。

长期的军事训练培养了唐嫆冷静果断的品质，她很快从失去妹妹的痛苦中解脱出来，开始冷静思考发生的一切。

她静静地待在焚化间，在妹妹焚化之前，她想让妹妹漂亮地离开。唐嫆伸手捋顺妹妹的头发，合上她的眼，慢慢让那紧握的拳头松弛，慢慢抚平那紧皱的眉头，慢慢放平那扭曲的身体。她拧干毛巾，仔细地擦拭着妹妹的脸庞，擦净嘴角的血迹……

唐嫆的目光从火炉中转开，看向窗外，窗外的道路上蒙上了一层雾，街边的店铺闪烁着灯光，时隐时现，如同一只只窥视的眼睛。

凌晨的街道，行人寥寥，偶尔看到汽车飞速驰过，就像一部黑白默片中的街道场景。远处小区的铁栏子在雾气中时隐时现，如巴洛克风格的教堂塔尖那般，像长矛一样指向天空。

唐嫆抹去脸上的泪痕，久久凝视着火炉，突然露出一个大大的笑容。死去的人永远地死了，活着的人应该怎么活下去？世上唯一的妹妹都死了，她还有什么不能失去的呢？

第六章
初 见

唐嫆是吉林人，她在农村读的小学。整个学生时期，她和唐幂最讨厌的人就是靳柯。但是，他们两家，甚至他们两个人都有某种奇特的联系，这种联系若有若无，循根追下去，又好像没有什么。唐嫆自己也想不清这是怎么回事。

父母车祸失踪后，唐嫆与妹妹便被接到了北京的姨母家。姨母没有孩子，待她姐妹如亲生女儿。唐嫆最早知道靳柯是从娱乐八卦杂志上看到的，当时靳大少爷极爱出风头，娱乐杂志封面经常出现他的半身照，标题醒目："靳氏集团接班人现场解说阴宅风水，专业水准堪比一级堪舆大师""靳大少爷红宅伏妖，八颗牙午夜捉鬼"……网络上更是铺天盖地传来类似的新闻，靳柯俨然成了偶像明星。

但唐嫆万万没有想到，风光无限的靳大少爷就是儿时的混世魔王靳柯。命运神奇得让人唏嘘感叹，它诠释了古今中外所有哲学中的真理。

唐嫆因为最终无法克服对蛇类黏滑长虫的恐惧，从特警部队退伍，成了为衣食奔波的普通百姓。她做过酒店保安，当过老板保镖，但以她冷艳绝美的相貌，不被揩油骚扰，那世上的男人就太没有眼光了。

随后她又剃光头发，戴着帽子在餐馆里打杂，半工半读自学了关于追踪、侦查、审讯等所有课程。随后她毅然辞工，从老战友那里东拼西借了些钱，终于开了家调查事务所。创业之难，难于上青天。唐嫆光有专业技术，一无优质人脉，二无持续资金做后盾，事务所经营惨淡可想而知。

她整天忧思忡忡、魂不守舍，考虑着是否要关门歇业。正巧身为居士的姨母拉她去参加法源寺盂兰节盛会，说那里的菩萨很灵验，有什么心愿都能了，她就当散心去了。

庙宇前院当中搭了一座高台，下面有僧、道两派在商量着什么。经姨母介绍，唐嫆这才明白，此次盛会主持请了有道道长来说法。

在大家的翘首期盼中，靳柯身着明黄道袍，头戴道冠，挥着宽大袖子，向台上走去。他对着围观着的善男信女行了一礼，咧嘴笑了笑，笑脸下是八颗洁白的牙齿，两颗大板牙中间有一个缝隙。靳柯生来俊美，这身打扮让他出尘脱俗，飘飘欲仙，但他一笑起来，那道缝隙又将他拉回到了凡世，让人觉得他平和可亲。周围许多青春少女只为见偶像一面，此时见到真人，顿时尖叫起来。

这世界上有一种男人，他在那一刻的笑容灿烂，如三月的春风吹进你的心里，温暖和煦。

那一刻，唐嫆不知道盯了他多久，把什么客户什么侦探所都抛到了九霄云外。唯一遗憾的是，一个小时后，唐嫆就看清了靳柯的真面目。

靳柯念完《太上经》，又煞有介事地解说了一通，这才行礼下台。突然，围观人群中，一名长发美女指着靳柯大叫一声："就是他！"

靳柯看到美女，脸色微变，迅速从一群少女中穿过，朝庙外走去。他走得虽急，步伐却并不慌乱。

长发美女和三名同伴踩着高跟儿鞋追了过去。眼见靳柯远去，长发美女突然大喊一声："抓小偷啊！"

顿时，唐嫆心中靳柯的完美形象坍塌了，以她谨慎的性格不会如此容易给人下定论，但是不知道是因为侦探所的不景气让她心烦意乱，还是美好的形象突然毁灭激起她莫名其妙的愤怒，总之唐大小姐准备见义勇为了。

靳柯直直地朝着唐嫆这个方向跑来。唐嫆一笑，觉得放过他就太不像话了，于是堵住了靳柯。

靳柯似乎吃了一惊，忙向人多的地方钻。就这样，两人你追我赶，跑出寺门，来到马路上。

靳柯跑了一会儿，停下脚步，转头看看唐嫆，轻轻一笑，从口袋里掏出烟盒，取出一支烟点上，但他没料到唐嫆冲过来一把抓住他的右手，随后身子左转 90 度，拉臂，按肘，一下就把他摔在地上。

不过，等唐嫆正要别住靳柯的双手时，这个男人却在摔倒之时，左手抱住了唐嫆的右腰，一拉，将唐嫆拉倒，正好压在他身上，他适时凑上嘴，两人的嘴唇就碰到了一起。

唐嫆又羞又怒，狠狠给了靳柯一耳光。就在这时，她突然被人拉起，耳旁是女人的尖叫声。她这才看清，原来那个长发美女也追了过来。

唐嫆松开手说："我把小偷给你抓住了！"

那美女气哼哼道："他偷了你的心吗？你刚才做了什么，我都看见了！"

唐嫆这才明白长发美女误会了，正待解释，只听那美女转头对靳柯说："靳柯，你今天说清楚，你到底是要她，还是要我！"

靳柯摸着脸，看了一眼唐嫆，站起来笑嘻嘻地说："你又不是东西，我要来干吗？"

长发美女跺脚道："我怀孕了！"她见靳柯无动于衷，又咬牙补了一句，"是你的！"

靳柯笑得像只狐狸："是吗？我怎么记得醉酒后我们没有滚床单，中间你的小动作我不说了，少儿不宜。不过我建议你把孩子生下来，到时候验 DNA。"

长女美女的脸一下就白了，泪汪汪地看着靳柯。但靳柯不理她，捡起刚才掉在地上的烟，自顾自吞云吐雾起来。三个同伴见状都明白了情况，识趣地把长发美女拉走了。

唐嫆冷冷地看着靳柯："你做得太绝情了！"

靳柯弹了一下烟灰，说：“我躲她，她追我，什么时候到头呢？我拔慧剑断了她的情丝，她虽一时痛苦，却是永久解脱，说不准还会碰到更好的男人。从此之后，他们会过上幸福快乐的生活，你该祝福她！”

唐熔撇了撇嘴，她最讨厌这种花花肠子耍贫嘴的人，立即扭头就走。

靳柯定定看着她的背影，突然叫道：“你不是唐幂，你是唐熔。”

唐熔一惊，停下脚步，也不转身，淡淡地问：“你怎么知道我的名字？”

“你耳廓有颗黑痣，唐幂的在左，你的在右，我小时候就见过。”

唐熔霍然转身：“小时候？你是谁？”

“你难道不知道我的名字吗？”

唐熔慢慢走上前，仔细打量面前的男人，终于迟疑地说：“你是靳柯？”

靳柯露出八颗牙招牌式的微笑：“我就是小时候把死蛇放你书包里气得你跟我干架的那个靳柯！”

唐熔想到刚才他的轻薄，不由得生气道：“既然你早就认出我了，刚才还……”她突然意识到了什么，只觉得脸上烫得厉害。

靳柯走到唐熔面前，笑得更灿烂了：“你在台下盯着我看的时候，我就觉得面熟。”他耸了耸肩膀，“刚才是你先动的手，是你自己凑到……”

唐熔本来就事业不顺，满肚子不开心，想到他如此轻佻，不由得怒道：“闭嘴！”

戏剧性的邂逅会引发连锁性的偶遇，但前提是，两人都有“结识”的欲望。唐熔不想见到靳柯，但靳柯还想见到唐熔。靳柯手眼通天，自然能打听到她们两姊妹的消息。以后，三人有了很多交集。唐熔不想跟这种人多纠缠，但她没想到，妹妹却喜欢上了靳柯。

孽缘！这个想法带来的快意把唐熔吓了一跳。她不明白，自己明明就在妹妹的遗体旁，念头怎么偏偏扯到靳柯那里……唐熔害怕深究自己内心深处的念头，她只能狠下心安慰自己，这都是靳柯的错！如果没遇到他，妹妹就不会去学考古，也不会死去！

“站住！”靳柯的吼声把唐熔的思绪从回忆中拉了回来。唐熔还没明白是怎么回事，便听到急促的脚步声在耳旁响起，一阵风朝她袭来。

唐嫆没有回头，身子向左滑去，顺手拿起地上的脸盆砸向来人。

“咣”的一声响，脸盆在地上滴溜溜地转，盆底是呈头颅状的凸起，一个身着白大褂、手持匕首的魁梧大汉，顿时躺在了地上。

“你没事吧？”

靳柯多此一举的问话让唐嫆脸上发烫。她踢了一脚地上的人：“他是谁？”

“这彪形大汉扮成医生，鬼鬼祟祟地向人打听你的去向。我发现不对劲儿，就去追他。”对于唐嫆的无视，靳柯表现得很平静，“后面的事你也看到了。”

第七章
信

唐嫆审讯很有一套，假医生全都招了，他叫郑大爽，河南人，当过三年兵，退伍后被罗爷招徕，表面是普通保安，实际上却是他的私人武装。

罗爷别名罗驼子，真名罗高峰，是“网罗古玩”的创始人，也是靳柯家族靳氏古玩集团的对头。

罗驼子身价数百亿，按理早该上了福布斯富豪榜，但他为人非常低调，即使走在大街上，你也认不出他来，还以为是某单位退休的老头子。

正因为如此，各类平面、网络、电视媒体上都是只见其名，不见其貌。他是七十年代最年轻的考古学教授，虽然参与过很多重大的考古发掘，但只是做做挖掘、清扫封土的杂活儿。那个时代做什么事一要根正苗红，二要按资排辈，这两项他都没有优势，何况他性格耿直，常做出格之事，不受重用也理所当然。破“四旧”时，为了逃过搜查，他硬是胆大包天把祖辈传下来的几件商周古董藏到粪窖里；后被人举报，虽然没有找到证据，但他的档案里留下了一个污点。

八十年代后期，罗驼子与领导发生争执，因为言辞激切、语气强盛，惹得分管领导拍桌子瞪眼。罗驼子当时就跟领导翻了脸，一时气急还动手打了人。虽然当时不是上纲上线的年代，但是穿小鞋的事是免不了的。有好项目不让他牵头，有苦差事全让他扛，直到把他边缘化。罗驼子哪受得了这个气，在月黑风高之夜把落单的领导狠狠揍了一顿后，便逃之夭夭了。

此事之后，罗驼子心性大变，苦心钻研风水堪舆之术，为“保全”祖宗留下的文明，而专门偷盗“遗失”的古墓。所谓“遗失”的古墓，就是指官方政府都没有发现的古墓。

在苍莽大山和荒野僻壤之中寻找古墓，无异于大海捞针。不过，罗驼子有自己独到的办法，他一方面从野史典籍中寻找古墓线索，一方面从当地的逸闻传说中寻找蛛丝马迹。为此，他甚至不惜重金购买“资讯”。而他的重金就是他变卖之前收藏古董所得的资金，那是他的第一桶金。随后公司越做越大，直到今天的网罗古玩连锁店。

“网罗古玩”在全国一线城市都开有分店，这些分店除了收购、出售古玩，它的另一个重要作用在于信息兑现。与他交易的方式很简单，只要下单人能提供有价值的“古墓奇货”的情报，哪怕是只言片语，不管从谁嘴里听来，都能兑换现金。

一些在赌场输急了的赌徒，或者一些生意失败的商人，知道这些事后，就会生编硬造些奇坟异墓，但只要说得清大概来历，即便被罗驼子当场戳穿，也会打发个万八千，如果能够详细描述古墓来历、去处，这价钱就大了。罗驼子出手大方，甚至超出常人的期望，所以，无论是杀人越货的亡命之徒，还是身藏韬略的英雄草莽，都对他死心塌地、忠心耿耿。他黑白通吃、人脉极广，“网罗古玩”能收集到的古墓信息也越来越多，甚至设了一个机构专门管理、甄别这些信息。

一个月前，罗驼子得知考古队筹备去吉林的消息，便深夜造访靳教授的家，是靳柯井的门，放进了这个古玩界的旷世奇才。罗驼子与靳教授是同学，感情很深，但因志趣不投而绝交。他们俩在房里谈了三四分钟，便因道不同而不欢而散。

为什么爷爷考古行程如此隐秘匆忙？靳柯将以往的事情串联起来，这才想通，估计是罗驼子要爷爷透露古墓方位，爷爷不答应。为避免夜长梦多，天没亮爷爷就急着召集人马出发了，他很忌惮罗驼子。没想到罗驼子贼心不死，竟然又找来了。他派郑大爽前来的目的只有一个，那就是抢到前半册《考古笔记》。靳柯想知道罗驼子他们掌握了多少信息，他们抢夺《考古笔记》又有何目的。但是，郑大爽所知不多，把知道的全都吐了出来。看来，要找出真相，就得从《考古笔记》中下手了。

《考古笔记》的字迹非常潦草，靳柯从唐嫆手中接过，辨识半天，才弄明白前几页所讲的意思。靳柯脸色顿时变了，他对唐嫆和三胖说："笔记里画了古墓地图，这古墓也是解开一切谜团的钥匙。但现在发生的一连串事情，都说明去古墓探险，实在是凶险万分，九死一生。我今天就要动身出发了。"言外之意就是，你们不需要陪着我送死。

三胖叫道："八牙，你说这话就不把我当兄弟了。我这手臂又麻又痒着呢，不查清那个阴阳鱼，我吃啥啥不香，喝啥啥没味儿，拉屎做梦还惦记这事。再说，那古墓罗驼子都眼馋，能没有好东西吗？这古人的坟墓，咱还真没去过，且不说倒腾明器，去了怎么着也得长长见识，开开眼界吧。即便碰到大粽子，咱们兄弟同心，其利断金，抡起工兵铲也得把他拍趴下，再给他塞个黑驴蹄子，它还不照样歇菜……"

三胖猜到古墓有大把明器可掏，说不准进山前穷得叮当响，出山后富得响当当，也忘了自己中毒之事，一时打了鸡血一般，双眼冒光，啰里啰嗦地展望美好"钱"景。唐嫆打断道："我们已经被盯上了，要出发得趁早。"

前有三胖跃跃欲试，后有唐嫆斩钉截铁，靳柯即便拒绝，也没人听他的。三人当即分开，各自准备行装。唐嫆订好了去长春的机票。靳柯通过道上朋友摆平了焚尸导致的后患，再向公安机关举报陈皮子遇害的证据，拖住罗驼子，最后跟长春的四儿通了电话，让他搞来所需要的装备。

简单吃过晚饭后，三人躲过别人的跟踪，在运大街桥东会合，趁着夜色出发，赶往机场。

虽然是淡季，商务机舱内却坐满了乘客。机舱内，一个个赶早急需补觉的乘客都悄无声息地睡着了，一排排椅背静静矗立，像一块块墓碑，在椅背垫的显眼位置统一打着广告。一颗颗黑色的脑袋仰靠在上面，仿佛等待斩首似的。除了发动机隐隐的轰鸣声，机舱内还传来奇怪的响动，仿佛是什么人在用力地撞击舱门。靳柯调大耳机音乐，想盖过那沉闷的声响，但是那撞击声却像浣纱女的棒槌一样一次次地捶在他脑门儿上，撞得他太阳穴“嘣嘣”地跳。靳柯极不情愿地睁开眼睛，没有发现声音来源，而那声音却若断若续，时近时远，犹如蜿蜒游动的蛇。靳柯觉得很烦，便招呼三胖与唐嫆，但三胖咕哝了一句，翻过身继续鼾声如雷，唐嫆倒是醒了，大眼瞪着靳柯，仿佛提醒着靳柯此时把她叫醒她很生气。靳柯刚要说有异常，唐嫆脖子一软又倒头睡去。

唐嫆警惕性强，从来不会如此昏睡。仅凭这一点，靳柯就觉得大大不对劲儿。靳柯掀开毯子，循声来到乘务舱。两名高挑的空姐正在聊天儿。靳柯不顾风度地责备她们不该弄出声响。没想到，明明就在货物舱里回荡的闷响，这些空姐竟然一点儿也没听到，反而骂他神经病。一切都显得那么怪诞诡异，靳柯摸了摸自己的脸，反省自己是不是在梦魇中，突然地板发出“砰”的一声巨响，停顿了一秒钟，又是急促地“砰砰”连响两声，再接着是疾风骤雨地连响不绝，把货舱盖子的螺丝都撞松了。

靳柯也不知是好奇，还是被激怒，或者是无法忍受这种折磨，他全然不顾空姐阻止，拉开了盖子，他另一只手抓着便携式灭火器，准备给突然冒出来的东西狠狠来一下。从底舱吹出一阵冷风，此外，再没有发生什么事，好像刚才的撞击声是他幻听一般。

靳柯拿着手电筒跳进底舱，灰尘迎面而来。一个巨大的黑影一闪而逝，消失在货物之中。靳柯追了过去，追到拐角处，只觉得身体触及的货架、包裹及地面都是黏滑滑的，突然包裹四面飞散，一条巨蟒昂首而立。靳柯还没来得及看清它的全貌，便被猩红的舌头卷了进去。

这是一条黏稠的隧道，四壁布满蜈蚣背部似的骨节，一节一节移动着，靳柯手心冒冷汗，抓手电筒的手更紧了。

靳柯小心顺着骨节往前走，尽量避开骨节伸缩时留下的黑色缝隙，以免夹住脚。下一秒钟，他走得快了起来，实际上他是溜得很快，红色的滑液推着他往前疾驰。他的脚底仿佛装了轮子。靳柯尖叫起来，但是他的声音很快被呼啸的风声吞噬了。涡旋形风扇近在咫尺，每一片扇叶都闪着寒光。靳柯恐惧地闭上眼，想象着骨肉被绞碎时发出的声音，想象着自己的胫骨卡在扇叶里以致求生不得、求死不能。

他的手电筒丢了，衣袋里一些现代化电器也飞了出来。强劲的吸力让他晕头转向。那些扇叶由内而外自动散开，中间形成涡状黑洞，把靳柯整个卷了进去。

靳柯再睁开眼时，只觉得身体的每根骨头都挨个被敲了一遍，他呻吟了一声，一只苍老的手伸了过来。靳柯抓住它爬了起来。爷爷就站在面前，微笑地拉着风筝线。靳柯想起这是和爷爷在春日里放风筝时的情景，他跑得太急跌倒在了山坡里。

钓鱼、下棋、溜冰，与爷爷共度的欢乐场景一幅一幅地在脑海里放映，时光给它们镀了一层温馨又伤感的金色。靳柯不愿从梦中醒来。

“成化瓷美小巧精，釉面洁白略泛青；青花多用平等青，少用苏料勾兑成……”爷爷指着两幅图画教他鉴别瓷器的口诀，“商人面凹颧骨高，臣字眼形额窄小；西周眼梢过眼眶，身多弧纹直线少；东周纹饰小蛇形，细阴刻线示发型；汉代舞人袖盖顶，翁仲个个像鸡笼……”爷爷领着他走过博物馆展台，抑扬顿挫地念着鉴别各代玉器的秘诀……靳柯紧紧拉着记忆的片断，仿佛害怕中断放映似的。靳柯拿着瓷器兴冲冲地找到爷爷，爷爷却躺在长榻上睡着了，黄昏的光线照在他身上，使得他身上的袍子越发华丽。靳柯摇了摇爷爷的胳膊，突然脖子一凉，什么东西扎了进去，疼痛无比，便下意识地扭头看去，只见爷爷眼里闪着绿幽幽的光，正恶狠狠地咬着他的脖子。靳柯奋力推开爷爷，但当他看到爷爷的那一身袍子竟然是戏服时，靳柯全身的力气仿佛一下子被抽光了，他动弹不得，身体开始抽搐起来……

靳柯从噩梦中惊醒时，身体还在抽搐着。他缓缓坐直身体，用手慢慢揉捏小腿肚子，这才让麻木的腿恢复了正常。他从地上捡起毛毯，重新盖上，按亮壁灯，环顾四周，唐媣与三胖戴着耳机还在沉睡，其他座位上有人在看报纸了。靳柯长舒了一口气。

靳柯睡意全消，再回想梦中情景，历历在目。他掏出笔记，为摆脱梦魇而快速翻看着，突然发现书页中间竟然粘着一张信纸。

亲爱的孩子:

爷爷多希望你没有看到这封信。如果幂幂真的把信带回来了，请不要悲伤，不要哭泣，不要因为我而停留。以后的路很长，你一定要振作起来，继续享受你的生活，但不要玩得太疯，分点儿心关注家族的生意。虽然你喜好道术，但记得在媒体面前收敛一些。去长白山之前，我已将财产全都登记在你的名下，有什么事就去问下严律师，他是我们的老相识，他一定能帮你的。

你小时候常做噩梦，说看到母亲变成了鬼，但我总是不相信，一直以为你是由于车祸受了惊吓。孩子，我不知道你那天看到了什么，你为什么每天无理取闹，半夜都要溜进来跟我一起睡。我真的老了……我没看到你的枕头都是湿的，还以为你胆小怯懦，竟然罚你跪了一整天!

直到有一天我看到你身上的阴阳鱼，我才开始思考那些话的可信度，我才意识到问题的严重性。我研究了很多史料，这种阴阳鱼可以追溯到夏商时期的阴阳螭。我本以为阴阳螭是商纣王召仙的法器，却没想到它还是一种可怕的病毒。

去年 7 月份，全球顶尖病毒研究院做的检查报告寄到我们家里。他们说你身体的阴阳鱼是无法治愈的病毒，一旦生长起来，就会繁殖裂变，10 年后你就会死去，或者你将变得不是你。

请原谅一个老头子对孙子的私心吧。我没有把原本寄给你的检查单交给你。请原谅我常年在外奔波，甚至过年都不能回家陪你吧！我只是希望找到阴阳螭，找出其中的秘密，让你好好活下来，即使拼了我这把老骨头，我也从来没有后悔过……

爷爷会在九泉之下默默守护你，你会快乐、简单地过完这一辈子，一生平安，一生幸福……

自靳柯懂事以来，他一年到头难得见到爷爷。爷爷经常出差，带领考古队员“南征北战”，以他七十的高龄，本该早就退休，但爷爷找到院长，偏偏说宝刀不老，要继续带队。

靳柯这时才明白，原来爷爷没空儿陪他过生日，没空儿陪他吃饭，不是为了名誉，只是为了保住他的命。而那时他还年少气盛，还故意跟爷爷对着干，故意激怒他……一想到这些，心就痛得如刀绞一般。

靳柯读着信，眼泪不知什么时候开始簌簌地往下掉，眼前的每一个黑字都晃动了起来，变成了模糊而遥远的过去……

第八章

恶作剧

靳柯与三胖从小就是死党。三胖又圆又胖，靳柯又高又瘦，调皮捣蛋从不分开，老师训斥他们秤不离砣。后来，在整个学生时代，“秤砣”就成为他们的外号。

三胖的父亲是挖矿的，靳柯的父母做古玩生意，两家在市郊比邻而居，便把孩子送到离家最近的东郊小学就读。

东郊小学地处偏僻的郊区，背靠长白山的一个支脉，前迎松花江的分支，一条马路绕河而过，挨近河流的地方是一个占地数百亩的坟山。两人的父母都很忙，很少管教孩子。两人读三年级时，三胖父亲挖矿挖到一件铜疙瘩，本来要当废铁卖掉，却被靳柯父母识出了真面目，竟然是一具商代的九龙古鼎。但当时的中国根本没有古玩市场，直到改革开放，国外收藏家来收购古董，中国人才意识到这墓里挖出的破铜烂铁也能赚大钱。那时到山村僻远之地收购古玩的文物贩子还很少，后来古玩市场火了起来，卖掉一件古董就能成为当时凤毛麟角的万元户，于是文物贩子们闻利而起，国内收藏家渐渐多了起来，而那时候盗墓也最猖獗。

靳柯父母是古玩市场复苏时第一批吃螃蟹的人，九龙古鼎在家里放了一年多，才卖给了一个美国人。虽然只卖了九万元，但八十年代的九万相当于现代的百万了，两家对半平分，为此都发了财，一度要迁到市区，同时也要把孩子带到市里上学，但秤砣二人哪里肯转校，一顿撒娇耍赖，此事最后不了了之。东郊小学不是秤砣的三味书屋，但学校周边的树林、河流、坟山却是他们的百草园。

后来，三胖父亲干脆买下了煤矿，靳柯父母开了一家古玩店，两家生意做得红红火火，更无暇管教孩子。秤砣二人成了脱缰野马，在草原上肆意纵横了。

市郊是一片大草原，长满了乱草，但被坟山切割成了几部分。附近有七个村庄，村民们在每年的五月初五和八月初八都要举行隆重的送神迎神仪式，五月初五举行仪式的村庄里所有村民姓曲，说是屈原的后代；而八月初八的姓嬴，说是秦始皇的旁支。他们的祖先都是极有名望的人，他们作为子孙后代，当然不能辱没了先祖，因此每次举行仪式后，都会在村里搭戏台唱戏，请城里的京剧团来唱，一唱就是十天半个月。

那些日子比过节还热闹，学校还没放学便敲锣打鼓地唱起来了，秤砣听得心痒痒的。放学铃声刚响，两人便冲出教室。但是跑到戏台前一看，顿时傻了眼，人山人海，到处都是乌黑乌黑的脑袋。他们个子矮，凑上前去看，只能看看别人的后脑勺儿。

村庄里的男女老少都来凑热闹，镇上小贩也过来赶场子，五湖四海什么口音都有，靳柯与三胖最馋的是臭豆腐与葱油饼。臭豆腐外焦里嫩，那独特的臭味儿，让人欲罢不能；葱油饼外脆内酥，一口咬下去，口齿生津，也不知道是口水，还是油水，好吃得无法形容。

那时候的家长对小孩儿的零用钱管得极严，靳柯二人馋得直流口水，却苦于贪嘴，零花钱在兜儿里还没捂热，便已跑到别人手里了。两人鬼点子很多，先是偷机械厂的钢板被狼狗追着咬，接着偷地里的山药被村民拿着棍子赶，后来才合计着劳动赚钱。

两人用长树枝系一根线，当作钓竿，然后抓来青蛙，用线系紧它的腿，拿着桶向河流走去。

河流宽阔，水流平缓，两岸长满青草，青草下隐藏着许多小龙虾、黄鳝和蛇打出的洞，虽然直接用手掏洞是抓小龙虾最方便、快捷的方法，但两人还不知道怎么辨别蛇洞、虾洞和鳝洞，安全起见，还是用钓的方法最保险。

他们垂下钓竿，将剥了皮的青蛙沉入水里，差不多三分钟就有贪吃的小龙虾上钩。小龙虾用两支大钳钳着蛙肉，还没搞清怎么回事，便浮出了水面。三胖赶紧伸出网子，在下面等着它。待龙虾反应过来，松掉钳子要逃时，网已经将它兜住。不过，也有的龙虾很机警，刚出水面，便松了钳子，逃进水里，它有了教训，已经不可能上第二次当了。

半个小时不到，两人已经钓了小半桶小龙虾。他们直接实物交换，用龙虾分别换臭豆腐和葱油饼。乡下人实在，也不会坑他们两个小孩儿，小半桶小龙虾换来五大碗臭豆腐和一摞葱油饼。

戏台前没地方站了，他们便坐在离得最近的墙头上，一边吃着美味，一边看着豫剧《樊梨花征西》。他们听不懂那些唱词，只盼着刀马旦与武生出来翻筋斗、对打。那是主角樊梨花与薛丁山的重场戏，他们看得兴奋莫名、热血澎湃，也拿棍子跟着手舞足蹈，直到被家人找到，揪着耳朵把他们拖回家。

连续几日都是如此，两人对这个游戏乐此不疲，但小龙虾越钓越少，他们认为是那些吃过亏逃回去的小龙虾将教训告诉了其他同伴，上钩者就少了。他们就换地方再钓，但有时候运气不好，会钓上蛇来。

这一次也不知道是什么蛇，颜色很黑，蜷着身子，已将网兜儿充满，它已经吞下了整个蛙肉，腮帮子鼓鼓的，瞪着小眼珠，十分可怖。但两个混世魔王自打生下来，还不知道什么叫怕。

黑蛇十分凶恶，昂头盯着两人，突然身子一纵，竟然从网里蹿出来，直扑三胖。靳柯早已拿棍在手，一棍下去，当即将半空中的蛇打回原形。黑蛇有一米多长，在草地上“嗖嗖”爬动，追咬靳柯的脚，靳柯都能感觉到它的牙齿蹭到后脚跟上了，不由得也有些慌了。这黑蛇虽然生活在水里，但看着不是无毒的水蛇，若被咬一口，那就吃不了兜着走了。靳柯听说蛇很笨，你只要跑着“之”字，它就会跟着这样跑。那黑蛇果然也跑着“之”字追赶，它转弯不灵，靳柯渐渐跟它拉开了距离。

三胖一网下去，却只打着黑蛇尾巴。黑蛇突然掉头，顺着网兜儿爬上网杆，去咬三胖的手。三胖吓得脸都绿了，赶紧撒手。黑蛇和网杆都掉在地上。靳柯回过头来，对着黑蛇“噼里啪啦”一通乱打，不管什么蛇，只要碰着它的七寸，它就得瘫成一团。

但这黑蛇十分狡猾，竟然蜷起身子，团成一个圈，三角脑袋和要害部位钻进了圈里。它以为两人打了一阵儿，便会离开，没想到靳柯打累了，三胖又捡来木棍，对着它乱打一气。靳柯恢复力气，接着再打，那黑蛇完全被双棍压制住，不敢抬头也没办法溜。

这样劈头盖脸打了十多分钟，黑蛇仍蜷缩着身子没有动静。两人手心捏了一把汗，还是不放心，又猛打了十多分钟，直到打得手麻了，这才停手。靳柯拨了拨，黑蛇翻着白肚皮，已经死了。

死蛇还有什么可怕的。靳柯抓着蛇还在扭动的尾巴，倒提起来，对着三胖坏笑，这蛇尸他另有妙用。

第二天早上，天才蒙蒙亮，靳柯便背着书包来到学校，他破天荒第一次来得这么早。

第一遍上课铃声响起后，同学们已经陆续跑进教室，教室内顿时热闹起来。前桌一对姐妹花唐嫆、唐幂已经放下书包，拿出课本、作业本、文具盒。坐在她们后面的三胖朝同桌靳柯眨了眨眼。

但他们没想到的是，唐嫆姐妹把书包塞进抽屉后，便认真听语文老师讲课了，没有任何反应。

三胖低声问靳柯：“这是怎么回事？”靳柯转了转眼珠，突然站起来拿着文具盒到处乱打，喊道：“蟑螂！快打！”

他这一喊，前面的唐氏姐妹便回头看他，靳柯指着两人的抽屉，表情惊恐：“好几只蟑螂跑进去了。”

都是八九岁的孩子，早就讨厌坐在椅子上规规矩矩地听讲，这时听到混世小魔王的叫声，都抻着脖子瞅了过来，甚至有同学跑来瞧看唐嫆的课桌。课堂秩序乱成一团。语文老师瞪了一眼靳柯，指着墙壁：“站好！”

靳柯马上低头做认罪状，默默地靠墙站着。

这时，他偷偷瞥了一眼，看到唐嫆伸手到妹妹桌屉里，帮她赶蟑螂。靳柯笑了，他赶紧捂住耳朵。果然，几秒钟后，课堂里传来高分贝的尖叫声，唐嫆手里拿着条死蛇，想扔到桌子上，但死蛇却不知怎么缠住了她的手，甩也甩不开。

靠墙坐着的唐幂乱拍着桌子，女同学也都跟着尖叫起来，好像约好了似的，要将窗户玻璃全给震碎才罢休。

唐嫆还在甩着手臂，跌跌撞撞跑向过道，那条蛇终于甩掉了，但她跑得太急，把椅子踢倒了，更是撞歪了好几张桌子。

语文老师年近五十，本来就有心脏病，一看这条一米多长的黑蛇，黄肠子都露了出来，嘴里还咬着青蛙，当即眼一翻晕倒过去。

死蛇正好落到靳柯面前，那对小眼睛睁开了，发着青光，正冷冷盯着他，被打瘪的嘴歪斜着，勾出一抹诡异的笑容。

靳柯正好跟它对上眼，顿时吓得头发都奓了起来，他也开始放声尖叫。

闻声赶来的教导主任救醒语文老师，清走死蛇，才平息了混乱的局面。但这节课也变成了自由活动，所谓自由活动，就是同学们在窃窃私语，都在猜测着到底是谁干的。

先是三胖被叫到训导处，接着是靳柯，再就是班里比较调皮的另两名男生。

策反三胖，是不可能的。他与靳柯是铁哥们儿；逼供靳柯更是不可能的，他死猪不怕开水烫，将嘴咬得死死的。所以，靳柯与三胖凯旋，相视一笑，但靳柯脑子里满是死蛇冷冷的眼和诡异的笑，他平生第一次毛骨悚然。

放学回家的路上，三胖有说有笑，靳柯却满怀心事，打不起精神。突然三胖捅了捅他，靳柯抬起头，看到唐嫆挡住去路，正愤怒地瞪着他，唐幂站在姐姐旁边。过路的同学见气氛不对，有热闹可瞧，哪有放过之理，当即都围了过来。靳柯想走另一条路也不可能了，这个主角看来他是当定了。

唐嫆学着大人的口吻，严厉地说：“靳柯，别以为你干的事我不知道，再有下次，我要跟你拼了！”

靳柯心高气傲，哪受得了唐嫆当众威胁。他嬉皮笑脸地看着唐嫆，漫不经心地说：“这次是死的，下次是活的。”

唐嫆气得脸通红，浑身发颤。靳柯还把脸凑过去，挑衅道：“你能把我怎么着，有胆子动手啊，朝这儿打！”

第九章

蛇汤有虫

唐嫆浑身哆嗦，嘴唇都咬出血来。唐幂担心地拉着姐姐，却被唐嫆抬手甩开。

接着，唐嫆眼里突然射出一道寒光，令靳柯不由得往后退了退。只听“啪”的一声脆响，靳柯脸上火辣辣的，脑子里“嗡嗡”乱响，眼前金星乱飞。他下意识地捂住脸，痛得眼泪都快掉下来了。

同学们都开始起哄，大喊着：“樊梨花一记耳光打醒薛丁山喽！”

靳柯被一个女孩儿打耳光，受此奇耻大辱，血一下子就冲到了脑门儿。他再也控制不住了，吼叫着，像一枚炮弹轰了过去。

唐嫆冷若冰霜，身子一扭，闪身避开。靳柯冲势太急，收不住，跌了个狗吃屎，灰头土脸，呛了一鼻子灰。他脑门儿上的青筋都暴了起来，从地上蹦起老高，“哇哇”大叫着又冲向唐嫆。

唐嫆刚刚躲开，突然腰上一紧，一股大力将她撞倒在地，她感到后背剧痛，胸口气闷。靳柯已经扑在她身上，将她死死压住了。

唐嫆双手乱抓，双腿乱蹬，靳柯也是双拳乱打，混战中，两人在地上翻滚扭打起来，两人只觉得浑身都痛。唐幂吓得大哭，但看见姐姐这么被欺负，也冲上去帮助姐姐乱抓靳柯。三胖见事情闹大了，忙去抱靳柯出来，但靳柯就像疯了一般，谁碰他他就揍谁，三胖也不幸挨了他几拳。

同学们也害怕起来，忙叫来老师。当天黄昏，双方的家长都被叫到了学校。

办公室内，靳柯父亲指着儿子劈头盖脸一顿骂：“给我跪下！你堂堂男子汉打女孩儿，说出去你丢不丢人……我平常怎么教你的，做人要胸襟坦荡、谦卑礼让……你今天给我说清楚，死蛇是不是你放的？！你有胆子做，没胆子承认了？”

靳柯母亲赶紧拉住丈夫，劝道：“好了好了，孩子还小，他们这个年纪不懂事，贪玩。唉，也只怪我们常年在外，没好好教他。”

“我们也没有管好女儿，唐嫆这孩子心眼儿小，还先动手打人。”

靳柯跪在地上，低着头不敢说话，只觉得额头一凉，他抬头看到唐嫆的母亲拿着手帕给他擦脸上的血，她一头乌黑长发如瀑般披散下来，在风中轻轻摇荡。接着，她把靳柯拉了起来，劝慰道：“你看都把孩子的脸抓成什么样了。”

靳柯又感动又羞愧，小声道歉说：“阿姨是我不对，死蛇是我放进去的。”

唐嫆的父亲戴着眼镜，头发自来卷，乱蓬蓬的，有些顽童脾气，笑着对靳柯说：“我小时候比你还浑蛋……”话没说完便被妻子狠狠揪了一把。

此次事件后，靳柯就没再惹唐嫆。他折了两只纸青蛙，偷偷放在唐嫆抽屉里，以示和解。两家因为孩子而相识，有了多次来往。靳柯这才知道唐嫆的父母做的是地质勘探，他们也是常年在外。但跟靳柯家不一样的是，靳柯由奶奶照顾生活，而唐氏姐妹则由年老多病的姥姥照顾着。

时间到了夏天，班里许多同学都当上了少先队员。靳柯与三胖看到同学们戴着红领巾，别提有多眼红，尽管那段时间他们好好学习，天天向上，可是红领巾还是跟他们无缘。

他们也就不再争取什么了，虽然没搞恶作剧了，但贪玩的性子还是没有变。这天放学铃声一响，靳柯便呼朋引伴，打算去玩“摔方宝”的游戏。

用两张书纸穿来穿去，叠成方方正正的叫方宝，玩法就是拿自己的方宝用力摔在对手方宝旁边，利用产生的风把对方的方宝翻个面，地上的方宝就归对方了，反之亦然。

几个孩子围着方宝，战得狼烟四起、汗流浃背。只是，靳柯和三胖运气太差，他们辛苦搞来的方宝都输给了同学们。而最大的赢家就是王铮和徐风。

要知道，输了一个大方宝，就像输掉一元钱，可以买十颗糖。靳柯与三胖急眼了，跑回家把一本杂志撕掉，然后叠成硬方宝，雄赳赳，气昂昂带着十个硬方宝又来到学校。这次，他们是来复仇的。

老师们都住学校宿舍，在马路上摔很容易被撞见，于是选择场地也很重要。最理想的地点是在离坟山半里地的道观，那个院子很适合，但三胖嫌太远了，他要早日开打，因此退而求其次，便在坟山那块平坦水泥路上开辟出了战场。

四人战得昏天黑地，打了一个多小时。靳柯与三胖的硬方宝大显神威，几乎将昨天输掉的方宝全赢了回来。王铮输光了，提前开溜。靳柯没有对手，瞧着无聊，也回去了。

此时夜幕低垂，蓝色天空露出寒星点点。靳柯看了看天色，不由得加快了脚步，穿过坟地，有一条捷径可以走到离家近的马路，靳柯走在坟包相间的草地上，任凭他再胆大，此时也不敢四处张望，只是低着头走路，两边静静躺着坟包，一直延伸到视线的尽头。

前面出现几个穿戏服的人，他们打着灯笼，走路轻得都没有声音，在他们后面还跟着一个小男孩儿。靳柯仔细瞧了瞧，大声喊道："王铮，等等我！"

王铮停住脚步，朝靳柯招手。靳柯跑上前去，问他去哪里。王铮一脸兴奋，说："他们在煮蛇肉，咱们也去吃。"说着，便拉靳柯跟了上去。靳柯肚子早就咕咕乱叫了，这时见到熟人，也不害怕了，便跟着向前走去。

但那些戏子步伐轻飘飘的，走得很快。靳柯跟得气喘吁吁，他停下对王铮说："算了，别去了，我们还是赶快回家吧！"

他话刚说完，后面来了一个白发老奶奶和一个小媳妇，他们穿的是平常人的衣服，倒不是戏服。老奶奶一团和气，对靳柯说："快走吧，不然赶不上了，刚炖烂的蛇肉可好吃了。"

老奶奶的手皮包骨头，把靳柯抓得死死的，冰冷透骨。靳柯挣脱不了，有点儿害怕。这时，他看到王铮也被小媳妇抓着手，带着往前疾走。

坟头上支着口大锅，十多个穿着戏服的男女老少围坐在锅边，都眼巴巴望着锅里。另有两个大汉从旁边的大竹篓里取出一条条蛇，他们拿着小刀，动作熟练地斩头取胆，剥皮剐肉，将白花花的蛇截成五六段扔进锅里。

肉香扑鼻，让人垂涎欲滴。靳柯闻到肉香，肚子又不听使唤地叫了起来，他也忘了害怕。

很快，汤沸腾起来，其他人都拿着碗自顾自地舀了起来，对着嘴一倒，整碗蛇羹就进了肚子。他们也不嚼一下，好像生怕被人抢了似的，都一碗接着一碗地喝。

老奶奶从锅里舀了一碗，王铮已经迫不及待地接过，"咕噜"喝了一口，烫得龇牙咧嘴，他对着碗猛吹了几口气，仰起脖子一口气全部喝光，然后舔了舔嘴唇，对着老奶奶伸着空碗，似乎还要喝。

老奶奶伸手接过，又舀了一碗，却递给靳柯。这是瓷碗，很烫，靳柯拉长袖子罩住手掌，捧着碗吹了吹气，这才凑近嘴边。他刚要喝下去，突然见到蛇羹中浮起的蛇肉在动，他以为眼花了，睁大眼再一看，竟然发现蛇肉里有一条红色的蚯蚓探出了头。靳柯大惊失色，手中的碗摔了下来，蛇羹洒了一地，一些汤水溅到脚上，痛得他打了个激灵，一下子清醒过来。

他再看地上，那蛇肉里的红蚯蚓爬得很快，一眨眼便钻进坟包里。他指着地上，正想说蛇羹里有虫子，突然感觉气氛不对，抬头一看，只见其他人都转过了头，正冷冷盯着自己。他们表情狰狞，露出两颗雪白的獠牙。这哪里是戏子？

靳柯大叫一声，拉着王铮就跑，也不知道跑了多久，突然有两个人影朝他们走来，吓得靳柯赶紧掉转方向，却听到有个熟悉的声音叫他，原来是三胖与徐风往这边走来了。

三胖兴奋地对靳柯说："他把本儿赢回来了！"但是靳柯惊魂未定，哪有心思听他说这些。

他见后面没有人追来，这才将刚才的事告诉二人。三人再看王铮，只见他眼神空洞，脸色发青，浑身柔若无骨，烫如火炉。三人呼喊他的名字，他就像没听到，失了魂一样，跌跌撞撞往前走，突然身子一歪，栽倒在地上。

三人大惊，上前察看，却见王铮不省人事。

靳柯的家最近，三人轮流背着王铮到了家门口。靳柯大叫："爸妈！出事了！"但是家门打开，从里面走出两个穿戏服的人。靳柯连连后退，吓得浑身都凉到了谷底……

靳柯收回思绪，叹了一口气，他戴上耳机，关了壁灯。他想在音乐中沉睡，可是闭上眼后，纷乱的思绪却毫无停歇的迹象。他越控制，思绪却飞得越快……

二十一年前，那年他刚好十岁，读小学五年级。那一年发生了很多事，王铮死了，唐嫆姐妹转校，靳柯父母出了车祸……

那是一个夏日的午后，太阳火辣辣的，树上的知了在叫。靳柯刚吃完午饭，三胖就过来约他一起到河边摸鱼。

前几天大雨，河水暴涨，靳柯早就听同学们谈到，有很多鱼被水冲到岸上搁浅，徐风还"捡"到一条金红的鲤鱼。三胖早就对河里的鱼眼馋。两人一拍即合，拿着一个塑料桶，向河边走去。

两人撸起裤腿，弯腰摸索沿岸的水草。这河里果然大有乾坤，靳柯的手突然碰到一团软软的东西，滑溜有劲儿，手刚接触，那东西弹了下身子，便溜走了。

靳柯知道这是条大鱼，紧紧盯着面前的水域，兴奋得都不敢出声，他悄悄地移动脚步，两手握成空爪状，由远及近，渐渐靠近，小心包围……三胖见靳柯一脸紧张，知道有情况，忙凑了过来问是不是有鱼？

靳柯"嘘"了一声，也不直起身子，朝水面上浮着柳树根须的区域努了努嘴，示意他去那边。三胖抬脚刚离开，靳柯手里就碰到了大鱼，他兴奋地大喊起来，双手收紧，已经抓住了，没想到这鱼比他的手大多了，劲儿非常强，不停地摆尾摇动。靳柯还没从刚才的兴奋中缓过神来，那鱼的身子已经脱离了掌控，只有尾鳍还被靳柯死死攥着。

也就是两三秒钟的时间，等三胖探身来帮忙时，那大鱼撞向靳柯的脚，向后面逃去，清澈的河水映出它金黄色的身体，虽然惊惶，但身姿优雅，眨眼间消失在水中。

靳柯十分懊丧，他抬手给三胖看，手里还贴着两块鳞片，鳞片比硬币略小。

这个时候，两人突然看到大鱼消失的方向，有一处黑藻动了动，搅起细微的波纹。靳柯和三胖的心都提了起来。两人相视一眼，便悄悄地围了过去。

突然三胖大叫："在这里，我摸到它了！"靳柯快速去抓，正好抓到鱼的肚腹。鱼的肚子滑软而充满力量，这种力量是鱼对未知恐惧的悸动。

两人的指甲死死抠着鱼的鳞片，好不容易才把它弄出了水面。两人抱着它放进水桶里。

这是一条大鲤鱼，从鱼头到背鳍是金红色，在阳光下金光闪闪，非常美丽。只是身上抓痕累累，有些红鳞脱落，露出了白色的肉。它摇着尾巴，仰着头，鱼嘴露出水面，一翕一合着，好像在说着什么。

靳柯突然觉得它有些可怜，三胖却兴致不减，金色鲤鱼河里本来就少见，这摸一条大鲤鱼，可比摸十几条普通小鱼要有成就，明天在学校卖弄，肯定能威风好一阵子。

两人穿上鞋，边走边说着对大鲤鱼的打算，越说越兴奋，竟然没有留意到阳光变暗，半个天空已经乌云如墨，直到闷雷隆隆响起，两人才意识到暴雨要来了，赶紧往家里跑。他们穿过林子，没跑多远，豆大的雨点已经砸在身上。幸好林子里有个破石房子，赶紧钻进去避雨。

这雨越下越大，两人便坐在石凳上用手拨动着大鲤鱼。大鲤鱼虽然掉了一些鳞片，但看起来仍活力十足，绕着水桶转圈。

靳柯去摸鱼身上隆起的背鳍。突然鱼嘴大张，一条红蚯蚓似的东西刚露出头便缩了回去，好像还是活的。他吓了一跳，赶紧把手抽回来。

三胖嘲笑他："就一条蚯蚓你还怕？这鱼肯定是吃蚯蚓的。"

靳柯感觉不对劲儿，但又说不出来是哪里。桶里的水颜色变深了，水面上似乎还残留血迹。他盯着水桶惊恐地说："桶里不是还有两条小鱼吗？"

靳柯记得换水的时候，小鱼明明还在桶里，怎么就凭空消失了？

虽然奇怪，但三胖觉得也没什么大不了的，指着大鲤鱼说："这水里还有血，肯定是被它吃掉了。"

靳柯摇了摇头，从来没有听说过鲤鱼也吃鱼的。这鱼肯定有问题。他想到喝蛇汤的事，王铮可能是吃了蛇汤死的，心里更加不安，不由得又看向桶里的鱼，只见它鼓着眼睛，正仰头冷冷望着他。

靳柯吓得脸色苍白，赶紧移开目光。

三胖没有察觉到靳柯的异样，他觉得抓到能吃鱼的鱼是一件更了不得的事，又对靳柯说："我们把这条鱼送给班主任怎么样？"

靳柯看他那贼贼的表情，以为他想出了馊点子，要干坏事，没想到三胖兴奋地说："我们老是评不上少先队员。如果把鱼送给班主任，她就会让我们戴红领巾了。"

靳柯鄙夷地看着三胖："红领巾算什么，你就这点儿出息。"说着，他突然站起来，找了根粗大的树枝，一脚踢翻水桶，用棍子打起鱼来。

三胖回过神来，马上去夺靳柯的棍子，但是大鲤鱼已经一动不动，被打死了。三胖这个气啊，一拳打向靳柯，靳柯伸腿把他钩倒，两个小孩儿滚在地上扭打起来。

瓢泼大雨打得房顶"砰砰"作响，由破墙缝儿吹进来的风冷得让人缩脖子，突然远处马路上传来发动机声。靳柯松开揪住三胖衣领的手，说不打了。三胖也松了手，这一闹刚才的气也都消了。

靳柯从地上爬起来，走到门口向外张望，只见地质勘探队的东风卡车正行驶在林边的马路上，车上还载着钻机类的大家伙。这辆车靳柯再熟悉不过了，他常看到唐嫆父母开着它。

雨也不知道什么时候停，这车倒可以顺道捎他们回家。靳柯冲着卡车喊道：“停车，停一停！”

三胖也跟着叫喊，但任凭两人再怎么喊，车子还是驶过了林子。雨下得越来越大，地上的积水已经到了鞋帮子上。两人的衣服被淋湿了，风吹过来，湿漉漉地贴在背上，两人抱着双臂，只觉得更冷了。

突然，他们听到“轰”的一声巨响，刚才唐嫆父母开车经过的马路上冒出熊熊火光。

第十章
诡异车祸

靳柯与三胖大惊，顾不上淋雨，穿过林子，向冒烟的地方冲去。近了才看到是两辆车相撞，车头已经瘪了，火焰在大雨中化为滚滚浓烟。

三胖奔跑时摔了一跤。靳柯也没等他。他自己越来越不安。因为另一辆相撞的面包车，竟然在车身上贴着一个变形金刚擎天柱的纸贴，那是他亲手贴上的。

驾驶室的门被撞开，爬出两个人，他们穿着尼龙格子衣服，衣服上都是血。靳柯冲向前去，离得更近，看得也更清楚了。只见那女人一头长发，那男人戴着眼镜，头发自来卷，正是唐嫆的父亲和母亲。他们怎么会从自己父母的面包车里出来？！

叔叔阿姨腿上血肉模糊，白骨都露了出来，膝盖一上一下滑动着。但他们走路却不瘸，竟然奔跑着来到卡车门前，捶打着窗玻璃。但是，车内却传来自己父母恐惧的叫声。里面一阵乱响，好像在做着什么防范措施，阻止外人进去。

靳柯再次大声喊着阿姨。这时，阿姨听到了声音，转脸望过来。靳柯心脏猛地紧缩，那是一张五官扭曲的脸，眼神冰冷，鼻子歪塌，一排细细的牙齿又尖又长。

这还是唐嫆美丽的妈妈吗？靳柯吓得后退几步，撞上跟上来的三胖，两人都摔倒在泥浆中。

靳柯爬了起来，看到叔叔用不知从哪里拿来的铁橇，正猛砸着车前的挡风玻璃，玻璃破碎了。车内伸出一个工兵铲，拍向蹲在车前的叔叔。叔叔抓住铲头，他的手指往下压，那铲头慢慢弯曲。

叔叔扔掉工兵铲，便将车内靳柯的爸妈拖了出来。

爸妈脸上都是血，悲惨求饶着。叔叔阿姨一人提一个，一边走一边弯腰干呕着，分别拖着爸妈向公路边的森林走去。

那片森林连接着长白山的支脉，里面有广阔的原始森林，这要走进去，就再也走不出来了。

靳柯又骇又怒，冲到前面去拉阿姨，没想到阿姨竟然反手过来，一把抓住他的手。她的指甲很尖，顿时将靳柯的手臂划出了血。

被抓住的妈妈见到靳柯，竟然翻着白眼，阴森地笑，帮着阿姨来抓自己的儿子。

靳柯顿时懵了，也不知道挣扎，任由两个女人铁钳般的手提着他走向森林。三胖突然猛冲过来，将两个女人撞倒在地，拉起靳柯就跑。

靳柯本能地回头看了一眼，只见阿姨和妈妈也不追来，他们像虫子一样四肢着地，快速向森林里爬去。

回家的路上，靳柯和三胖都没有说话。靳柯安慰自己，刚才见到的都是幻觉，他只不过是做了个噩梦，回到家后就能见着爸妈了，就能躺在温暖的床上继续看小人书《霍元甲》了。

但事实是靳柯的父母当天失踪了，而且再也没有回来。靳柯坚信，自己还在噩梦中，噩梦是循环轮回的，只要第二天醒来……

唐嫆姐妹的转校，警察的问话，都明明白白告诉靳柯，两车相撞后，两个家庭的支柱都不明不白失踪了，这一切不是梦，都是真实的。

多少天过去了，靳柯还是没从梦里走出来，他变得很安静，整天发呆，郁郁寡欢。爷爷从北京回来了，怎么安慰靳柯也没有效果。直到有一天，三胖拉着靳柯去了道观……

道观很破，堂上供着三清尊神，但金身早已剥落，香火更是寥寥，以前最令靳柯感兴趣的就是里面种了有十多年的七八株葡萄藤。靳柯常与三胖翻墙过来，偷葡萄吃。有一次被道长抓个正着，两人非常紧张。这要是被老师或爸妈知道了，还不打断他们的手。

道长不仅没有训斥两人，反而转身从藤上摘下一大捧葡萄，塞到他们手里。

两人后来与道长越走越近，而且常常在玩累了，肚子叫唤的时候，去道长家里蹭饭吃。

道长三十多岁，常年穿着一件已发黄、打了补丁的道袍，日子过得悠然，他在道观的后山开垦了菜地，见两个小客人来了，便采摘新鲜的蔬菜，亲自下厨，邀其一起吃饭。为此，两人的奶奶没少唠叨，还专程提着水果和鸡蛋感谢道长。

饭桌上，靳柯与三胖通常提出些神鬼的问题，道长也一一作答。这道长不为尘世礼俗所缚，竟然还给他们讲跟鬼神有关的故事，引得他们俩越听越害怕，越害怕越想听，以至于每个周末两人都会留出半天待在道观里。

那道长一见靳柯，便察觉到他脸色不对，问起原因，在旁的三胖都说了出来。

道长朝空中抓了把空气，问靳柯说："这是什么？"道长以空气为喻，将鬼比喻成神秘的物质，不可看、不可闻，但不能否认其存在。他告诉靳柯，鬼只会变成你最亲近的人。他们变成你的父母来害你了，因为只有你父母的"空气"你才能吸进去，给你最强烈的刺激，所以，这些鬼只是变成你父母，而不是你的父母，你只是撞邪了……

寥寥几句话，把靳柯的心结解了一半，道长又讲了些佛经、道经的故事，其宗旨都是劝人行善，教人修养。

后来，他小学毕业那一年，奶奶去世，他跟着爷爷来到了北京读初中。

三胖的父母生意做得越来越大，也迁居北京。爷爷特意在其小区买房，为的就是让靳柯能与三胖一起，有个玩伴，早日走出阴霾。

俗话说，三岁看到老。每个人小时候看起来都是那么与众不同，但长大后，都变成了另外一副面孔，能一辈子保持小时候的赤子之心是件非常难得的事情。幸运的是，靳柯在人生的关键时刻，有家人庇护、朋友帮忙、贵人相助，在他陷入无尽的黑暗深渊时，虽然也对生活失去了信心，没有勇气面对现实，但他没有自暴自弃，反而回到了正常的生活轨道，一如既往，健康成长。

但是三胖就没有这么好运了。他父亲带着钱跟着别的女人跑了，留下三胖母亲辛苦支撑着这个家，她的脾气几乎一夜之间变得乖戾暴躁，她对三胖管教极严，但三胖一是长得越来越像他爸；二是自由惯了，在学业或其他方面一时达不到母亲要的标准，常遭到训斥奚落，他表面的开朗自信实际上是自卑的矫枉过正。

父亲走后，母亲饮酒过度，在大冬天开煤气自杀，虽然被抢救回来，却因为一氧化碳中毒得了迟发性脑病，身体状态每况愈下，直至昏迷在床，变成了植物人。那已经是三胖读大学的事了。

而那时靳柯父母留下的古玩店经过爷爷打理，生意日益兴隆。爷爷把生意交给职业经理人打理，自己却成天研究考古。后来，靳柯接管家族生意后，又做了道士，爷爷不置可否，只是告诉靳柯自己可以做决定，但不要玩过了。这十多年来爷爷一直在忙，他只在做一件事：寻找喜王陵墓。

喜王，就是商代纣王的大将攸侯喜。历史留下关于他的文献资料很少，只是在近代出土的甲骨文中记载：公元前1045年的腊月，武王伐纣，平定东夷叛乱的攸侯喜大军擒王未果，导致商朝亡国。而后攸侯喜和他率领的十万大军在历史中凭空消失。

比较权威的说法是，攸侯喜军团东渡到了美洲。而这种说法得到越来越多的考古发掘证实。

在玛雅出土的文物中，有很多带着殷商文化的印记。而现今在世的玛雅人也世代流传着《喜王之歌》，他们自称是“三千年前由天国乘涕竹舟经天之浮桥诸岛”来的，天国自然指的是中国。

但是，即便攸侯喜去了玛雅（也就是今天中美洲墨西哥、委内瑞拉一带），他死后的陵墓也应该在玛雅，怎么会跑回中国？

从中美洲到中国的直线距离约为一万五千公里。也就是说，商朝的船队很可能是被海汛偶然带到了玛雅，但是，假设商代船只具备远航的实力，但是太平洋洋流多变，汛期不定，攸侯喜他们是怎么克服这些困难，回到中国，并把陵墓建在中国的？

关于这个问题，靳柯曾经问过爷爷，但爷爷没有回答，他只是画了一幅图。一个大圆，里面有两个倒“S”，周围又绘了一些云纹、雷纹，整个图案看起来是阴阳鱼。爷爷说这是阴阳螭，是纣王迎接神仙的神器，他几十年来实地考察、考古论证，现在确定它就在攸侯喜的王陵里。当然，王陵里还有玛雅的其他古董。

所有问题的答案都在喜王陵，只要找到喜王陵，一切问题都可以迎刃而解。爷爷的说法，很像是由结果逆推原因和过程，正如他常讲的金字塔里的神奇，现在的科学并不能解释，但它就是存在着。

爷爷说，如果挖开地下所有的古墓，你会发现古人的眼界并不比现代人窄，古人的智慧并不比现代人逊色。特别是中国人，因为中国古人的科学一向都是顿悟的、感性的、灵性的，是直达结果而忽略过程的。这就决定着中国的古人比世界其他任何种族的人都能看得更远，想得更深。《易经》是证据，阴阳螭也将是证据。

当初爷爷那么忙，为何单单跟他说阴阳螭和喜王陵的事，而且讲得那么详细？现在靳柯明白了，爷爷是担心自己出事，特意给自己留下了线索。只是更多线索因为《考古笔记》后半部的缺失而变得不完整。

根据爷爷的习惯，《考古笔记》前半部分记录着考古地图及工作记录，而后半部分记录着陵墓的结构机关及文化构想。

靳柯虽然感到可惜，但也没办法了，至少前半部已经告诉他们怎么找到喜王陵了。靳柯合上笔记，贴身放好，突然看到熟睡中的唐嫆老是去挠脖子上的“阴阳鱼”，他便从行李包里拿出糯米，嚼碎了给她敷上，她就慢慢睡得安稳了。

距离他们两排座位的地方，一名留着八字胡的男子在看书，眼睛却透过杂志盯着靳柯的一举一动。在靳柯起身去洗手间的时候，那名男子突然相向而来，撞在他的身上，杂志掉落在地。靳柯连忙道歉，弯腰将杂志捡起归还给男人，那男子却趁他不注意把手放进了他的口袋……

那男人粗声嘎气地道了谢，便向洗手间走去，嘴角露出一丝笑容。

靳柯看着他的背影，觉得很眼熟，而且他皮肤白皙，倒像是个女人。正在这时，广播提醒旅客，飞机十分钟后就要降落，乘客们陆续摘下耳机，一些性急的旅客已开始拿下行李，准备下飞机。

飞机降落后，那名八字胡男子藏身在人流之中，尾随靳柯他们出了机场。

第十一章

夜半来客

靳柯一眼就看到了四儿，他的特征非常明显，个子高达两米，在人群中鹤立鸡群。他手里拿着刚取回的包裹，正是靳柯航运过来托他代收的斩鬼刀和唐嫆手枪。

四儿常到北京来玩，是老相识了。四儿双臂张开，扑了过来。三胖赶紧躲开。这小子最喜欢跟别人拥抱，而且特别喜欢找三胖，他说三胖肉多，抱着舒服。

靳柯笑道："少来了！跟你拥抱就像大人搂孩子！"

几人说笑了一番，也不多废话，便上了四儿的车，离开了机场。车上，靳柯问起此次冒险的终点长白山干饭盆的情况，四儿回答说："干饭盆是长白山的百慕大，进去出不来。驴友、探险者、附近螳螂村的村民都有在里面迷路的，上个月还有一队考古人员失踪了，据说派了直升机去找，却是无功而返。"

"你都听到什么考古队的消息了？"后座上的唐嫆问。

"好像在找什么古坟吧，具体的我也不清楚。"四儿压低声音说，"干饭盆是原始森林，面积比神农架还大，真要是掉进里面，还不像一根针掉进海里？而且听说里面可邪乎了，有说住着熊精的，有说住着野人的，还有说住着个千年粽子精，专门吃人心……"

三胖和靳柯这时候正在后排座位上翻着装备，都是些食物、药品，还有一根锈迹斑斑的鸟铳。

三胖顿时傻了眼，举着鸟铳打断四儿的话：“我靠，我们又不是来听聊斋的。你拿这个破玩意儿糊弄我们，是让我们到深山老林打鸟玩儿啊？不是说让你搞点儿枪吗？”

四儿苦着脸说：“哎哟，我的胖爷。现在全国都在打黑，我不怕死，有人怕死啊。枪贩子他们得过这阵子，才敢冒头。”

三胖与靳柯都练过气枪，这次是准备带重型武器去轰那喜王陵里的东西的，现在却只是打一发要填一发火药的鸟铳，还不如拿把刀直接对着干利索呢！三胖的性子属炮仗的，一点就炸，想到去那种地方竟然没有趁手的武器，顿时急得青筋在额头上跳。

“考古队也有五六个纯爷们儿，他们都完蛋了，我们没武器还逞什么能。这还去个屁啊！”三胖把鸟铳往车门上一砸。

“给你就拿着，哪这么多废话！”四儿与三胖三言两语话不投机。

“你不服气是吧，来，我们下车练练！”四儿猛地刹车，扭头瞪着三胖。

三胖一把拉开车门，跨了出去，他也不管这是高速，前前后后有车子疾驰，嚷道：“你就是个糠萝卜，我还真怕你不成？有种下来！”

靳柯也怒了：“你们都给我住嘴！”他瞪着三胖，“再不上来，你就别去了！”

对于三胖的气话，靳柯能够理解，这次去的地方不是好玩儿的，没有趁手的家伙就去冒险，真是九死一生。但是，三胖的懦弱，却让靳柯大大不满。

三胖因为家庭的原因，脾气变得跟他母亲一样暴躁、倔强，而且心理承受力比较弱，总是会夸大自己的压力，有严重的焦虑症。靳柯曾形容他做事开头是兔子，中间和结果都是蛮牛。意思是他刚开始做事时，会胆小怯弱、风声鹤唳，但是一旦真干起来后，他又打了鸡血，勇猛无比，直到把事情解决。

三胖气呼呼地上了车，“砰”的一声门被拉上。四儿冷着脸，瞪着前方继续开着车。靳柯皱眉看着双方，也不说话。一时车内气氛极为压抑。坐在后排的唐嫆看了看装备，便说：“再去筹备武器，恐怕夜长梦多。我们现在只好走一步看一步，别把事情往坏里想，也许没有那么糟。”她顿了顿，接着对四儿说，“你把装备清单给我看下。”

四儿从口袋里掏出一张纸，唐嫆接过，上面写着：登山绳六根、杀虫剂 / 粉六瓶、矿灯强光探灯 / 狼眼各六支、黑驴蹄三只、雷管六根、工兵铲三把、军刺一把、登山镐三支……

一行人从机场来到长途车站，便下了车，四儿给三胖、靳柯分了根烟，还为三胖点上。三胖也没说什么，好像车里发生的不愉快根本就不存在似的。

靳柯三人与四儿告了别，便坐大巴赶往江源县城。一路无话，最后一站是螳螂山，这山蔓延数十里，山路崎岖，每人负重达五十公斤，就靠两条腿走过去，走了半个小时，实在累得够呛，便坐在草埂上休息。

远处一辆马车驰来，三胖赶紧上前拦住“求救”。那马夫是个老汉，姓李，五十多岁，刚卖完枣从市集回来，为人爽快，又是顺道，便捎上三人。

三人连声道谢，手忙脚乱地把装备放上车子。李老汉坐在前边，吧嗒着旱烟，盯着唐嫆一眼不眨地看。

唐嫆上身穿着卡其色夹克外套，下身是一条紧身皮裤，打扮十分干练。她放上装备后，便捋了捋了秀发，刚才走了这一趟汗都出来了，便敞开了外套领口，透出了里面的 T 恤。

三胖悄声对靳柯说：“这老汉没见过城里的美女啊，八成看上唐嫆了。”

靳柯微微一笑，心想她可不是善男信女。李老汉打量着唐嫆问：“姑娘你头发剪短了，差点儿没认出来。解放军在山里搜了十多天，愣是没见着人影，原来你早出来了。咋又要进去呢？”

考古队失踪的事在当地已经传得沸沸扬扬，李老汉就住在离干饭盆最近的螳螂村，他知道这些事也不奇怪，显然把唐嫆当成唐幂了。

唐嫆试探地问："大爷，你认得我？"

李老汉难以置信地说："嗐，你这姑娘咋记性这么差呢？一个月前，你跟着一大帮人在我家住了一晚，你忘记啦？当时你闹肚子，还是我婆娘给你熬的药。"说着，目光又围着唐嫆转了两圈，咂了咂嘴，"像，真像。但眼神神态不像，那女孩儿看着身子骨儿弱些……"他突然意识到什么，问，"你们是双胞胎？"

"她是我妹妹。"

李老汉见唐嫆脸色不太好，便没再往下问，扬鞭朝空中挥去，车子动了起来。三胖殷勤地贡献了几根烟之后，李老汉打开了话匣子，讲起一个月前发生的事情。

李老汉的家就在村口，村里有外人进来，他常常第一个知道。那天晚上，李老汉坐在门口给烟袋锅添着烟叶，突然家里的猎犬小虎叫了起来。小虎一般情况下不会叫，都是乡里乡亲，小虎也跟他们熟了。但是现在，它却叫得很凶恶。这不是遭贼了，就是有野兽下山了。

李老汉有些紧张，拿起放在篱笆上的砍柴刀，站在门口大声问："是谁？"

只见漆黑的土路上有几个人影晃着手电筒，正向篱笆门这边走来，他们背着特大号的双肩包，为首的是一个白发老头子，他说："老乡，别害怕，我们是来采棒槌的。远近就只有您这个地方了，我们走了一天，疲累了，借宿一晚就走，您看行吗？"

李老汉不敢马上答应，待这行人走近了，才看到，走在老头儿旁边的后生还背着个大姑娘。

现在是七月，可不是采棒槌的时候。他对老头子瞒他有些不满，但看到老头子一伙人面善，文质彬彬的，不像坏人，何况还背着个生病的姑娘，便喝住小虎，打开篱笆门，让他们进来。

狗吠声把屋里的王大婶和孩子都惊动了，李老汉让王大婶弄酒菜招待客人，但老头子却说他们已经吃过了，接着一男一女把拉肚子的姑娘送到了客房休息。

靳柯听到这里心里有了底，按李老汉的描述，那应该是许美灵和王海。

然后他们俩就回到了客堂，许美灵把双肩包打开，取出巧克力分给了小孩儿们吃。王大婶熬了些黄草根，端给唐幂喝，这是村民治拉肚子的土方子，一碗就见效。

客堂恢复平静后，靳教授与李老汉聊起干饭盆的传说。李老汉说也不知道从哪一代开始传的，说干饭盆里面有个神仙墓，埋着一个做将军的王爷，这个王爷打仗很厉害，从各个国家抢来了无数珍珠宝贝，死后陪葬继续享受生前的荣华富贵，现在也不知道他有没有成仙，宝藏还在不在。

这前前后后村里有好几拨人去过，但是都没有出来。人们说，王爷为了防人挖他棺材，就把坟墓做成了个蛇窟，有九头蛇怪在守着，外面林子里还训练了熊精日夜巡逻。

进去的人，不论是谁，都会被熊精挖去人心，迷了心性，一直在干饭盆兜圈子，再也别想走出来了。前几年还有采棒槌的人进去，二十多人进去，出来的却只有一个，还是捂着肠子逃出来的。那九头蛇怪更加厉害，那蛇芯子是带铁钩的，往外一吐，能伸出两米长，铁钩钉住了人，在脑子上打了个洞，眨眼间那白花花的脑髓就被吸干了。去年下大雨，山体滑坡，泥石流中还冲出一些断胳膊、破脑袋的人骨，想必是寻宝的人被熊精和蛇怪害的。

李老汉问他们是不是去找古坟的。大家都没说话，看着靳教授，而靳教授笑而不语。

两人一问一答的时候，外边的小虎突然瑟瑟缩缩地叫着，大家都感到奇怪，这狗发出这种叫声肯定是害怕什么东西。

李老汉的脸色变得很难看，他说三年前有村里的猎户抓了两只熊崽儿，母熊寻上门来，小虎也是这样的叫声，一边说一边惶恐地把大家往储藏室里赶。

来到储藏室后，李老汉揭开地上的木板，露出黑森森的洞口，也不用他催促，大家便仓皇地顺着梯子，钻进菜窖里。

靳教授是第一个，他刚下了梯子，身子还没钻进去，只听外面小虎“嗷”地惨嚎了一声，便没了声音，接着院外的鸡、鸭、猪都凄厉地叫了起来，地面震动，木门倒下，众人回头看去，只见一只大黑熊眼睛通红，抓着血淋淋的狗头和肠子闯了进来。

靳教授他们没带武器，都吓得面如土色，但此刻再跑已经来不及了。李老汉取下墙上挂着的猎枪，朝着黑熊打了一枪，但是他却故意打偏了。

李老汉知道黑熊皮糙肉厚，脂肪又多，挨几下枪子儿后照样可以扑人。这枪声只是为吸引它过去，要是把它打伤，激发了它的狂性，后果更是不堪设想。

储藏室墙壁上辟了一个长方形的窗台，本来是放置怕潮的食物，现在这儿成了李老汉的救命通道。他推开食物，一股脑儿钻了进去，来到了后门。

趁这工夫，考古队的人推挤着下梯子往菜窖里跳，那黑熊见钻不进窗台，便来扑脑袋还留在梯子上面的王海。

王海抖成一团，竟然吓得不敢动了。眼见就要命丧于此，突然李老汉从后门转了过来，对着黑熊又开了一枪，这次他打中了黑熊。

黑熊被激怒，果然丢下王海，追赶李老汉。李老汉迅速从后门绕到了院子，黑熊蠢笨，只会直线追击，不会绕弯，所以也想从后门出去。

但后门较矮过不去，它恼怒大吼，爪子乱拍，硬生生将门梁上的砖头都拍松拍塌了，差点儿把屋梁都给拆掉。

李老汉来到院子后，只见婆娘王大婶在大树旁焦急地等着，她手里端着一个竹编的簸箕。李老汉刚到树边，王大婶便从簸箕中抓了大把的树莓、山枇杷塞进他的口袋里，然后赶紧跑回了家。

李老汉刚爬上树，黑熊就来了，它绕着树转了几圈，寻不着人，又要往堂屋里去找。李老汉赶紧扔果子打它，黑熊见有吃的，忙低头顾着捡地上的果子，也不扑人了。李老汉掌握好力度，先抛近后抛远，从院里到院外，扔了一圈，直到把黑熊引了出去。

送熊老爷出门后，李老汉才松了口气，他摘下挂在树上的铜锣。这铜锣村民们每家一个，是用来报警的，告诉大伙儿熊老爷来了，大伙儿都来送送。

村里头本是黑漆漆的，听到锣声后，灯光几乎是同时亮了起来，村民们纷纷把锣敲得很响，驱逐黑熊。黑熊寻摸着要去另外有灯光的村民家，但它特别怕锣声，这锣声震天响，它咬死了几家人的家禽家畜后，再也不敢往前走了。整个村里忙了大半夜，这才送走了熊老爷。

幸好李老汉及时敲锣警告，全村没有人伤亡，但狗死了不少，不过，李老汉一家损失是最惨重的。他养的家畜、家禽不是破肚儿就是被捏断了脖子，小虎死得最惨。李老汉的孙女们看着小虎没头的尸体，伤心地“哇哇”大哭起来。

山民视狗为朋友，山中有猛兽出来，全靠狗保护。坐在台阶上的王大婶抹了把眼泪，突然风风火火地走到堂屋里，把堆在墙根儿的双肩包拉开，她抓出工兵铲扔在靳教授面前，骂道：“还说不是挖坟的，这是什么！熊老爷就是你们招来的！”又指着靳教授的鼻子骂了半天，干脆轰人，“走，你们都给我走！”

靳教授他们还从来没有遇到这样的事情，都一脸尴尬地杵在那里，也不知道说什么好。

李老汉虽然也伤心，但是大半夜把人赶走去喂熊也于心不忍。他劝说了好久，王大婶这才作罢。

第十二章

黑马丢魂

靳柯问李老汉："后来呢？"

李老汉吧嗒了一口烟，说："他们给了一叠钱，我们不要，但硬塞到了我婆娘身上，第二天天没亮他们就走了。"

靳柯认为遇到熊只是巧合，但是这巧合也太巧了。他不知道李老汉所谓的熊精是否真的通了人性，成了熊老爷，但是，他现在能肯定的是，喜王陵一定就在干饭盆。

靳柯记起，在《考古笔记》里，爷爷曾专门提过李老汉等村民的相貌。靳柯仔细打量李老汉，果然如笔记中所讲，长脸扁额头，厚嘴唇，还带点儿鹰钩鼻，像生活在墨西哥的玛雅人。这些村民应该都是攸侯喜带回的玛雅人或者是玛雅人与汉人的后代，他们的祖先是守陵人，后枝开叶散，繁衍形成了螳螂村。

现在世事变迁，沧海桑田，这些村民虽然不知道陵墓在哪里，也渐渐淡忘了守陵的责任，但是在世代传承中烙印在心里的守陵意识还是让他们本能地阻止外人去找王陵。靳柯认为所谓的熊老爷、蛇怪什么的，应该只是村民守陵集体意识的反映。

这段山道坑洼不平，每行百米，屁股就要从座位上弹起来一次。

马车在崎岖的山路上跑了一个小时，螳螂村已遥遥可望，那是掩映在森林中的小村庄。炊烟在林中升腾起来，随风变幻着形状，渐渐消失。

村里的鸡鸣狗吠声和小孩儿的哭闹声传了过来，眼见就到家了，但李老汉却让马车慢了下来。

他瞪着眼睛，握紧缰绳，把控好马笼头，打起了十二分精神向三人介绍着此地的情况：前面有一段下坡路，约两百米的距离，窄得只容两人并排走过。坡路左侧有山林阻挡，右侧却是因为山体滑坡和塌方而形成的涧崖，崖下峭石嶙峋，十分险恶。

以前有村民三五一伙儿，摸黑去赶集，常常有人掉下涧崖，尸体都找不到了。一天，来了个外地的阴阳先生，说这路底下是古代人抛尸的地方，有冤死鬼作怪，要是有人走路时说话或者喊叫，就惊动了它们的安宁，会被抓去当替身，久而久之，当地人称这段下坡路为坠魂坡，又称鬼见愁。

这些怪力乱神之事，靳柯三人虽不相信，但入乡随俗，他们也只好遵照缄口的规矩。而且，三人也看到坠魂坡路窄势险，确实不宜快走。

只是这黑马贪嘴，不见主人催促，便由着性子信步，不时抻着脖子去吃路侧的青草。这样一来，马车一步一顿，比人走得还慢。三胖看见数米之地，却要花上一两分钟，心里叫苦不迭，急得要吐血。

山林风动，花树低头，清香徐来，三人见着急也没用，便从包里取出食品。吃着牛肉干，欣赏着山林野景，倒别有一番情趣。

靳柯把牛肉干、巧克力搁在李老汉身边，李老汉没有任何表示，他只是一脸紧张地盯着路面。车轮碾过，悬崖的碎石纷纷而下，整个马车如同在十层楼的瓦顶边缘行走，实在是惊心动魄。

大约一刻钟后，马车走完了坠魂坡一半的路程，三胖吃完牛肉干，拿手擦了擦嘴，突然闻到一股腥臭之气，他问靳柯："这怪味儿从哪里来的，你闻到没有？"

话音刚落，三人只觉得车轮一顿。黑马打着响鼻，却停下不走了。李老汉挥起空鞭，发出急促的脆响，黑马怕鞭子，这才又动了起来。

臭味儿越来越浓，唐嫆和靳柯掩住了鼻子，三胖用手挥了挥臭味儿，喊道："我最受不了尸臭味儿，前面不会有死人吧？"

这哪是尸臭味儿？靳柯正要回答。李老汉回头"嘘"了一声。等靳柯回头时，突然发现路面铺满银白色的黏液，呈带状分布，在阳光下闪闪发亮。而这时黑马暴躁不安，踢着蹄子，大声嘶鸣，开始往后倒退，由于路窄，它的蹄子不时踩空，只听得碎土簌簌掉到崖下。

李老汉惊出一身冷汗，双手拉住缰绳，扭转马笼头，阻止黑马掉头。黑马却把笼头摆得像拨浪鼓，前蹄扬在半空，暴躁地嘶鸣着。

眼看李老汉虎口出血，就要握不住绳索了，靳柯探出身子帮他拉住。由于车上位置狭窄，唐熔与三胖心里虽着急，却只能在后面干望着。

路边的花草树木动了起来，沙沙作响，接着一条蛇从左侧林中蹿了出来，穿过车轮，掉下悬崖。众人惊愕之时，林中爬出黑压压的蛇群，这些蛇有色彩斑斓的，有纯色的，大的、小的、长的、短的，各种各样，漫山遍野。

黑马右蹄打滑，身子倾斜得快掉到悬崖下了，却不知身处险境，它屁股继续顶着车板往后退，直到车轮被一块石头卡住。但当黏滑冰冷的蛇接触到它的蹄子的时候，黑马彻底崩溃了，它不管不顾，扭身带着所有人往悬崖下逃去……

李老汉首当其冲，整个人被马拉着甩向山崖。

千钧一发之际，靳柯跟着扑了下去，右手拉住李老汉，但是他左手却没有扳住马车厢板，身子也跟着往下掉。

这要掉下去，哪里还有命在？突然一根绳索"啪"地甩来，靳柯眼疾手快，伸手抓去，已抓住了登山绳，这才止住了下坠之势。两人体重下坠之势让靳柯的手又往下滑了几米，手心磨出的血顺着绳子往下滴。

唐熔和三胖拉着登山绳子，奋力把他们往上拉。还没容他们喘一口气，站在悬崖边儿的黑马四蹄乱踩，把悬崖边缘的土石都踩塌了，它悲惨嘶鸣一声，半个身子已经落到了悬崖外，正拼力踢着腿往上挣扎。而马缰绳不知何时缠住了车子，连带着把马车都快拉得倒向悬崖一侧了。

靳柯与李老汉还没被拉上来，却又出现这样的事，唐熔与三胖一时分不出手，额头上顿时冒出了豆大的汗珠。

这黑马膘肥体壮，它要掉下去，整个马车都会掉下，大伙儿全得跟着它完蛋。三胖急得大骂，恨不得一刀捅了这大眼牲畜。

唐嫆还比较冷静，让三胖帮着把登山绳系到树干上，然后，两人抓住滑向山崖的缰绳，借着向后压的自身重量，咬牙切齿地将马从悬崖边缘往回拉。

黑马脖子一歪，牙口都流出血来，它在崖壁上四蹄乱踢，尘土纷纷落下，下面的靳柯被撒下来的土，被弄了个灰头土脸。更要命的是，他跟所有人一样，在眼睛遇到突然的刺激后，第一反应是去挠眼睛，结果手一松，身子往下滑了一大截。好容易缓过神来，他单手拽着李老汉，双腿蹬着山壁中的凹凸，像攀岩一样，拉住绳子慢慢往上爬。到了一定高度后，他左手终于够得上车板，牢牢抓住车板，深深吸了一口气，对脚下的李老汉说："你坚持住！我上去之后就拉你上来。"

话音刚落，靳柯右手松开李老汉，身子往上一纵，率先跳上车子，然后他拉住绳索，奋力将抓着绳索的李老汉往上拉。

与此同时，唐嫆与三胖气喘吁吁，将黑马拉了上来，但黑马也就安静了一两秒钟，见到蛇群又四蹄乱跳起来。此时马嚼变形，环扣松动，唐嫆与三胖拉着的马缰形同虚设。

为了让跳动不安的黑马静下来，三胖后腿一蹬，往上跃起，给黑马来了个泰山压顶式。那黑马脚下蛇群乱爬，本就吓得四腿发软，经三胖这一压，顿时四肢叉开，来了个大马趴。马嘴贴着地面，见蛇游过，吓得摇摇晃晃又站了起来。这么一闹，它再也没有先前的恐惧躁动，仿佛认命似的，虽然有剧毒的五步蛇与土地婆在脚下游动，却直直僵立、不敢乱动。

靳柯此时也将李老汉拉了上来，四人安全之后，这才松了口气，看着地上的蛇群密密麻麻地扭动前进。

这些蛇一条接一条，前赴后继地掉下悬崖，死状十分惨烈：开膛破肚、脑浆迸裂、断成数截、碎尸百块。

而这些蛇尸中，竟然有明显待产的大肚蛇以及肢体交缠交配前进的夫妻蛇。它们义无反顾地送死，究竟是为了什么？难道后面有天敌追赶？

唐嫆最怕蛇，正因为怕，对蛇也极为了解，她扭过头不看蛇，对着靳柯说："獾、獴、刺猬、野猪、猫都会抓蛇吃，算得上它们的克星。但是蛇没事不惹事，来事不怕事，即便碰到克星，也有胆量一战，从不会逃得这么没尊严，死得这么窝囊。"

靳柯也是心里发慌，说："我们也别往复杂里想，也许就是它们的生存环境发生了变化，需要进行一定距离的迁徙。"又对李老汉说，"之前有发生动物迁徙的事吗？"

李老汉似乎没有从惊吓中醒过来，脑子还晕乎着："是熊老爷，一定是熊老爷知道你们来了！"

三胖翻了翻白眼，心说，这蛇群关熊瞎子毛事。

唐嫆却察觉出李老汉的话似乎另有隐情，她拿出一瓶矿泉水，给李老汉喝了。李老汉这才慢慢平静下来，说考古队来后，这干饭盆的熊老爷惊动了，他一发威，林子里的动物都害怕得逃了出来。每隔三四天，便有动物成群迁徙，有时是兔子、狍子，有时是树上的松鼠，但是最多也只有上百只，从来没有今天这么大的规模。

李老汉又"咕嘟"喝了几口水，颤声说："这是熊老爷在警告你们，你们还要进去，他就要收你们的命啊！"

三胖听到这些话，早就不耐烦了。他独自坐在马背上，掏出手机给蛇群拍照。拍了半天，突然发觉景色中有蛇没人，便把手机给了靳柯，还面对镜头摆了一个 Pose。

靳柯对三胖说："剪刀手多土，你来一新招。"

三胖挠了挠头，说："这一时半会儿真想不出来。"

靳柯笑了笑，给他出一损招，三胖还挺高兴。不过他倒从小就不怕蛇，对他来说，抓蛇就跟玩儿似的，就见他一手拉着马笼头，另一只手歪着身子往地上一捞，便抓住了两条蛇，然后双手各拿一条蛇，提在胸前，露出夸张的笑容："靳大师你拍好点儿，我就指望着这张照片了。

这要是发到微博上，粉丝量铁定‘嗖嗖’地涨。标题我都想好了，就叫‘大战群蛇，勇擒双蛟’。”

靳柯摇头说：“白了点儿，不如叫‘坠魂坡黑马丢魂，万龙涧小胖降龙’。”

三胖不服气：“我那多好，粗暴直接才抓眼球。”

靳柯不同意，硬说你那词缺乏新意，随地都是，大家反复使用都磨了层厚茧了。两人各执己见，谁也说服不了谁。

李老汉见他们这样耍活宝，早气得吹胡子瞪眼了。

坐在车后的唐嫆突然面色苍白，指着三胖手里的蛇说：“你们别争了……你们都没看到吗？”

靳柯光顾着跟三胖理论，并没有留心看三胖手里的蛇，这时听唐嫆声音发颤，低头看去，顿时惊得目瞪口呆，那蛇背上不知道什么时候多出一截手指？！

第十三章
陨 石

靳柯以为眼花看错了，揉了揉眼，再看，那截手指不见了，蛇背光滑如常，只是背上似乎多了个细线般的裂痕。

“靠，那手指还是活的，钻进蛇背不见了。这到底是什么怪物？”三胖早把蛇扔了，吓得从马背上跳到车里。

此时蛇群已横越坠魂坡，那两条蛇是蛇群里唯一没有死的蛇，现在落了地，快速游动，掉下悬崖摔得白肚皮朝天，看来也活不成了。

李老汉抽起旱烟袋，对三胖拍照玩弄蛇很是不满，也不理他。这时听到他们咋咋呼呼地说什么手指，便说：“会不会是蝓指虫？”

“大爷，你见过？”唐嫆有些吃惊，“你快来认认。”说着，便和李老汉站在靳柯身旁，靳柯把手机拍的照片翻给他们看。

三胖也围了过来，靳柯一张一张地翻，群蛇拥挤，背叠着背，头碰着头，大家数着扭成麻花一样的蛇群，仔细查看，但没发现异常。一张马蹄特写引起了大家的注意，只见马蹄上并排爬着两条蛇：金环蛇黄黑相间的背上斜刺伸出发黑的手指，指头颜色浅白，似乎是指甲；短尾蝮蛇棕色蛇背与灰色蛇腹相交之侧裂开，一根弯曲的手指隐隐可见。

李老汉拿到手机，眯着眼睛打量照片，说：“这就是鼻涕虫。”

当地人称这种鼻涕虫为蝓指虫，全身柔软无骨，揉搓折弯怎么样整都行，只是别碰到它的背。它背上结成硬块，类似于手指，一碰到它，鱼钩似的牙齿就会露出来，又弯又尖，咬一口就不得了了。据李老汉介绍，砍柴的樵夫也在山里见过蝓指虫，他们当初也以为是蛇吞了死人的手指，吓得烧香拜佛、驱鬼消灾，后来见多了就不怕了。

蝓指虫一般不出山，只会在夏、秋两个季度偶尔从山里爬到螳螂村。不过，也不知道怎么回事，爬到村里的蝓指虫很少有活的。村里的鸡把它当成蚯蚓吃了，便会胀腹僵死。村里的小孩儿若是抓到活的，便会欢呼大喊，招朋引伴，一起烧虫玩儿。

他们先用烧火的铁钳夹牢虫子，手里再包着布伸到虫嘴里，把它的牙齿掰断。再用铁丝把它绑好，点火去烤，一烤蝓指虫会吱吱乱叫，虫体通红如火。更奇的是，继续烧烤，虫体像充气的红气球，慢慢胀大，一直胀到小孩儿手臂那么粗，然后“啪”地脆响一声，炸成肉末。大人见到了，那是连叹可惜。因为蝓指虫背部的硬块，如熊掌鹿茸，可遇不可求。山民若是抓到活的，便会浸于盐水，使之吐污，再去牙，配以椒、姜、蒜，先以文火焖煮，再大火煎炒，出锅前倒些白酒，一道风味绝佳的脆骨美餐就出来了。

三胖听得眼睛发光，馋涎欲滴，恨不得跳下悬崖去抓些蝓指虫来，靳柯和唐嫆想想就觉得恶心，吃虫就像吃手指一样。

三胖辩解道：“口味重的人多了去了，也不多我一个。胎盘不是人肉吗？都有人煎着、炒着、烧着吃了，吃个虫子怕啥呢？”

古人说：“天下失德必有妖孽，礼乐崩坏大盗四起。”靳柯修道多年，虽没有修到清心寡欲，不辟五谷，但是吃一些奇怪的东西，他是憎恶的。虽然现在四海升平，可是贪淫乐祸的人确实不少。他脸色难看，连连摆手，示意三胖别再刺激他们的胃黏膜了。

坠魂坡后面的路程比之前好走多了，显然黑马受了不小的刺激，不敢贪恋路边野草，专心跑路。过了坠魂坡后，不到一袋烟的工夫，马车到了螳螂村村口。李老汉邀请三人进去喝杯茶歇歇脚。

靳柯婉言谢绝，又给李老汉塞了些零食带给孩子们吃，便各自背起双肩包装备，向惊风岭走去。

这惊风岭是长白山支脉，长白山犹如莽莽苍龙横亘于东北腹地，惊风岭便是苍龙后爪，整个形状如一个鱼钩，海拔虽不到百米，但山势之险怪，令人叹为观止。

幸好惊风岭的东麓坡势较缓，三人从此上山，茂密杂草中依稀可辨前人穿凿的石阶，众人顺阶而上，走到半山腰，突然看到山壁上有个斗大的红字，此字遒劲有力，折弯处一捺一钩入木三分，在空旷的山岭中显得十分突兀。

这个字像“玉”字，又像“壬”字，唐嫆还说它不是字，而只是个符号，但靳柯十分有把握地说它是个“王”字。他解释道：“惊风岭十分险恶，能刻在山壁上的，只有‘王’字。这跟道家镇邪除秽的原理是一样的。现在还有这样的习俗，每到端午节，大人用雄黄在小孩儿额头写‘王’字避邪。”

三胖说：“名山大川我也见过不少，这在山上写字的，今儿还是第一次见到。难道说惊风岭里面有不干净的东西？”

靳柯点了点头：“山林里出现极凶极恶的东西，道家才会画符镇山。而且这字既不像隶书，也不像金文，也并非我们道士画的符咒，它很古老，古老到我只能猜它是‘王’字了。”他长年研究古文字与符文，对于这一点还是很自信的，连他都不认识的字必然年代久远。

唐嫆眼力敏锐，说道：“这山壁直上直下，风吹日晒颜色不毁，应该是用朱砂写的。朱砂是古代防腐的材料，经久不坏，而这字边缘发黄，显然有些时日了。”

三胖说：“一个字怕啥，山里住着天王老子阎王母夜叉，我也敢在它头上撒泡尿。”

靳柯笑了笑说：“小胖你勇气可嘉，开山带路的任务就交给你了。”

虽然山上刻字，大家隐隐不安，但这是大白天，也没觉得有什么可怕的。

惊风岭坡上、坡下是完全不同的植物带，上坡不难走，但是下坡却是荆棘丛生。三人见到“王”字，虽说不怕，但神经也是绷紧的，可下了山来到干饭盆边缘，也没遇到什么东西。

干饭盆林木森森，藤萝蔽日，莽莽原始森林中有许多凹进的巨大圆坑，坑套坑，盆串盆，一眼望不到头，恐怕直径有数百平方公里。

靳柯回头看了看，发现惊风岭竖在干饭盆边缘，犹如一座巨大的石碑，他不由得暗暗吃惊，猛然想到：“王”字镇的，不是惊风岭，而是干饭盆。为免大家恐慌，他也没跟唐嫆、三胖讲，只是暗自小心警惕。

在林子里走了大概一个多小时，指南针已经不能指向，手机也没有信号，三人已完全进入了与世隔绝的干饭盆腹地，对干饭盆的地貌特征也了解得更清楚了。

这里大盆套着小盆，每个盆衔接紧密，犹如在地上刻了数万个月饼模子，而模子就是圆坑（或称为盆形峡谷），小的有数百平方米，大的有数千平方米，密密麻麻连成一片，坑底自成生态系统，长着参天大树和各种花草，不时有受惊而窜过的狍子。三人不停地上坡、下坡，其实就是在上坑、下坑。

所谓“一山有四季，十里不同天”，用在干饭盆上正为合适。从一个盆形坑到另一个盆形坑，水平距离虽只有十多公里，但高度却相差了数百米，而随着海拔的增加，其气候由亚热带到温带，其景观也由阔叶林变成针叶林。景色走马灯地变换，实在是美妙至极。

红松枝干整齐，上坠青绿松果；白桦身姿挺拔，成排守卫；冰川期遗留下来的活化石水曲柳最矮的也有二十米，羽状叶片微微隆起，掩映着形状类似于香蕉的果实；直插云霄的蒙古栎戴着卵圆形树冠，树干粗壮驳杂，有青苔点缀其中，浅黄色穗花中包裹着圆柱坚果，在阳光的照耀下，闪烁着跟板栗一样的颜色。

几株山葡萄攀在栎树上，长蔓吊坠着紫红的葡萄，又大又圆，众人忍不住摘下来吃了，甜美可口。

三胖嫌一个个地摘太慢，干脆将葡萄藤扯了下来，套在脖子上，当作子弹带一样背着。

从高大乔木中穿梭，大约半个小时后，三人来到一个大峡谷，这里视野开阔，阳光穿透力强，地上的花草看得更清楚了，野百合、高山杜鹃、红景天等竞相争艳，冬青、细辛、九叶草等草药各吐芬芳。蝴蝶在花丛中蹁跹而舞，山雀在树林里欢快鸣唱。

三人欣赏着美丽的原始风光，步伐不由得放慢。三胖从脖子上摘了颗葡萄塞进嘴里，吐籽儿的时候看到林草底下有彩色的光，便停步蹲了下来，拨开青草枯叶……

靳柯与唐嫆见他发现了什么，也凑了过去。只见地上露出纹理绚烂的石头。这些石头形状险怪，风骨峥嵘，有的如刀削斧劈，棱角分明，少有曲线；有的如良工雕琢，分明是件透着灵气的半成品。

三胖抓起一把石头，如获至宝："哈哈……今天走狗屎运了，一进山就捡到宝石。"

靳柯上前仔细瞧了瞧，他修道虽不炼丹，但对古代炼丹术所知甚多，连带着也研究了些矿石。

他拿过一块黑石，撇了撇嘴，毫不客气地给三胖泼冷水："这是黑曜石，常被当成辟邪物和护身符，其实就是二氧化硅形成的晶体。虽然产地主要在墨西哥，但我们国内也有不少。"

说完，他也不管三胖难看的脸色，接着又拿过一颗蓝色矿石："这是绿泥石，很像云母，它含有的铁、锌、镁等金属主要用于机械、化工产业。这些石头颜色好看，可以当工艺品卖，价格比普通的石头贵个几十倍吧，这样的五花石在淘宝网上好像是三百元一颗。"

三胖听了此话，站起身子，也不捡了，但还是把已捡到的石头硬生生塞进背包里："八牙你是瞅准我的心理，打击我的吧，我这人愈挫愈勇，最不怕打击。我在潘家园摆个摊儿，不卖中国人，专门忽悠老外，不信卖不出天价。"

"我说实话，你倒不相信了。做工艺品收藏，比你这样卖更容易打动客户。你要是带得多的话，我回去就安排生产部包装下，让广告部深度发掘它们的保健价值，咱们搞个奇石展，跟那些名贵宝石摆在一起，这价就上来了。”

靳柯说得真诚，但是三胖并不领情。他在靳氏集团的庇荫下，虽然啥都不缺，日子混得远比其他同学更滋润，但他总是觉得不是自己打拼出来的，没有什么成就感。

“我这人野惯了，还是希望练摊儿做老板，实在、自由，就不指望靳氏集团了。”

三胖父母离婚后，从富贵落到小康，悬殊太大，他有些自暴自弃，曾一度泡在网吧里打游戏，大学也没读完，到了年龄便在社会上混，从工地提混凝土到街上卖光碟什么都干过，但心气儿高，干哪行都半途而废。最后是靳柯让他来帮忙，在靳氏古玩店做了掌柜。三胖虽然认真研究古玩，干得也挺好，靳柯也没拿身份压他，还是如往常一般称兄道弟、喝酒海侃，但三胖有个心结，他要不靠别人，完全用自己本事弄到立业的资本。他此次探险，也是希望用自己的本事搞得几件古董，证明自己不是废人。

靳柯怎么能不明白他的心思，开玩笑对三胖说道：“生活在我高大的阴影下，你也别灰心丧气。俗话说，站在巨人肩膀上看得远，乘着青风好上天，你这样一砖一瓦打地基、筑台子，猴年马月才能爬到塔尖。这种奋斗模式已经落伍了，现在讲究扯虎皮、作大旗、整合资源、团队作战……我当你是兄弟，才不跟你兜圈子，你要是心里透亮，就听我的话。”

三胖“嘿嘿”一笑，瞥了一眼远处的唐嫆，低声对靳柯说：“你要是为我着想，那我摸到的明器全归我。”

靳柯愣住了，随即哈哈笑道：“当然归你。反正我和唐嫆都很有钱了。”

两人还在耍嘴皮子，突然听到唐嫆“咦”了一声，好像有新发现，靳柯打住话头，向唐嫆走去。

唐嫆站在十米开外的草林里，林深草长，靳柯也看不清她在干什么。只是心里莫名紧张，希望不是发现什么不好的东西。

他拨开草丛，走到唐嫆的身边，只见地上有无数块黑石，这些石头带棱带角，样貌丑怪，远没有五彩石几何状的晶体那么讨人喜欢。

靳柯捡了一颗，打量着，不由奇怪道："这黑石怎么会有烧灼的痕迹？"

唐嫆告诉靳柯，1976年长白山下了一场陨石雨，这些黑石应该是陨石碎片。而三人进入干饭盆后，手机没信号，指南针不灵，很可能是陨石碎片把磁场弄乱了。

三胖不由得骂道："这些星星真丑。原来手机没信号是它搞的鬼。"

"这倒是有可能，庞大的陨石群放射的特殊波线，影响了地球磁场，让飞机失事、人员迷路。这才有长白山百慕大之称。不过，人会迷路倒是天生的，因为人的腿一只长、一只短，走的时候不知不觉绕圈子，如果再加上该地磁场紊乱，那就更容易迷失方向了。捷克就因为陨石导致摩达维河附近常有人迷路。这样的例子在日常生活里也有。比如生活在变电站、电视台、雷达站等强磁场附近的人常常会心悸，视觉系统受影响，有时晕头转向，不容易找到路。"靳柯很熟练地卖弄起曾经介绍过"鬼打墙"的科普文。

唐嫆点了点头，她手里的指南针磁针"嗖嗖"地转，说："磁力这么强，陨石碎片肯定不止这一些，这干饭盆林子里恐怕还有更多的。"

靳柯说："喜王把陵墓葬在强磁场的地方，倒是不错的选择。在古代，盗墓贼的首领必定会看风水，他拿罗盘堪舆，那磁勺在这么强的磁场下还不转出火花来。即便在现代，深山老林里人会迷路，天上的飞机也得在磁场干扰下坠落下来。这真是绝妙的防止盗墓的好办法。"

唐嫆接口道："这里的强磁场肯定跟陨石雨有关系，但是有多大关系，我们还不知道。是否正如你所说，喜王在陵墓中特意安排了其他的能改变磁场的东西，这都是不知道的事，还有待我们去考查。"

从宽阔的山谷出来，三人又进入了另一个山谷。这个山谷景致完全不一样了，到处可见参天栎树，遮天蔽日。草丛和树叶中飞出很多蚊子，比正常的蚊子大了两圈，像一架架轰炸机在耳边盘旋。三人浑身汗透，更招蚊子，便拿出花露水在全身喷个遍，这才好受些。

没走多远，便见谷内开阔，隐隐有流水声响，一条山泉从山腰流下，在谷内形成水潭，而水潭边缘的草地上空正聚着一群蚊子，像一团黑云，恐怕有上万只，也不知道它们在叮着什么。

蚊子嗅到三人身上的花露水味儿，一哄而散，露出了茂密的青草，只见草中有两个人头，一男一女，表情漠然，眉毛须发宛如活人，颈部的红肉一茬一茬的，好像是刚割下来的，毫无疑问，这不是蜡像或者模特的头。

第十四章

尾缠人俑

三胖拿棍子拨了拨人头，想象着人头突然睁开眼，人头在草丛里“咕噜噜”滚了滚，便停在了唐嫆脚下。

唐嫆虽然不是法医，但比起靳柯与三胖这种门外汉，也算得上科班出身。她从双肩包里取出橡胶手套，蹲下身子检查起来。她先是微微用力，按了按人头，看它皮肤的弹性和松紧度，又撬开嘴里的牙，翻了翻它的眼睛，这才放下人头，对靳柯和三胖说：“死者脸庞小，牙槽骨较窄，牙圈小，明显是少男少女，年龄十六岁上下。一般来讲，死者在被害的七十个小时内会软化，尸体会腐烂，但是这个人头在这么湿热的环境里，却没有一点儿腐烂的迹象，实在不合常理。”

“你觉得他们是什么时候死的？”靳柯问。

唐嫆站起身子，摇头道：“这需要专业仪器才能判断。”说完，她下意识地抬头看周围的环境，这不看还好，一看吓了一跳。

栎树高耸入云，枝叶浓密，他们进入山谷时，被流水吸引，并没有朝上望，现在有意观察，这些栎树分布得很有规则，呈圆形将他们围绕其中，树叶掩映中露出手臂粗的铁链，每一根铁链下吊着两具尸体，尸体身上绿油油的不知道涂着什么东西。

三人走近一棵栎树，透过叶子发现了更离奇的事情。两具尸体的上身都呈三十度夹角向外倾斜，手拉着手，悬吊在空中，它们的下身好像连在一起，只是树叶浓密，一时也看不真切。

只听到空寂的山林中突然传来“砰”的巨响，树叶上冒起白烟。靳柯与唐嫆回头，便看到三胖收好鸟铳，正在掏包。

“这破枪！你们等着，我上去砍断链子……”三胖与靳柯没事的时候，常去练气枪，这么近的距离，不可能打不中。三胖从包里抄起工兵铲，走到树前，还没靠近，只听得头顶上“哗啦啦”一阵乱响。

两具尸体穿过树叶掉了下来，手臂粗的铁链从高空甩下，狠狠地抽了三胖一屁股。三胖十分恼怒，捡起锈迹斑斑的铁链就要扔到尸体身上，突然发现铁链与尸体系挂的地方有一块链牌，链牌上还刻着一些奇怪的纹饰。

靳柯抢过链牌一看，大惊。他指着链牌上的纹饰，对唐嫆和三胖说：“这是盛行于商周时期的饕餮纹与云雷纹，非常古老，这些尸体既然跟链牌在一起，会不会也是同时代的？”

三胖看着链牌说：“你没看错吧？商周到现在有三千多年了，这些破铜烂铁早没了，更不用说这尸体了。”

三人一时猜测不出究竟，都凑成一圈看尸体。

这两具尸体从十多米的高空掉下来，拉着的手竟然没有摔开。他们一个俯卧，一个侧躺，唐嫆蹲下身将他们翻到正面，只见尸体的手臂上有符文。

靳柯心中微微一动，似乎记起了什么，他接着看下去，更离奇的是，尸体没有双腿，或者说，它们的两条腿已长成了一条腿，从躯干直通到脚，而且，两人的腿螺旋相缠，就像拧成的麻花，麻花的表皮光滑如玉，看着倒像是涂了一层松脂蜡油。这麻花腿实在是诡异。

腿怎么会长在一起？尸体千年不腐，会不会跟这麻花腿有关？里面会不会有什么特殊的东西？唐嫆不陪两人猜测了，抽出匕首在其中一具尸体的腿上插了个窟窿，然后横拉出一个豁口，随后伸手拉住表皮，将其剥开。她做这个工作用了十多分钟时间，靳柯与三胖在旁边目瞪口呆地看着。

“原来唐公子比我的口味还重。”三胖感叹道。

尸体的下肢完全被剥开了，露出四条蜷曲变形、又瘦又长的腿，只不过每条腿上的红肉都紧贴着长到了一起，一股黏稠的红色液体淌了出来，气味刺鼻。

靳柯闻着不对劲儿，急忙拉着唐嫆和三胖往后退了七八步：“是水银，你们千万别吸进去了。”

三胖跟着靳柯的时间长，对墓葬的东西也有所了解，忙说：“水银是倒在棺材里防腐用的，它腐蚀性太强了，要是灌进身体里，还不把肠子都泡烂了。”

靳柯说：“这你就不懂了，把水银灌进尸体，必然还会加一些中和水银的化学材料，比如硫黄、金盐等，这些中和物也能防止尸体腐烂。”

三胖摇头说：“如果这些化学材料跟水银发生化学反应，应该就没有水银挥发了。”

“他们一定掌握了调配的比例，不管怎么说，水银的成分要高于其他的化学材料。”两人抬杠的工夫，水银刺鼻的味道已经被吹散了。

“你们说得恐怕都不对，尸体不腐烂的原因应该在于这些吃了水银的虫子。”唐嫆又凑近尸体。

靳柯和三胖听唐嫆说得奇怪，也凑上前去看。刚才冒出的红色液体里爬出白白胖胖的虫子，长约五厘米，很像蛆，但又不是蛆。再仔细看，这些虫子肥软的背部长着透明的灰色硬块。

这些虫子出了尸体后，有的不适应空气，很快僵硬死去；有的适应了空气，身体却发黑，硬块也变成了白色的，呈指甲状，像极了坠魂坡中看到的蝓指虫。只见这些虫子晃动一身肥肉，逃向深草丛中。

这是三人第一次完整地看见蝓指虫，他们没想到从幼虫到成虫，蜕变的方法如此残酷，在出来的几秒钟之内便决定了生与死。这二十多条蝓指虫，有一大半死了，只有五六条活了过来，三胖伸出食指按住其中一条的尾巴，没想到蝓指虫上半身折成90度，牙齿倏地咬向三胖的手指。

三胖松手，蝓指虫竟然还是咬住他的指甲不放，那一排弯尖的细牙像钉子一样钉在指甲上，三胖大怒，甩掉蝓指虫，一脚将它踩得稀巴烂。

蛇汤里的蚯蚓，红鲤鱼身上的蚯蚓……小时候那些恐怖的记忆潮水般涌来，那些蚯蚓难道是蝓指虫？靳柯看着地上爬动的蝓指虫，一时呆住了。三胖催促了好几声，才把他从思绪中叫醒。

栎树林将他们围了起来，头顶着那些尸体，只觉得胸口都透不过气。

“谁晾的这么多腊肠？真缺德，也不怕把我们熏坏了。”三胖骂道。

靳柯叹道：“除了攸侯喜，我看没有人这么变态了。商朝虿盆酷刑，这还只是明面上的事，史书未记载的残忍刑罚还不知道有多少。攸侯喜是纣王的心腹爱将，久经沙场，视人命如草芥，正所谓有其王必有其将，挂腊肠对他来讲，恐怕还只是小儿科……”

“我曾在幂幂家里看到一幅画，画里人物的姿势跟这些尸体很像，不过画里的人都是人头蛇身，尾部交缠在一起。”唐嫆顿了顿，接着说，“那幅画右下角刻着印章，是从荣宝轩买来的，画名叫‘女娲伏羲’，是 1967 年新疆吐鲁番一个叫阿斯塔那的古墓出土的。当时幂幂在查资料时，我就告诉她，传说中伏羲和女娲是兄妹关系，天降洪水，兄妹俩爬进一个大葫芦里，躲过了劫难，然后兄妹结婚，繁衍了人类。这幅画表达了上古时期‘阴阳和谐、天人合一’的观念。联合国教科文组织曾将《女娲伏羲》的其中一幅绢画作为其中一期刊物的封面，取名为‘化生万物’，因为他们发现画中下身螺旋相缠与代表生命密码的脱氧核糖核酸 DNA 的螺旋分子结构图有着惊人的相似，它揭示的应该是宇宙生命起源的秘密。但在商代，贵族们为求子嗣才会把此图挂放于床头上，作为生殖图腾来崇拜。如果这些尸体是喜王的作品，他究竟是作为生殖崇拜呢，还是想表达其他的含义？”

听了唐嫆的话，靳柯非常吃惊。一年前，靳柯去研究院找爷爷，正巧碰到了唐幂，她当时就看着墙上挂着的《女娲伏羲》出神。靳柯问这画的缘由，唐幂就告诉了他类似的话。看来，唐幂是从姐姐口中得知，再转述而来的。

靳柯与唐嫆平时聚会，很少提到考古、古董等业务上的事，没想到唐嫆却也有此爱好。她一个调查员，是真的对这些考古知识感兴趣，还是其中另有玄机？

靳柯颇有意味地看着唐嫆，试探道：“那么，喜王弄出这些尸体是做什么用的？”

唐嫆瞟了一眼靳柯，好像看穿了他的打算，淡淡一笑说：“古人讲究视死如视生，生前阳宅那套风水，死后也会全部移到陵墓之上。就王陵来讲，必定是像王宫一样，朝高大上发展，也会竖碑立铭，城郭护城河围绕，只不过将王宫缩小罢了。秦始皇陵横卧渭水之滨，以骊山整个山体为陵寝，外部筑有象征皇城和宫城的两重夯土城垣，内部有象征军队的兵马俑和铜车马坑，就是这样的道理。我猜喜王陵恐怕也会是这种布局，但是，这些活人俑以这种奇特的方式出现，应该不是护卫王陵，而是有某种特殊的宗教意义，只是这一时半刻也无法猜明白。”

靳柯暗暗惊叹，却不知道唐嫆学这些东西，其实是为了他。靳柯又看了眼尸体手臂上的符文，突然都想起来了，《考古笔记》所说的金童玉女尾缠人俑就是指这里，这符文正是貊咒的标志。

商代是宗教泛滥的时代，也是巫师时代，巫术占卜盛行于各个阶层，上至皇亲国戚，王侯将相，下至士绅大夫，贩夫走卒。行军打仗要占卜，婚丧要占卜，出门也要占卜，占卜已成了生活仪式，无处不在。在这样的时代环境下，攸侯喜迷信巫卜也极为正常。商朝末年，他率兵平定东夷之时，定到过东北。

在东北有三大古老民族：东胡、肃慎、秽貊。三族中尤以秽貊最善用巫咒之术，被称为貊咒，以灵验邪毒著称。他们抢走奴隶的婴儿，尽心抚养，待婴儿长到三岁，便将他们双腿致残，置于窄瓮中，每天折磨数次，随着婴儿在瓮中成长，折磨次数渐增，直至腿骨全无。待双腿破肉处长成一体，灌以陈醋，使肢体柔软。再将双足拉成一条尾巴，扭转缠绕。婴儿长到十六岁，便撬开他们的嘴灌进某种特制的防腐药水，直至将他们毒死，除此之外，还会将滚烫的树胶蜡油浇在他们身上，以防尸体腐烂破了貊咒之术。

想到这里，靳柯接着说："商代巫王同体，做到王这个地位，往往也是懂得各种邪术的巫师。我猜喜王肯定是想借助貊咒之术长生不老。"

"这些奴隶主为求长生，真是丧心病狂，令人发指！"三人越想越恐怖，急着向谷口走去。

"打倒奴隶主，解放全中国的任务就交给我了！到时候把他的棺材翻个底朝天，掏光他所有的明器。你们千万别跟我抢！"三胖话音刚落，吊在树上的尾缠人俑突然摆动了起来，发出"咻咻"的声音。接着树干摇晃，树叶纷纷掉了下来。

三胖吓了一跳，又嘀咕着说："难道他听到了我刚才说的要报仇的话？不会吧，这喜王真小气，几句场面话就架不住了？！"尽管如此，他心中还是恐惧不已，特别是看到尾缠人俑牵着手，在树上荡来荡去，就更害怕了，心说这人俑死得这么惨，难道变成孤魂野鬼，要找人做替身？

这时，栎树不摇了，上面的人俑也不动了，三人正自惊疑，大树后面突然钻出一个庞然大物，那是一头黑熊，高达三米，浑身黑得像炭，它正舔着手里的蜂窝，这时看到三人，双眼冒光，把蜂窝扔了，嘴里一下子流出了哈喇子。

三胖喊了一声，拔腿就跑，跑着跑着，他竟然跑到了山谷死角，两边都是山，前面没有出口，除非像壁虎一样攀着山壁才可能逃走。

靳柯还算冷静，本来是想朝河边跑去，但见三胖已经领头，总不能扔下他一个不管吧，便跟在三胖后面，这导致唐嫆也跟在靳柯后面跑。现在三人陷入困境，靳柯才猛地想起，三胖是个路盲，从来就分不清东南西北的，一条街走了数遍还不能找去找回。但他想到时已经晚了，心里一阵郁闷——这二货真是祸害。

黑熊已来到了后面，铁塔般的身躯把来路一堵，巨大的影子正好笼罩在三人的身上，压得他们都喘不过气来。

第十五章
V怪客

眼前这只黑熊小眼大耳，下颌至胸部由白毛形成“V”字形，如同商品的Logo，十分招眼。它毛发光滑明亮，黑得像涂了层油，由外到里，完全可以想象体内的肌腱像炮弹顶膛一般积蓄能量，一旦猎物做出任何反应，便会从那憨厚可爱的外表下爆发出可怕的力量。

现在，它晃动着身体靠近，缩在肉垫里的利爪还没有弹出，目光也是在三人之中游移不定，最后落在三胖滚圆多脂的身体上。它龇牙露出笑的表情，越来越贪婪地盯着三胖看，嘴里的哈喇子连线珠子一般滴落。

“你这黑毛畜生敢歧视胖子！”三胖顿时气不打一处来，取下肩上的鸟铳。唐嫆一把抓住：“别动！”

黑熊皮糙肉厚，一枪打不死，如果激怒它，在这么狭小的空间，相隔一米距离的大伙儿根本无法逃脱它泰山压顶的一击突杀。

唐嫆小心翼翼地靠近黑熊，黑熊转动小眼珠斜瞪着她，张开獠牙吼了一嗓子，唐嫆只觉得脑中嗡嗡作响，后悔没捂住耳朵。

唐嫆缓缓伸出手掌，轻抚着空气。还在低嗥的黑熊无法领会这个虚空抚摩宠物犬的姿势，疑惑地晃了晃脑袋。唐嫆赶紧行动，另一只手摸向背包，却暗叫不妙。食物都装在三胖背包里，如果叫三胖拿来，不知道他又会惹出什么幺蛾子。

黑熊的耐性是有限的，它的目光已经开始锐利，杀气弥漫。唐嫆拿定主意，一只手继续轻抚，另一只手扯开带子，慢慢从背包里拿出工兵铲，弯下身，轻轻放在地上，见黑熊歪着脑袋思索，便朝它招了招手，退到一边。

黑熊看了半天，实在忍不住好奇，摇晃着上前捡起工兵铲，双爪摆弄着，抱到嘴边咬着玩儿。唐嫆后退着，放了登山镐，黑熊又捡了起来，抱在怀中，就这样，唐嫆一步一退，黑熊步步紧逼……

贴着墙壁站立的靳柯与三胖都为唐嫆捏了一把冷汗，心里默默祈祷黑熊别察觉到唐嫆的意图。

唐嫆折转身子，把手中的矿灯轻轻放在地上，趁黑熊捡矿灯时，踮着脚，侧身贴着山壁走过，与黑熊相隔只有一厘米之差。

黑熊把东西一样不落地捡了起来，只是它的手臂哪有人灵活，一路捡一路掉，它也不回头去捡，这样就跟着唐嫆来到了河边。

靳柯和三胖蹑手蹑脚跟在黑熊屁股后面，一件一件地捡起黑熊丢下的装备，不敢发出一丝声响。

走出山谷死角后，三胖对着唐嫆竖起了大拇指。靳柯看到唐嫆的装备包很瘪，忙掏出三胖背包里的牛肉干、巧克力等干粮扔到地上给黑熊。

黑熊也不算笨，拿着牛肉干闻了闻，便大口吃了起来，靳柯慌忙把巧克力扔了一地，黑熊再也顾不上他们，抱着爪子吃巧克力，可是它用的力气太大，巧克力被捏得粉碎，它就舔着爪子，舌头的倒刺把熊掌都舔红了。

三胖看着它那蠢样，忍不住捧着肚子哈哈大笑起来，直说："V 字兄真是可爱极了！"

他这一笑就出事了，那黑熊转过身，歪着脑袋恶狠狠地瞪着他，白森森的犬牙顿时露了出来，熊掌的五根利爪猛然弹出，笨重的身躯直直冲向三胖，震得大地发颤。

三胖吓得脸都绿了，拔腿就往河里跑，本来他不动的话，坚持个四五秒钟也不会有事，黑熊还在怀疑是不是他在笑，他这一跑就坐实了罪名。那黑熊飞奔着，突然双腿一蹬从空中压了下来。

三胖只觉得腥风扑面，巨大的黑影压到身上，他身子蜷曲，双臂抱着脑袋，把自己当成球，来了个侧滚，直接滚到河里去了。

靳柯被三胖气得翻白眼，现在别无退路，只好和唐嫆跳进水里，没想到三胖竟然滚得比他们还快，“扑通”一声已抢在他们前头，三人恨不得爹娘多生两条腿，拼命划水，向对岸游去。

黑熊更加狂怒，一头栽进水中，犹如在水面投进了一颗炸弹，浪花喷溅，巨大的冲击力量反而推了三人一把，三人更快地游到了对岸。

但是落在后头的靳柯刚爬出水面，黑熊后脚就跟到了，其游泳速度之快，绝不是一般熊类能办到的。

亚洲黑熊最高的也只有两米，但这只黑熊却有三米高，而且黑熊不会像人那样直立，游泳速度也不可能这么快，而现在这只黑熊却完全异于一般黑熊。靳柯回想刚才黑熊扑人的动作，越想越觉得它不是黑熊，应该是罴熊，也称为人熊。

熊中的王者，称为罴，所谓四熊一罴，就是讲罴之难出。中国人对熊的尊崇程度，远比狮、虎、豹等其他猛兽要高。《史记》中记载了远古神话时期黄帝战炎帝的场面——“便教熊罴貔貅貙虎，以与炎帝战于阪泉之野”。古人讲究排序的前后尊卑，这靠前的动物全都是跟熊有关的，罴是人熊，貔貅就是熊猫。在英雄传说时代，大禹治水成功，百姓把他神化成一种猛兽，不是蛟龙，不是虎豹，而是熊。大禹能够化熊，所以才能够在轩辕山打出一条疏洪泄流的通道。唐代散文大家柳宗元更是将各类猛兽做了比较，最后在他的《熊说》中得出结论：鹿怕貙，貙怕虎，虎又怕罴。到了现代，美国《国家地理》的动物纪录片在录制节目时，曾对陆地上动物的凶猛程度进行了实验论证，最后得出了类似的结论：豹比不上狮，狮咬不过虎，而虎斗不过熊，所以熊的凶悍可想而知。

靳柯心惊胆战，人熊已经撵到他的身后了，它只要保持这样的速度，身子往前一倒，自己也得完蛋。

此时是势急人拼命，人急恶胆生，靳柯也不回头，把斩鬼刀往后一捅，立即拔了出来，只觉一股热血喷溅到了背上，耳边传来人熊狂怒的吼叫，震得他五脏六腑晃荡荡乱颤，嘴角渗出血来，他几乎怀疑这黑熊是一个会狮吼功的武林高手。

人熊抓起一把泥土，塞住“V”字上喷涌的血窟窿。它更加狂暴，做出了一个从来没有做过的动作：腾跃——跳到半空中从上而下扑咬靳柯。

在人熊的第一次腾跃时，靳柯侧滚避过，后面就再也没有爬起来，因为爬起来需要时间，而他没有这个时间。

他躲避着人熊雪亮的利爪，不断地打着滚，从这边滚到那边，从那边又滚回来。他滚得晕头转向、胸口发闷，脸也被石头划破了。然而他不敢有丝毫松懈，否则草地上犹如铁犁不断划过深约五厘米纵横交错的沟壑，不是播种之地，而是埋尸之处了。

“你还磨磨蹭蹭干什么，再不开枪我就要去给老君烧炉子了！”

靳柯这一说话，滚动躲避的动作就慢了下来，人熊一掌朝他脑袋瓜子拍了下去……他脑子里爆出血肉横飞的画面，知道即使躲也躲不过去，便大睁着眼，等待熊掌把自己脑袋拍烂……

赶过来的三胖已填完弹砂，但手中的鸟铳是老式火枪，比明、清时的火绳枪高明不了多少，压上钢珠之后，还要预燃火绳和扣动枪机，这中间有一两秒的间歇，但是没有时间给他准备了。

人的潜能实在是逼出来的，危急关头，三胖从装药到扣发整个动作一气呵成，但不知道是因为后座的撞击力还是鸟铳的照门和准星设计得不太科学，这一枪下去，没打着人熊脑袋，却把它拍下的前掌打中了。

那人熊痛叫一声，更加愤怒，忍着疼痛，追上滚到一边的靳柯，一掌拍下，把他打得像断了线的风筝一样朝树上撞去，随后甩动着焦黑的爪子，红着眼又扑向三胖。

三胖知道再开枪已经来不及，把枪砸向人熊，然后抽出登山镐向人熊砸去，没想到人熊皮粗毛厚，居然纹丝不动，反而震得他手臂发麻。他还没反应过来，人熊已经抓住登山镐，连镐带人都朝上给扔到了半空中。它鼻子“咻咻”出气，在草地上跑动，抬头看着三胖要掉下的位置，似乎准备再给他来一下。

跟过来的唐嫆把子弹顶上膛，即便她看起来镇定无比，可是拿枪的手却在颤抖，她左手掌托着右手，终于瞄准了人熊。就在三胖掉下，人熊双爪撕破他肚皮的刹那，唐嫆一枪把它鼻子削了半边。

近距离射击的巨大冲击力以及子弹射入要害的杀伤力将人熊一下子掀翻。三胖掉下，正好砸在人熊V字形胸口上，把那塞满土的伤口砸得鲜血狂飙。人熊怒叫一声，眼睛翻白，险些晕死过去，比起枪伤和刀伤，显然三胖的体重更让它痛苦。

三胖站了起来，把人熊肚子当蹦床跳了两下，突然闻到一股臭味儿，低头一看，人熊屁股下有黄色的东西流出来，不由得又恶心又好笑："屎都出来了。"

从地上爬起来的靳柯赶到三胖身边，见三胖这么不靠谱，怒道："跳上瘾了，还不快走！"而唐嫆也是对三胖无可奈何，举起手枪对着已经伸出爪子要翻身的人熊又开了两枪。

人熊身子一震，又躺回了地上，对着树林惨嗥了起来。

这人熊每次在受伤之时，总会对着树林惨嗥几声，声音凄厉，似乎在呼唤什么。唐嫆刚开始还没觉得有异，此刻再次听到这声音，脸色就变了，大声对着靳柯与三胖说："这是一只熊崽儿，它在呼唤母熊！"

三胖大吃一惊："这么大的人熊还只是小孩儿，那它妈的体……"他说到一半就吓得住口了，只见唐嫆与靳柯后面突然又窜出来一只双眼鲜红的人熊，它的体形堪比五米高的大象，身体比熊崽儿胖了两圈，铁塔体形上的肉一圈一圈往下坠。

这只人熊见幼熊躺在血泊中，立即就扑向了离得最近的靳柯。靳柯忙拔腿就朝前跑，只觉得后面野兽喘息的热气越来越近。

明明是三胖在欺负熊崽儿，怎么它就逮着我追呢？靳柯实在郁闷：不怕神一样的对手，就怕猪一样的队友！

唐嫆见这只母熊扑来时，第一反应跟靳柯是一样的，也是逃跑。但跑了几步，发现后面没有反应，这才停住脚。大人熊比熊崽儿的爆发力更强，速度更快，它已经紧紧贴在靳柯背后。靳柯背上的衣服和屁股上的裤子，都被撕得一条一条的。他现在正甩动着背后的“流苏”，狂呼大叫地朝一棵大栎树跑去。

唐嫆再也不迟疑了，抬枪便射，但人熊速度太快了，子弹只是擦着它的毛发。饶是如此，人熊速度还是缓了下来，就这一两秒，却救了靳柯的命，他双腿乱蹬爬上了树。

人熊见猎物消失，极为愤怒，它突然转过身，对着唐嫆龇起白森森的犬牙，意思是下一个就是你！然后也不理会其他人，死命地去摇靳柯所在的树，二十多米高的栎树，被它摇得枝叶狂飞，泥土中还扯出了一些粗壮的根须。

栎树本来就枝杈有限，靳柯趴在光溜溜的树干上，在人熊的剧烈摇晃下，不仅斩鬼刀掉了下去，人也下滑了一米多。他想拿出登山安全绳索，但根本抽不出空儿来。

人熊力大无比，继续抱着栎树摇晃，在摇晃中，靳柯的身体还在继续往下滑。以这种趋势来看，他坚持不了多久，便会摔落下来。

三胖在母熊追逐靳柯时，也是拔腿狂奔，这时已经爬上了距离靳柯七八米远的大松树，他急忙摘下项上的葡萄扔给大人熊：“嘿，V怪客，有葡萄吃！”

但那母熊根本不为所动，继续摇晃着栎树。这时靳柯离地面只有八米的距离了，再滑下两米，人熊蹦起来就能够得着他。

唐嫆心里也不由得发慌，抬手不停地向母熊点射，准头虽然没有偏，但这只母熊显然脑子更好使些，它竟然知道躲在树干后面躲避子弹。

唐嫆等它探出身子，再次扣动扳机，却没打响，枪里没子弹了。但母熊并不知道，它显然害怕子弹，便改变了策略，不断地朝树干拍掌，每拍一次，翻起的树根都要断几根，突然它撞向树干，那棵大栎树再也坚持不住，身子倾斜，树根带着土翻出了地面。

就在栎树将倒未倒的一刹那，靳柯以全身的重量压向一侧，栎树倒向了三胖所在的大松树，树冠卡在松树的树干上。靳柯手脚并用，沿着斜倒的树干，爬上了三胖所在的松树，其位置还在三胖之上。

那母熊跑到松树下，不停地拍树狂吼，远处林中不时传来鸟儿扑棱棱蹿向天空的声音。

母熊狂怒之后，冷静下来，它不再拍树，而是沿着树干往上爬了起来，两步一蹬，竟然很快便接近了三胖。

三胖吓得脸都绿了，仰头冲上面的靳柯说："咳咳，看来我要向阎罗王报到了，我先去探探路，到时好带你们参观。"

靳柯"呸呸"两声，坐在栎树与松树交叉的位置，不断摘松果往下砸人熊，怒道："我去的是三十三层天的兜率宫，跟你的狗屁阴间八竿子打不着，有空儿说这些屁话，还不如趁早往上爬！"

三胖体胖，手足发软，能固定在树上已经很不错了，更别说往上爬了。但在靳柯的催促下，还是勉力往上爬了一米。他最容易出汗，大冬天喝一口水都会变成汗，现在一运动，手里都是汗，又下滑了两米，脚后跟已贴着母熊的鼻子了。他暗想，这样往上爬，还不如跳下去呢！想着便低头一看，竟然离地面有三层楼那么高，这跳下去还不得摔死。

三胖把眼睛一闭，抱着树等死了。

靳柯急得把装备都扔下去砸人熊，但他身在半空，无凭恃之力，往下砸的力道自然对人熊构不成威胁。他也忘记了自己的处境，抡起登山镐往下一砸，重心一偏，人就掉下去了。幸好他爬到松树上后，便在身子上套了登山安全带，这带子挂上了树杈，将他吊在了半空。

下面的唐嫆见三胖的危险没解除，靳柯又出状况，也是急得在母人熊下面又跳又叫，想吸引它的注意力，但这母熊根本不理她，朝着三胖的腿一口咬下去。

利齿咬穿了三胖的鞋帮，嵌进肉里，那疼痛感把三胖又激活了，他乱蹬着腿，想把人熊蹬下去，却被人熊咬住了鞋子，往下一扯，整个身子就往下又滑了十多厘米，小腿正对着人熊的嘴。

唐嫆冲三胖大喊道："葡萄，一颗一颗扔给它！"

在兴安岭执行特殊任务时，唐嫆就有一个队友遇到了棕熊，他那次情况更危险，是闯进了熊窝子里，幸好小熊贪玩儿，他扔野葡萄给它们吃才躲过一劫。但是人熊跟棕熊不一样，母熊跟熊崽儿也不一样，此法是否能救三胖一命，只能死马当活马医了。

三胖立即行动起来，从脖子上抓葡萄往下扔，人熊闻到葡萄的气味，稍微停滞了下，但是，也就是停了那么一下，然后就张开嘴咬向三胖的小腿。

三胖本就一只手圈着树，一只手摘葡萄，这时看到人熊咬自己的腿，顿时脑中一片空白，手也不知道怎么松了，身子下坠，正好一屁股坐到了人熊肩上。人熊咆哮一声，伸掌抓向三胖。三胖无法躲避，顿时激起戾气，舍得一身剐，敢把皇帝拉下马，便松手继续往下掉，直到死死揪住了人熊屁股上的长毛，这才止住下坠。

人熊气得摇屁股蹬腿，三胖左手一松，竟然把毛都揪下来了，现在他只有右手揪着熊屁股上的一撮黑毛，在空中晃荡荡的。这摔下去，不死也得残。如果残了，死法更恐怖……

"坚持住！"

形势十万火急，唐嫆顾不得戴上手套，拖来刚才被剖开的尾缠人俑，看好位置放在树下，当成救生垫。

她刚布置好，三胖就尖叫着摔了下来，正好砸在尸体上，将尸体的胸部砸出了个凹洞，那白白胖胖的蝓指虫肉末和红色的液体溅了三胖一脸，把他恶心得一蹦三尺高。

没容两人喘口气，母熊从树上跳下，爬起来便扑向三胖和唐嫆。这是近身肉搏战。

唐嫆在人俑的尸体边躲闪，突然脑中灵光闪现，她立即抢过断了的人俑手臂，拿到手上如同挥动火把，驱逐起母人熊。

母人熊也不扑咬了，它摇着圆脑袋，连连后退，它比人更恶心死尸的腐臭味儿。俄罗斯野生动物学家曾做过"如何活着逃出熊掌"的问卷调查，有三万多人给出了答案，结果显示：最有效的办法就是躺地装死。

熊与生俱来就有英雄气概，即便是仇深似海的仇敌，只要"死"了，它就会宽容放过。从远古时期，熊就开始讨厌死尸，死尸和尸臭是它们的禁忌。

三胖见人熊害怕唐嫆手中的尸臂，便如法炮制，扯断尸体的另一只胳膊，也凑上前配合着唐嫆。

人熊挥掌要拍落死尸胳膊，但它没有成功，反而被逼上来的手臂呛得摔了一跤。唐嫆和三胖趁热打铁，把死尸伸到它鼻子底下，把它臭得双掌胡乱摸鼻拍脸。

此处是四面环山的盆地，呈葫芦形，唯一的出口便是两山相夹的葫芦嘴。早被尸臭熏得晕乎乎的人熊，再也无心恋战，摇摇晃晃向远处的葫芦嘴逃去，而那只被打伤的熊崽儿不知道什么时候消失不见了。

唐嫆与三胖从树上救下靳柯，这才捡起地上掉落的装备，准备包扎好伤口，再走出葫芦嘴。

三胖和靳柯主要是被树枝刮伤的，并没有大伤，只是靳柯麻烦一些，他身上的衣服只剩下一缕缕的，便换上带来的衣服。

破衣脱下时，突然上衣口袋里掉下一颗纽扣。这纽扣静静躺在长草里，在阳光下反射着金属般的光泽。

唐嫆隐隐觉得不对劲儿，捡了起来。只见纽扣呈银灰色，光滑凸起的表面钻有七个小孔，是两个凸圆相扣合的。靳柯换上衣服，也看了过来，他一见这纽扣的造型，心就沉了下去。

“这个跟踪器，是谁放你口袋里的？”

靳柯皱眉思索，一时半会儿哪想得起来。他说：“我离开家前，才临时换上的这件外套。”

“路上有没有被人碰到过？”

“没有。”

唐嫆思索了一会儿，问靳柯：“会合后，我们三人坐同一辆出租车到机场，路上也没有人碰过你。只有一个可能，那就是在飞机上。”

三胖问：“那四儿和李老汉呢？”

唐嫆说：“可能性很小。”

他们说话的时候，靳柯脑中回想起了飞机上撞他的那个八字胡男人。

他当时只是觉得他面熟，一时没想到他是谁，但这时回头仔细一想，那男人的背影非常像那个曾经跟他很亲密的人。

但他无法断定，所以犹豫着要不要说出来。

“都别动，举起手来！”后面突然传来一个男子的声音。

三胖怒道：“让我别动我就不动，你谁啊！”

三胖刚要转身，突然子弹呼啸，他脚下的草叶被子弹打烂。唐嫆与靳柯相视骇然。来人火力强大，竟然带了自动冲锋枪！他们究竟是何方神圣？！

第十六章
黑潮涌来

三胖赶紧举手："大哥，千万别冲动，有话慢慢说，枪子儿不认人，打腿腿流血，打眼眼窟窿，打脑门儿人就嗝儿屁蹬腿了。"

"闭嘴，再说话老子先废了你！"那男子粗声粗气。

"豹子，别吓着他们了，他们手里还有我爸要的东西呢！"一个娇滴滴的声音传了过来。

三胖朝靳柯挤了挤眼，"嘿嘿"一笑。靳柯也听出了这个声音，他转过身，露出了八颗牙招牌式的微笑："为夫也只是出趟远门，老婆有必要这么紧张吗？还偷偷塞了跟踪器，非要跟来。"

罗青脸一红，嗔道："谁是你老婆？"

唐嫆与靳柯的四人聚会中，从来都不会带其他的人，所以根本不知道这个罗青的存在。此时，唐嫆转过身来，冷冷打量眼前这个叫罗青的女子，尽管脸上露出一副不屑的神情，但心里还是不得不承认，这女人实在是风情万种。

罗青长发飘扬，红唇诱惑，一双桃花眼勾人魂魄，手指上戴着的祖母绿戒指光芒璀璨，十分惹眼。

一个月前，罗青突然从靳柯身边离开。同一天，靳柯发现靳氏集团近年来费尽心血收集到的大客户名单被盗，这些客户有盗墓贼，有国际古玩掮客……他们提供的货物都够得上国宝级，有些甚至是百年难遇的神器。靳氏古玩集团大厦的总部，放在三十楼的镇厦之宝红角玉猪龙，便是其中一名陕西客户卖给他们的。

靳柯发现罗青是嫌疑人，顺藤摸瓜查到她原来是罗驼子的养女，是一颗久经闲置却能起到关键作用的棋子。

这些事情也都罢了，罗青手上的祖母绿戒指正是靳柯家传的宝贝，是给靳家媳妇的，跟她情浓时不知怎么就给了她。靳柯后来多次寻找罗青要回祖母绿戒指，罗青要么不接电话，要么闭门不见。

更令靳柯气愤的是，那天他刚从靳氏大厦下来，正好在大厅里撞上了罗青。她正在跟一个外国佬调情，对怒气冲冲的靳柯视而不见。靳柯问她要戒指，她却说："要拿回戒指，除非把我手剁了。"

靳柯被噎在那里，下不了台，当即叫助手把斩鬼刀从楼上带下来。靳柯一把接过，按着罗青的手，罗青倒也是狠角色，竟然面不改色，也不挣扎，靳柯狠狠一刀下去，却偏了位置，把手边的桌子砍缺角了……

这女人是有名的交际花，捶不破、砸不烂，表面一副温顺乖巧的样子，发起狠来，软硬不吃，还能耍得比你更狠。靳柯这回算是看透她了。

现在，靳柯一看到那颗硕大的戒指就来气，后悔当时应该叫保安把她抓住，直接在手上涂肥皂把戒指强摘下来。他当时气昏了头，怎么就没有想到这儿呢？

靳柯胡思乱想的时候，罗青已经款款走到他的面前。她伸出手，动作熟练地开始搜身。

靳柯笑着站在那里，一动不动。罗青后面围着一群打手，将近二十人，个个满脸横肉、人高马大，手持 MP5 冲锋枪和 AK-47 突击步枪，黑洞洞的枪口正指着三人。

靳柯在罗青俯身搜下去的时候，偷偷对唐嫆使了个眼色。他举手至头顶，用掌心盖着头顶。这看似配合罗青搜身的动作，在特警手势语中，却表达了"掩护我"的含义。靳柯打手势很快，再加上罗青的身体掩盖了他的小动作，其他人都没注意。

靳柯见唐嫆微微点头，知道她明白了自己的意思。便装出一副浪荡样子，斜睨着罗青，说：“床上也不知道摸过多少遍了，现在还摸有意思吗？”

罗青从靳柯怀里掏出了《考古笔记》，斜了一眼站在旁边的唐嫆：“怎么了，怕新欢难受啊，摸都摸不得了？”

“是啊，你吃醋了？”靳柯想也不想，话就冲出了口，随即后悔了起来。第一次相遇时，唐嫆给他留下的印象很深，她最憎恶轻薄放浪的男人。而他刚才说的话，摆明了他好像与唐嫆有一腿。老君在上，他靳柯可跟唐嫆没半毛钱关系。想着，他便用余光去察看唐嫆的表情。

没想到他正要看过去，罗青突然抱着他的脑袋，嘴对嘴，给他来了个法式湿吻。靳柯瞪大眼睛，这女人还真是敢玩！突然他看到唐嫆死死盯着自己，双目都喷出了火。他想推开罗青，却感到嘴唇一痛，有咸咸的味道在嘴里回荡……

打手们兴奋地打起呼哨，喝彩声不断，他们中间站着个驼背的老头儿，眼睛一眯，开口说：“青儿别胡闹了，把笔记拿来。”

“这是给贱男的教训！”罗青松开嘴，舔了一下唇上的血，恶狠狠甩出话后，转身便要走。

明明是她对不起他，把他给甩了的！靳柯当即忍着气，也顾不上抹去被咬破的嘴唇上的血，手一把拉过罗青，紧紧搂住她的蛮腰，让她不能动弹。与此同时，另一只手夺过了挎在她肩上的MP5，拉栓上膛，枪管顶住了罗青的脑袋。

打手们弄清状况，抬枪瞄准靳柯时，唐嫆像发怒的雌豹子，三步并作两步冲到罗驼子身边，拿匕首架住了他的脖子。

“让他们放下枪！”唐嫆把刀朝罗驼子脖子上一顶。

罗驼子在道上闯荡一辈子，什么狠角色没见过，只微微一笑：“敢动我一根汗毛，马上把你们打成筛子！”

“那就试试。”唐嫆刀尖下压，罗驼子的脖子立即有血流出来。

罗驼子眉头都没皱一下，只是半眯着眼盯着唐嫆。唐嫆手中的刀还在往下压，罗驼子的脖子的血流得更多了。

“大家退后！退后！千万别伤了我爹！”罗青沉不住气了，冲那几个打手喊着。

靳柯松开罗青，夺过她手中的笔记，押着她退到唐嫆那里会合，三胖拿着登山镐掩护，三人挟着人质倒退着朝山谷葫芦口走去。那些打手围成半圆，拿着枪紧张地跟在后面。

靳柯看罗驼子白发婆娑、身形佝偻，不由生了恻隐之心，便对罗驼子说：“你们找喜王陵，无非是为了它的宝藏。但是，武王伐纣时，喜王匆促出海，怎么可能埋下宝藏？你就别在深山老林里折腾了，在家颐养天年多好。”

罗驼子哼了一声：“真是笑话！你小子给我讲起历史了。你还没搞明白，喜王陵的宝藏并不是攸侯喜的，而是纣王的！”

靳柯怎么会不明白，爷爷早就跟他讲过宝藏的事情，他刚才那番话，除了对老人的一点儿怜悯外，也是有意摸摸罗驼子的底。

罗驼子接着说：“鹿台造好后，一方面是纣王淫乐的地方，一方面也是纣王的藏宝之地。他把全国所有的宝贝全运到鹿台里，直到财宝再也装不下了。于是，便命令攸侯喜把财宝埋到长白山会仙峰的地下，顺道把暴乱不断的东夷平了。”

靳柯装出一副怀疑的表情：“帝王都喜欢把宝藏带到坟墓里，纣王怎么可能藏到长白山？”

“你懂什么，因为它是‘会仙’之地……”罗驼子突然意识到了什么，别有深意地盯着靳柯，“你小子在试探我。”

靳柯笑而不语，罗驼子又说：“既然我们碰到一起，也是有缘。我可以把话给你挑明了。一年前，我在安阳古墓中发现一批殷商甲骨和宝鉴拓本，里面记述的东西非常玄妙，其中就提到了阴阳螭和喜王宝藏。喜王陵不仅有宝藏，而且是富可敌国的宝藏。你们放开我，宝藏跟你们对半分，但阴阳螭得归我！”他顿了顿，接着策反道，“想必你们也听过我的一些传闻，我这人……”

唐嫆冷冷打断："我们需要阴阳螭！"

罗青气呼呼地接了一句："你谁啊？靳柯还没说话，凭什么由你拿主意！"

三胖看到靳柯脸色变了，再看到罗青与唐嫆势成水火的样子，突然没心没肺地哈哈大笑起来。

几人说话之时，已经走到离谷口不到百米的地方了。突然，林中传来隐隐约约的轰隆声，隔了几秒钟，便是万马奔腾的震动和巨响，只见黑压压的一片，如千军万马冲锋陷阵，扬起漫天灰尘。再接近，便见到灰尘中有无数白刃此起彼伏，寒光闪闪。

靳柯三人再也顾不上罗驼子父女俩，发一声喊，掉头就跑。

豹子护好罗驼子和罗青，便招呼着雇佣兵们也向来路跑去。他不知道发生了什么事，但看到尘埃中的白刃，心里也是恐惧之至。

尘埃中，一头头壮如牛犊的野猪，向上翻转着獠牙，向他们疯狂冲了过来。

此刻，每个人都将生存本能发挥到了最极致，几个打手甚至扔掉了装备，轻装奔逃。落在最后的一名打手被野猪顶飞，落地时，无数野猪践踏而过，惨叫声刚刚发出便被踏成了肉泥。

靳柯三人抢得先机，是逃得最远的，但是跑了两里路，刚到栎树林，他们又折返回来。后面还跟着一群惊慌失措的狍子、狐狸、蛇等动物，而追赶这些动物的，是一股移动的黑潮。

黑潮水浪翻腾、漫山遍野、流速极快，还发出低频率的"吱吱"声。跑得慢的蛇和狐狸被水浪卷过，眨眼间便成了森森白骨。

那个叫豹子的打手心里发慌，边护着罗驼子，边拿出望远镜，仔细一看，不由得骂了一句。那股黑潮竟然都是些长达三厘米的黑色蚂蚁，嘴里长着带钩的尖齿。

后有野猪，前有黑蚁，离树林又太远，这条命今天就得扔在这儿了！豹子停住脚步，急得满头大汗。

一旁的罗青指着远方，说："跟着他们跑！"

豹子看过去，只见靳柯三人跑向左侧的山峰，那里有一个平台。

豹子护着罗驼子，招呼兄弟们向左侧跑去。与此同时，靳柯三人已经攀上一米多高的壁突，爬到了与壁突相连的唯一平台上。

山谷正中的空阔地带已开辟成了战场。黑色蚂蚁与野猪群两军对垒，相隔五米。野猪刨着蹄子，鼻子喷着白汽；黑齿蚁半立而起，用前肢敲打坚硬的外壳，一对尖颚做着咬合的动作。两军剑拔弩张，一触即发。

“黑齿蚁是长白山野生蚁的近亲，生性残暴，极具侵略性，恐怕野猪不是它的对手。”

靳柯走到平台边缘，跟唐嫆并肩站在一起，摇头叹道：“黑齿蚁比行军蚁还可怕，这简直是一场大屠杀。这些野猪真是疯了，怎么去惹黑齿蚁？”

他话音刚落，便明白了是怎么回事。只见野猪的后面，也就是山谷葫芦嘴的方位，突然涌出更多的黑齿蚁。也就是说，黑齿蚁大军先是追赶着野猪，把它们赶到山谷之后，再前后堵截形成合围。

“完了！”靳柯看着朝平台跑来的打手，阴沉地说，“这个平台小，估计只能站十五六人，到时候罗驼子肯定会把我们赶下去！”

听靳柯这么一说，三胖看热闹的心也没有了，早知道会这样，就应该把罗驼子、罗青带来。三人都没有远射的武器，唯有唐嫆有手枪，但她在打人熊时子弹全部打光了。在逃跑时，自己那只鸟铳也不知道丢到哪个犄角旮旯里了。靳柯刚收缴的冲锋枪，也在慌乱中，被罗青夺了回去。

三人搜肠刮肚想办法时，野猪群改变了阵形。它们虽被前后包围，但还能保持秩序。它们组成了五猪并排的长龙，犹如一把长剑，头上有一撮红毛的野猪首领站在队伍最前，而黑齿蚁将追杀打手的蚁军招了回来，收缩队形，握紧拳头，呈圆形堵住山谷出口。

红毛野猪嗥叫着，冲向黑齿蚁群。它四蹄如飞，边冲边用獠牙吞食、拱翻黑齿蚁，跟在后面的野猪长龙，沿着它的脚步践踏黑齿蚁。

黑齿蚁层层叠叠，累起半人高的蚁柱，当野猪跑过时，蚁柱就倒向野猪。首当其冲的便是红毛大野猪，只见它四蹄渐显红色，慢慢露出了骨头，当冲出包围圈，冲到了葫芦嘴时，身上全变成白骨，只剩一个头了，接着惨嚎的头变成了白森森的头骨，悄无声息地被黑齿蚁淹没。

野猪长龙本来以“劈浪斩波”开出的血路，也被黑齿蚁重新占领，更不妙的是，后面密密麻麻的蚁军又开始发动进攻。

野猪们失去了首领，又遭到重围，都慌了，不再沿着红毛野猪开拓的路线走下去，它们四处奔逃，完全没有了方向感，不少野猪冲进敌人腹地，狂跳着倒了下去。

黑齿蚁前军为配合后军攻势，也发动了进攻，它们分成十多个分支，分头追击逃散的野猪。战斗发生的一分多钟，只有四五只野猪冲到了葫芦嘴，但惨死的野猪却有上百只……这是一场不流血的战争。

平台上，三胖举着雷管，打火机已经点燃，凑在雷管引线下面，他对着罗驼子和打手大喊道：“别过来，再往前走，我就点了！”

话音刚落，只听“砰”的一声响，防风打火机被打碎，豹子端枪瞄准众人：“你们这些龟孙子，谁敢再动，老子就毙了他！”

事发突然，唐嫆、靳柯和三胖他们没想到豹子躲在雇佣兵后面开枪，一时都不敢乱动，眼睁睁地看着罗驼子他们爬上了平台。

这平台太小，雇佣兵们即便脸贴脸，身子被挤得悬空，人人扭成麻花团成一起，还是装不下剩下的六名雇佣兵。

豹子端枪把靳柯三人都赶了下去，罗青看了一眼罗驼子，突然拉住靳柯，神情中满是关切：“你别走！就留这儿，没人敢动你！”

靳柯甩脱她的手，跳下了平台，跟唐嫆、三胖站到了一起。

这空出来的三个位子，惹得下面的六名雇佣兵疯狂抢夺，最后三名鼻青脸肿的失利者陪着靳柯他们站在峭壁下，瞪眼看着野猪疯了似的冲来，而野猪后面是杀气腾腾、紧追不舍的黑齿蚁大军。

第十七章

骑猪狂奔

三人虽然都有很强的求生欲望，但黑齿蚁的数量太庞大了，庞大到让人看不到一丝希望。当一只野猪冲过来时，三人并不是主动制伏野猪，而是恐惧地往后跑。

但是野猪来得太快，已经顶到了靳柯的腰，眼看獠牙要扎进他的肉了。靳柯被逼之下，扭身避开野猪的獠牙，抽出斩鬼刀，对着它的脑袋斩了下去，一刀便将野猪砍翻在地。

地上的野猪四蹄乱弹，“嗷嗷”地叫，显得很是痛苦。唐嫆上前一刀插进野猪的喉管，野猪身子一阵抽搐，随后不动了。唐嫆静静地盯着它，好像发现了什么，弯腰摸了摸野猪硬刺般的毛，突然猛地缩手。她站了起来，喊住靳柯和三胖，压低声音对他们说了什么。

靳柯和三胖满脸惊异地看向那头野猪尸体，眼睛一亮。事态紧急，三人赶紧分开找了些枯树枝，把背包里带来的固体燃料绑在上面做成火把。三人各拿一支火把，冲向奔来的野猪。

“拿着火把就能赶走野猪？怎么可能！”罗青一脸紧张地盯着靳柯，豹子看到后，冷嘲热讽道。

靳柯三人在野猪冲来时，揪住了野猪的鬃毛，飞身跃到猪背上，只是野猪冲劲儿太大，一不留神不仅抓不住，还会被它拖到地上。三人之中，三胖身手相对笨拙，抓了三次，才找到坐骑。

三人骑的都是健壮的野猪，他们整个人匍匐在野猪身上，一手揪住野猪鬃毛，一手握紧火把。

站在下面的三名打手刚开始目瞪口呆，以为他们疯了，这时见到野猪还可以骑，顿时狂喜万分，只是不明白他们为什么拿着火把，但也没有时间猜测了，野猪已经到了面前。

三名打手如法炮制，也骑到了野猪身上。但是，他们的坐骑根本不听号令，一名打手的坐骑冲进蚁群，连猪带人都化为白骨。另两名打手骑的野猪像没头的苍蝇，结果与狂乱的野猪群撞车，从猪背上摔到地里。

其中一人还背着火焰喷射器，他翻起身，刚喷射出火焰，便被狂暴的野猪踏成了肉泥。另一人狂喊着逃出了猪群，却被后面行进的蚁群断了归路。回想两名同伴的惨死之状，吓得浑身颤抖，见黑齿蚁围过来的时候，突然引爆了手雷，一瞬间碎肉横飞，巨大的爆炸力量也将附近的黑齿蚁化为齑粉。

与三名雇佣兵的境遇完全不同，靳柯三人用火燎着野猪，骑猪如骑马，控制自如，他们避开胡乱撞来的疯猪，穿过黑齿蚁露出的缺口。虽然一时无法冲到谷口，但依靠控制野猪赢来了生存的时间。

豹子看着远方，眼睛都要喷出火来。站在平台上的罗青举着望远镜说："火把把猪毛烧得卷了起来，但野猪在这种疯狂状态下，对这点儿烧痛应该是不在乎的。他们究竟是怎么控制野猪方向的？"说着，便将望远镜递给义父罗驼子。

罗驼子接过望远镜，皱眉看向靳柯。

靳柯骑的野猪高约一米，重达三百多公斤，毛呈棕色，耳朵上有刚硬而稀疏的针毛，从颈部、过背脊直至臀部覆盖着长而硬的鬃毛，而针毛与鬃毛的缝间好像有什么东西。靳柯正是用火把烧着这些东西，从而改变了野猪奔跑的方向。

罗驼子调整焦距，紧紧盯着野猪，等待着它正面转过来。这时他看得更清楚了，只见野猪暗褐色的皮肤上趴着浅红色的指甲，指甲下面是黏滑的青色躯体，不是蝓指虫是什么。

罗驼子这才想通，野猪发狂是因为蝓指虫吸它们的血，所以靳柯他们点火燎虫，以调整蝓指虫咬力部位，从而控制野猪奔跑方向……他正要放下望远镜，突然看到唐嫆和三胖捡起了一把 AK-47 突击步枪、两把 MP5 冲锋枪，而靳柯却从地上捞起了多枚美式 M68 手雷。

罗驼子心里一紧，看到靳柯又捡起了火焰喷射器，接着又把它扔了。这时靳柯抬起头来，正好看到罗驼子拿望远镜看他，他连忙朝罗驼子挥手，露出八颗牙招牌式的微笑。罗驼子隐隐感到不安。

靳柯打着呼哨，突然控制野猪冲向平台，他速度极快，等罗驼子反应过来时已经晚了。

“骑野猪真是爽翻了，你们也下来玩玩吧！”靳柯突然扯开插销，朝平台扔了一颗手雷。

“轰”的一声响，沙石乱飞，平台崩塌。打手们惊呼着从平台上摔下来，一个个都是灰头土脸，慌成一团。

靳柯哈哈大笑，骑猪疾驰而去。

罗驼子大怒，下令打手朝靳柯射击。两名打手没打中目标，反而被野猪撞倒，喂了黑齿蚁。其他打手觉得保命要紧，见黑齿蚁逼近，早吓得六神无主，仓皇抓住野猪，向远处跑去。但是打手们控制不好野猪，又有两个被摔在地上。

罗青帮助义父骑上一只野猪。罗驼子见眨眼之间死了四人，又怒又急：“蠢货！猪耳朵下有蝓指虫，用力拍，往左拍左，往右拍右！”

罗青也骑着野猪，和豹子一左一右，护卫着罗驼子向谷口冲去。

但是，拍虫没有烧虫效果好。靳柯三人趁着打手还未稳住阵脚之时，骑术精熟地冲到罗驼子身边。

罗青和豹子对付唐嫆和三胖，靳柯则跟在罗驼子后面，一刀砍断包带，探手把罗驼子的包夺了过来。

“把包还我！”罗驼子又急又怒，后半部《考古笔记》就在双肩包里。

他想去追靳柯，突然斜刺里冲出一只野猪，骑手正是豹子，他摆脱三胖的纠缠之后，便追了过来。因为抢位恰到好处，此时冲来，正好就断在靳柯后面，他一伸手，已紧紧抓住了双肩包带。

那些打手适应了驾驭野猪后，也相继追了过来，威势极猛。唐嫆和三胖想从旁边营救靳柯，硬是冲不过去，还要躲避子弹。只好依照原定计划，朝葫芦嘴奔去。

唐嫆临走时对着靳柯大喊，让他快回来。但靳柯铁了心，夺回的后半部笔记再也不想失去，他不时用火把去烧后面的豹子，却被豹子一掌拍落。

靳柯胯下的野猪现在不仅要承受他的体重，还要承受豹子的拉力，以及豹子坐骑的冲撞。而且最危险的是，失去火把后，野猪的方向不太好控制。靳柯骑着它已经跑到了黑齿蚁的战线边缘，眼见着黑齿蚁围了上来，靳柯再不放手，不但坐骑会死，他自己也会没命。

已退到葫芦嘴安全地带的三胖拉动枪栓，瞄准了豹子，正要扣动扳机。唐嫆赶紧制止，说他们所站的方向角度很差，打不到豹子，弄不好还会误伤了靳柯。

两人拼命大喊，让靳柯扔了包。

靳柯只觉得背上一松，扭头看去，发现豹子学他的法子，也用匕首割断了包的带子，把包抢了过去。

靳柯知道大势已去，他俯身躲避打手的射击，趁着黑齿蚁屠杀野猪，对他形成合围之前，驱猪踩着小股蚁军，冲向葫芦嘴谷口，与唐嫆、三胖会合。

三人出了葫芦嘴，不敢多待，依然是一路狂奔，也不知道过了多久，突然连人带猪掉进了一个石坑里。

靳柯从地上爬了起来，拔掉插在屁股上的豪刺，目光一扫，发现地上散布着巴掌大的黑石，奇形怪状，跟他们刚进干饭盆见到的陨石一样，其他的并没有异常，这才松了口气，分了根烟给三胖，一起抽烟压惊。唐嫆在手臂伤口处涂上药后，又卷起裤腿，用创可贴贴上伤口，随后注意到什么，突然尖叫起来。

能让她尖叫的东西肯定非同小可。靳柯扔了烟，紧张地凑到唐嫆身边，朝她腿上一看，顿时脑皮发麻，她小腿肚子上不知什么时候钻进了一条蝓指虫，那尾巴在一缩一缩地扭动，似乎还在往肉里钻。

这种怪虫跟蚂蟥一样，吐的毒液能麻痹人的神经，让人毫无察觉，真是恶心得让人害怕。靳柯拿手去扯，但是蝓指虫黏滑湿润，怎么扯得下来。他又捡起地上未熄的火把，凑近烧着蝓指虫，但正如李老汉所讲的，一烧，蝓指虫身体变红，体形比之前粗大了一倍，力气也更足了，它更加起劲儿地往唐嫆肉里钻。

“我偏不信这个邪了！”三胖拿手蹭了些土，五指紧紧抓住蝓指虫的尾部，猛地发力，一下子将蝓指虫扯了出来，蝓指虫在他手里伸曲扭动，但怎么看都不对劲儿，仔细一瞧，它没有头，再看唐嫆的腿，那头虽连带着扯了一点儿出来，却还留在她的肉里。

靳柯与三胖从没见过这样诡异的虫子，也害怕了起来，他们下意识地摸了摸自己身上，好像没有，好像又有，一时惊惶不定。他们看到那虫子的头好像还是活的，还在往那白皙修长的腿里钻，眼见着又要整个钻进去了。

“妈呀！”三胖吓得扔掉虫子，连忙把手往土里使劲儿蹭，生怕手上有这种虫子一丁点儿的黏液。

唐嫆看到那扔在地上的虫子没了头，却还如常地扭动前行，又看到自己腿上的虫头完全钻了进去，已经看不见了，再也控制不住胃液的翻腾，“哇”地干呕了起来。

靳柯脑子一片空白，瞪着唐嫆的腿，好像傻了一般。

唐嫆吐完后，摸着肚腹，呼呼喘气，她突然抽出匕首，往地上一扔，颤声道：“你们，快，把它挖出来！”

“别着急，再想想。”

“胖子你来挖！”

三胖打了个冷战，看了看靳柯，又看了看唐嫆，连连摆手。

唐嫆捡起匕首，便朝腿上刺去。靳柯突然一把夺过匕首，转头四周搜索一番，捡起一根树枝，递给唐嫆："咬住了！"然后按着唐嫆的腿，"你忍着点儿。"

"别婆婆妈妈的，快点儿！"唐嫆咬着树枝，别过了头。

靳柯剜得很小心，刀尖沿着伤口割了一个直径三厘米的圈，肉割掉了，血淌了出来。突然"咔嚓"一声响，唐嫆嘴里的树枝断了，她脸色白得像一张纸，头上全是细密的汗珠。

靳柯拿纸巾吸掉腿上的血，手指撑着裂口，还是没看到虫头，他又把刀尖继续向下深入了两厘米，总算找到那黑乎乎带尖牙的东西了，然后把虫头挑了出来。

三胖赶紧送上云南白药和绷带，靳柯取出瓶子里的棉球，将云南白药全部倒进了伤口，然后拿绷带绕着小腿缠了几圈，总算包扎好了。靳柯摸了一把脸上的汗，便去收拾药物，突然看到匕首尖上的虫头竟然还没死，它的牙齿凭空咬着，似乎只要让它咬到匕首，牙齿就能把刃口咬缺。

他厌恶地扔掉虫头，那虫头咬住一粒石子，死死不松口。三胖上前一脚，把虫头踩得稀巴烂。

把药品都装包后，靳柯与三胖走到一块大石后面，马上脱下衣服，检查自己的身体有没有钻进蝓指虫。幸好没有。

他们出来时，唐嫆也检查完了自己的身体，她正拿着匕首蹲在野猪身旁。

三只野猪又是狂奔，又是驮人，体力消耗非常大，以至于跌到坑里后，一直躺着哼哼，没有爬起来。

这些野猪没有唐嫆那么好的运气，蝓指虫整个都钻进去了。唐嫆伸手拨开鬃毛，一个一个地连虫带肉挖了出来。这些蝓指虫像没壳的蜗牛，蜷缩在挖出来的猪肉里，此时意识到不妙，都探头钻了出来想逃，身体骨节像蛆一样伸缩着。

唐嫆用刀将它翻了过来，肥软的虫体下长着一排密密的尖爪，那是它的脚，嘴里是弯钩般的细牙。她看着恶心，把它们甩到了一边。三胖拿着匕首，一个个都给斩了，只是没想到，被弄成两截的蝓指虫竟然各成个体，翻弹着向草里钻去，他赶过去又狠狠踩了一脚。

也许是对野猪的痛苦感同身受，这才促使唐嫆对蝓指虫的恐惧化为了愤怒。靳柯想着，他感恩于野猪所救，也戴上手套，蹲到唐嫆旁边。帮着拨开猪毛，用刀割破了野猪的背部，那里有一个红色的裂口。

靳柯用刀挑出蝓指虫。虫子身体扭成 90 度，突然张牙咬住了刃口，只听一声响，一股液体从它牙里喷了出来。

靳柯看着乳白色的液体顺着刀刃往下淌，对唐嫆说："一次喷出的毒液真不少，蝓指虫应该是用它影响了野猪。"

唐嫆的动作不停："野猪也是捕蛇能手之一，它抗毒性很强。它不怕蛇毒，但是身上钻了蝓指虫却性情大变，说明蝓指虫的毒液比蛇毒还厉害。"她扔掉虫子，接着说，"而且我发现那只蝓指虫只能麻痹我腿上局部的神经，它要是能影响野猪神经的话，恐怕得更接近野猪的脑子。"

靳柯心中一动，伸手便去摸野猪的脑袋，随后朝唐嫆点头道："这里果然有隆起，但摸着软软的，完全不像是野猪的肌肉。"说着，便招呼三胖一起按住野猪，唐嫆割开了隆起的皮，里面的肉都化脓了，不久便见一只肥大的蝓指虫从血泡里滑了出来，被三胖踩死。

那野猪先前惨嚎着，不停挣扎，但被挖出虫了后，它就安静了下来，任由唐嫆三人施为。

忙活了大半天，三人这才清除干净了野猪体内所有的虫子。回想发生的所有事情，靳柯推断所谓的蛇群迁徙、野猪发狂全是蝓指虫所为，而归根结底又是考古队一个月前开启了喜王陵，激发了王陵中的某种机关，才会有这么多蝓指虫跑出来。

日已斜照，众人收拾好刀具，驱走野猪，边走边吃带来的干粮。他们依照太阳的方向，确定了大概的方向，继续前行，不久便来到了两山相望的宽阔地带，然而怕什么来什么，眼前突然出现数以万计的蝓指虫，昂着头，在地上扭动，一直从左边山脚延伸到右边山脚，形成一条断虫道，除了飞鸟，人与兽都无法经过。

然而更诡异的是，蝓指虫外围是无数个小土包，不断涌出黑齿蚁，它们把蝓指虫全都围住。双方不一会儿便突破各自的防线，混战起来，却把三人的去路挡住了。三胖不由哀叹起来：“搞点儿新鲜的行吗，怎么又是这些虫子！我天生第一怕蚂蚁啃骨头，第二怕这种虫子钻肉，特别是钻我的肉。”

第十八章

断虫道

蝓指虫钻进野猪体内，是为了逃得更快。它们不敢与黑齿蚁正面交锋。不过它们现在确实是逃不掉了，直接跟黑齿蚁真刀真枪开干了。

但是，黑齿蚁专啃硬骨头，专门攻击不服气的。它是力量的试金石，战车碾过，什么力量全都得粉碎。没多久，它们便凭着坚牙利齿突破了蝓指虫吐出的毒液和分泌出的黏液，占了优势，而且有向三人蔓延过来的趋势。

三胖看着这一大片，心里打起了退堂鼓，他对靳柯说：“跟这些小不点儿争长短太跌份儿了，不如饶了它们，咱们绕过去吧！”

靳柯翻出笔记，只看了一眼，便叹气道：“只有穿过断虫道，才能到达王陵石碑阵，没有其他的路。”

三人沿着“前线”走了一趟，发现最窄的断虫道宽度也有八米。伐树搭桥可以过去，但是树倒之时，也是黑齿蚁围上来之时，恐怕人走在半途中就会被黑齿蚁啃光，更何况，这里的大树最小的也是三人合抱，他们又没带锯、斧等伐木工具。这个办法吃力不讨好，风险也很大。离他们最近的一棵树有二十米，如果用飞虎爪钩住树干，可以荡绳过去。但是三人估计了下断虫道的宽度和绳索摆荡的幅度，能成功荡过去的可能性比较小。

就在讨论耽搁的时间里，黑齿蚁已经将蝓指虫悉数歼灭，开始向三人逼近。三人这时再跑，已经来不及了。他们后面不知什么时候多了另一群黑齿蚁，形成一股黑色的浪潮，快速移动，已完成了合围。

突然有野猪的惨嚎声传来，下一秒钟，三只野猪从拐角处闯入视线，正是他们刚放走的那三只坐骑。野猪上蹿下跳，身上红一块儿白一块儿，爬满了黑齿蚁。它们见到靳柯，便嚎叫着冲了过来，似乎要让靳柯帮它们弄掉身上的东西。但是，野猪在离三人还有几米的距离之时，腿便断了，跪了下去，接着身上的肉凭空消失，剩下了一副空骨架和散落在地的猪毛，实在是恐怖惨烈。

三人胆战心惊，边退边撒灭虫粉，草丛里面藏着被啃干了肉剩下的骨架、兽毛、鸟羽、蛇皮等，他们经常踩到骨头一样的东西。三胖看得头皮发麻，想到即将惨死于此，放声悲叹道："天妒英才，看来我一世英雄，要命绝于此了。可怜我还没有为老母尽孝，还没娶媳妇……"

靳柯打断三胖的话："这就泄气了？我们南征北战，什么阵仗没见过，还怕了几只小蚂蚁。蚂蚁上树，冰火两重天……外面有美好的生活等着我们享受呢！"

"都到这个时候了，你还有这些花花肠子。"唐嫆听着这话不对劲儿，瞪视着靳柯。

靳柯和三胖都面露疑惑地看向唐嫆，不明白她为什么生气。靳柯对唐嫆说："蚂蚁上树是粉丝炒肉，我们聚会的时候，我和三胖不是老点吗？"

唐嫆一愣，没想到靳柯是这个回答："那冰火两重天呢？"

"魔兽中大法师与血法的技能一起放，不就是冰火两重天？！这些游戏你都没玩儿过，生活该有多单调啊！"靳柯的表情和口吻十分夸张，也许只是掩饰着心中的恐惧，"上次给你介绍的海归是我大学同学，标准的高富帅，最重要的是，特别会玩儿。你别想歪了，是正儿八经地会玩儿，不是吃喝嫖赌。这事要成了，保准你和他从此幸福快乐地生活在一起。"

唐嫆扭头就走，靳柯要跟去唠叨，却被三胖一把拉住："你真不够意思，怎么光给唐公子介绍，不给我介绍？”

靳柯见三胖有了求生意志，大为宽慰，但三胖这人给点儿笑容他就浑身乱颤，所以靳柯很认真地对三胖说：“你太不靠谱了，我都觉得跟你在一起老是出状况。你还是练练级赶紧提升吧，别自己吃了亏，还祸害了人家姑娘。”

唐嫆从包里取出飞虎爪和登山绳，打断两人的谈话，指着黑齿蚁移动的方向，说：“黑齿蚁的弱点是跟着我们跑，只要朝那边移动，黑齿蚁必然会分开追踪，八米宽的断虫道就会变得更窄，我们就有机会用绳子荡过去。”

靳柯和三胖见唐嫆想出了办法，心中大喜，马上学着唐嫆的步伐，走着各种路线，一阵儿缓一阵儿急，吸引周围黑齿蚁的兵力。

那黑齿蚁弄不清三人的目标，都蜂拥围来。三人看到八米宽的黑齿蚁兵团有了松动，八米变成了六米，立即冲了过去。

占据“渡口”后，靳柯和三胖便忙着将灭虫粉围了三圈，每圈隔三十厘米，又宽又厚的白圈暂时阻遏了黑齿蚁凶猛的进攻。

唐嫆对着前方的大树甩出飞虎爪，接连试了三次，每次都是差点儿碰到枝丫掉了下来。

三人非常着急，再想跨出步子，已经不可能了，黑蚁齿已经突破了两道白圈，现在正一个接一个地搭虫梯，向里面倒进来。

靳柯与三胖连忙把虫粉撒满圈内，那些倒进来的黑齿蚁，在粉里打滚，一会儿便不动了，但是，黑齿蚁数量多，也不怕死，还是前赴后继，往里倒，完全不在乎把自己的身体当成铺路石。

三胖被黑齿蚁这种敢于牺牲的大无畏精神吓住了，想着被黑齿蚁吞噬的场面，打手和野猪惨死的景象一幕幕浮现在眼前，腿就忍不住哆嗦了起来。他呆呆看着冲进来的十多只黑齿蚁，脑子里想到博客里的一篇文章，那文章介绍了 101 种死法，但哪种死法死得最快，没有痛苦？

三胖从包里取出军刺，对着自己的脖子，刀尖在上下滚动的喉结上比画着，调整着位置。只要用力刺进去，大脑还没有对疼痛有所反应时，自己应该就已经死去。

冲进来的黑齿蚁越来越多了，三胖看到靳柯依旧一动不动地盯着黑齿蚁的人梯，唐嫆焦急地撒着灭虫粉，当即眼睛一闭，大喊着："靳大仙，唐公子，我先去了！"

说着，军刺往喉咙上用力一顶，靳柯早已转过身来，夺过军刺，恨不得给三胖几个耳光："你疯了，还没到寻死的地步呢！"说完，突然一个跨步，骑到三胖肩膀上。

三胖挣扎，靳柯喝道："别动！"然后又指着自己的肩膀，对唐嫆说，"你快上来，这样位置高一点儿，绳子就能甩过去。"

上百只黑齿蚁爬了过来，形势十分危急，唐嫆一个箭步，踩在靳柯搭好的手凳上，靳柯手一托，便将唐嫆举了上去，唐嫆坐到了靳柯肩膀上，但刚上来重心不稳，靳柯赶紧举臂扶住她柔软的腰。

唐嫆定了定神，甩着绳子，看准位置，飞虎爪脱手，直直飞向对面的大树，爪头在树杈上绕了两圈，紧紧钩住了。

三秒钟后，绳端绑了块石头荡了回来。靳柯抓住绳子，从三胖肩上跳下，让他先走。

此时，黑齿蚁已经爬到三胖脚上，咬得三胖龇牙咧嘴，眼看时间越来越少，靳柯冲唐嫆喊道："别下来了，你先过去！"说着，也不等唐嫆答应，双臂扶着唐嫆的腰肢，往前用力一荡，唐嫆像荡秋千一样荡了过去，成功跳到安全的地方。

三胖却把绳子推给靳柯："我太重了，你先来。"靳柯大急："都火烧眉毛了，你还充什么英雄啊，快！"他二话不说，脱下三胖的背包，背在自己肩上，把自己的包搭在另一个肩上。做完之后，便推着三胖荡了过去。对面的唐嫆赶紧接住三胖，把绳索荡向靳柯。

靳柯像踩在烧红的锅上，不停跳着脚。黑齿蚁沿着他的脚踝爬到了衣服上，星星点点，有不少钻进了衣服里面，咬得他又痛又痒。他心说：等我过去，我要把这些小不点儿一个个捉来，像摁蚕卵一样用手指把它们一个一个摁死。

当绳子一到，靳柯马上抓牢，身子往后一退，双腿一蹬便荡向空中。四面八方的黑齿蚁正好爬了过来，占了他的落脚之地，但各路大军显然没有弄明白为什么目标突然消失了，触角对触角，颚对颚，乱成一锅粥。

就在靳柯荡在半中间时，外围的黑齿蚁四处侦察，重新发现了唐嫆他们，并通过触须将气味儿传回主力部队，唐嫆与三胖所站的安全地带，即将变得不安全。

半空中，黑齿蚁突然从靳柯衣服里钻出来，十多只爬过他的脖子、停留在他的脸上。靳柯咬唇屏息，求老君保佑，千万别让这些小家伙进他鼻孔探险。一只黑齿蚁绕着他的鼻梁爬了一圈，终于试探性地往鼻孔里钻，靳柯拼命朝鼻孔外呼气，那只黑齿蚁坚持了一会儿，知难而退，转而沿着鼻梁爬到了眼睑的位置，它的触须敲打着靳柯的眼睫毛，停留了一会儿，便向眼睛里钻去。

靳柯悔得肠子都青了，这绳子全是三胖手上的汗，滑不溜秋，他必须用双手才能抓好。早知如此，当初自己就不该充英雄了让三胖先过去了。但转念一想，三胖最怕这种黑齿蚁，靳柯就是担心留他最后一个荡过去会出事。这家伙都开始寻死觅活了，能不出事吗？

唐嫆与三胖都为靳柯捏了一把冷汗，但他们远水不救近火，只能看着干着急。靳柯忍住眼睑上的麻痒，突然紧紧闭眼，竟然把那只黑齿蚁夹在眼角了，眼泪不听使唤，“哗哗”地往下掉。祸不单行。他马上感觉到另一只在唇边徘徊的黑齿蚁也朝着眼睛爬来。

眼角一阵剧烈的疼痛，仿佛有硬物要强行进入眼球，靳柯再也忍不住，伸手去揪黑齿蚁，他手一松，整个人顿时滑了下去，掉在了地上。

本来他落下之地是安全地带，但是，黑齿蚁已经侦察到唐嫆、三胖的所在，围了过去，就将这个安全地带又变成了黑齿蚁的部队驻扎地。

靳柯眼角红肿，见到地上麻麻的一片，距离唐嫆他们的安全地带还有四五米，以黑齿蚁的速度，即便他跑过去，这双腿恐怕也废了。他伸手去摸绳索，却发现他当时注意力完全被眼上的黑齿蚁吸引过去，完全没有注意到一部分黑齿蚁已沿着他的手臂爬上了绳子，而且这会儿工夫，已将绳索末端咬断。他跳了起来，手指尖离那绳索还有五六厘米。

也是靳柯见机行事，他肩膀一卸，一个双肩包掉落在地，靳柯将它作为垫脚，奋力一跳，抓住了绳索，那一跳的冲力将他身子荡向了唐嫆和三胖。

唐嫆抓住靳柯，也来不及拍死他身上的黑齿蚁，拉着他便向前跑去，三胖更是撒开了脚丫子，身后是黑压压的蚁军，如同末日的火焰，焚毁一切。“火苗”不时舔到三人的脚脖子上，痛得他们龇牙咧嘴。

三人没命地逃跑，也不知跑了多久，才停了下来。那些黑齿蚁速度再快，也架不住三人这么拼命跑，而且它们似乎受过训练似的，追了一阵便退回去，继续坚守岗位，守着断虫道。

靳柯赶紧脱下衣服，只见身上都是红疹，三只黑齿蚁还咬在伤口上，他气不打一处来，将小黑点揪出来一个个摁死。

他留在最后，被咬得最多，其他两人主要是脚脖子被咬了几口。唐嫆在靳柯伤口上涂了些膏药，又检查了下他的眼睛，见他眼睛只是红肿，并无大碍，这才拿过放在一边的外套递给靳柯。

外套上全是针眼大的窟窿，密密麻麻的，那是黑齿蚁咬破衣服钻进去的地方。靳柯接过衣服，也不穿上，他在包里翻了翻，想换件外套，但是怎么都没有找到。

每人都带了两套衣服，以备替换。为了拿工具时方便，他们将同类的装备归类在一起，而衣服、干粮和登山装备是放在三胖双肩包里的。

靳柯这才想了起来，刚才扔下的包是三胖的，现在里面的东西全没了，他不由十分懊丧：“衣服就算了。最重要的是登山装备，特别是登山绳，这要都要没了，恐怕不便。”

唐嫆安慰道：“这不能怪你。刚才形势太危险了，走错一步，都可能会丧命。你能活下来，是不幸中的万幸了。人没事，比什么都强！”

三胖想到靳柯那一阵儿就后怕：“幸好是你，若换了我，早就被蚂蚁弄残了。几根绳子换一条命，值了！你就别想了。”

靳柯包里还有个小包，装着三人的水壶和照明工具，靳柯便取出来让三胖背了。他又把小包跟唐嫆换了，自己背了大包。

三胖问靳柯："你说喜王老儿搞这么多花样干什么呢？又是虫子，又是蚂蚁。他要是防止别人挖坟，搞一样不是可以了吗？还搞出一对天敌出来。"

靳柯停下脚步，看了看这里的山林，只见这里山大能缓劲儿，山小能起势，高低大小断续相连，是难得的好地方。遗憾的是山体呈环桶，没有缺口，不能通风养气，但是尾缠人俑那里的河流，正好弥补了这个，正所谓"星峰顿伏落平去，外山隔水来相顾"。整个山林是一处藏风纳水的宝地。

靳柯说："这片山林布着一个大局，藏风纳水是绝佳的'龙升'之地。此地的说法是，蛇藏于此会化龙，人葬此地会飞升。蝓指虫泛滥会破坏这里的风水。喜王引来黑齿蚁就是为了稳定此地的生态平衡，保护这里的风水。"

三胖说："蝓指虫又不会啃树木，喝河水，它们朝惊风岭那边跑，也就不会破坏什么狗屁风水。再搞出个黑齿蚁，还是多余。"

黑齿蚁会破坏森林，也就会破坏风水。这样一想，喜王还真是莫名其妙。靳柯摸了摸鼻子，他一时也没有想到答案。

还是唐嫆心细缜密，她对靳柯与三胖说："蝓指虫和黑齿蚁不会向外跑，它们见光死。"

"怎么说？"

"我去过神农架和亚马孙，那里原始森林的树木没有这里高大。这里的生态气候跟外面的也截然不同。而蝓指虫和黑齿蚁恐怕只能适应这里的气候，一到外面就会死掉。螳螂村很少见到活的虫子，坠魂坡里的干瘪蝓指虫，尾缠人俑刚钻出来便死掉的蝓指虫，以及惊风岭以外没有黑齿蚁，黑齿蚁巢穴在断虫道阻止蝓指虫外流，这些就是有力的证据。"

唐嫆像竹筒倒豆子一样"噼里啪啦"地说了出来，的确很有说服力。靳柯点了点头，心中还有一点儿没有想透："但是，尾缠人俑也有活的蝓指虫。"

“这说明干饭盆里的空气不稳定，或者说有些蝓指虫体质存在问题。”

靳柯略作思索，觉得唐嫆的推断可能性很大，又说：“蝓指虫与黑齿蚁就是防护王陵的两道锁了，看来我们都小瞧喜王了。”

唐嫆感慨道：“我对风水虽然知之不多，但改造自然而又能维持生态平衡，实在是大手笔、大智慧的人才干得出来的。这喜王不简单。”

靳柯点了点头，脸色凝重：“但愿他不要再给我们惊喜了。”

说话时，三人来到了密林深处。还未到秋季，地上竟然积着厚厚的落叶，都已经腐烂，也不知道是不是被风刮下来的。三人踩着烂叶，在密林中穿行，视野渐渐宽阔了起来，景象更加怪异，沿路竖立着石碑，这些石碑高三米，形制相同，成环状排列，不过年深日久，都损坏了。碑上也没有刻字，光溜溜的，越往里走，石碑越多，冷冰冰的石碑矗立在寂静的森林中，如同战后墓地上的十字架，密密麻麻望不到头。

这里的山峦连接着长白山天池的死火山，地热丰富，不时有热泉涌出，而周边也生长着一些热带才能见得到的植物。越往里走，完好的石碑越多，雾气也越浓重了。雾气弥漫中，不时有鬼火闪烁，像一双双窥视的眼睛。

虽然现在还是白天，但三人感觉这里阴风阵阵、鬼气森森，不由得都有点儿毛骨悚然。靳柯壮着胆子，领头朝鬼火走去。

荒草中，不时看到各种骨架，有动物的，也有人的，上面的绿火闪烁不定。靳柯心里发紧，再往前走了十多米，突然臭味儿熏天，他掩住鼻子，拿斩鬼刀拨开一个人颅骨边上的杂草和落叶，只见里面散乱地丢着探铲、小锤、细钳、毛刷和丈绳等考古工具，但铲柄折断，毛刷损毁，丈绳上染着血。一只硕大的老鼠从草丛里钻了出来，逃向远方。

而老鼠所在的草里，竟然躺着一只呈巨人观的断手，断手微微蜷曲，青色的掌心上赫然出现两个血窟窿。

第十九章
鬼打墙

唐嫆走上前，用树枝将手掌翻到了正面，看到手掌中的两个血窟窿外缘相距约有六厘米。血窟窿虽已胀大，但还能看出是被斜柱状的东西所伤。她思索着说：“很显然，这两个血洞是被獠牙咬出来的，而且还不是虎、狼等动物的犬牙。这些猛兽咬人，都是奔着猎食的目的，即便不是如此，它们在咬人时，牙齿还是会下意识地扯出肉来。而这咬牙周围的肌肉却比较光滑，显然是奔着猎杀的目的……”

三胖脸色有些难看，插口道：“该不会是粽子咬的吧！”

唐嫆说她也不清楚，便看向靳柯，想问问他的意见。靳柯却没有加入讨论的打算，他蹲在地上，捡起地上的考古工具，擦掉上面的血污，把它们收好，放进了双肩包里。唐嫆知道靳柯睹物思人，一定是想起爷爷了。

靳柯收捡好考古工具后，三人四周搜索了一番，没有发现其他线索，便继续前进。林雾缭绕，变幻着各种形状，似乎有一双看不见的手在拨弄着。他们走着，竟然又回到了原来的地方。

唐嫆知道是磁场弄乱了人体的生物钟，但走了三遍，又回到原地，心里也不由得发慌。她提议到树上去观察一番，商量一阵儿后，她爬上了树。只见老树鳞苔似甲，树冠如盖，上面的雾气虽然很淡，但树叶遮天蔽日，早就把所有石碑都掩盖了，根本无法看清石碑通向哪里。

唐嫆定下心来，她做过野外生存训练，知道南向的树、草长得茂盛高大，北向的相反，因此依照树叶稀疏度和树干光滑度来判定方向。

靳柯和三胖在树下看到唐嫆挥动的布条一时向左，一时向右，便拿登山镐在石碑上画下印，以此留下标记。可是，他们忙乎了半天，再走，竟然又回到了原点。

唐嫆从树上下来，亲自沿着石碑标记走了一圈，发现这些石碑虽然跟沿途见过的石碑一样，但都是黑黝黝的，石碑碑顶光滑如镜，像涂了一层蜡油一样。她不由得皱紧了眉头，思索问题究竟出在哪里。

三胖看着油光光的石碑，越发觉得诡异，他吓得声音都有些颤抖了，对靳柯说："这是不是墓碑？里面的东西不让我们走怎么办？"

靳柯安慰三胖道："你别胡思乱想，这墓碑……哎，乌鸦嘴，什么墓碑，这石碑很古怪，肯定有问题。"说着，他便用镐将石碑的碑顶挖掉了一大块儿，只见石块断截面显现出紫黑相杂的颜色，光泽像琉璃，石中还布满着砂孔。

唐嫆见到断截面，心里一惊。她跑到前面，伸手仔细摩挲。靳柯和三胖见唐嫆脸色古怪，也不知道她在做什么。唐嫆抽出匕首，放在手上，隔着它几米的断石碑一下子将匕首吸了过去，就像磁铁一样。

三胖惊讶至极，不由得叫出了声。

唐嫆指着石碑上的截面，说："这应该是罕见的铷钛锆石，我在执行任务时看到过。"

据唐嫆介绍，大概在1992年，有一块足球大的陨石坠落在美国纽约皮克斯基尔的农家后院，陨石块的主要成分是铷、钛、锆等稀有金属，极为宝贵。但这种陨石也有很大的副作用，就是盯着它看的人，轻者没有方向感，重者当时昏迷。

靳柯问："钛是航空器的主要材料，但它并没有辐射作用，也没听说它能让人昏迷。"

唐嫆解释道："这几种金属全部熔在一块陨石里，在高空坠落时，它们的金属粒子就发生了作用与反应，产生强大的磁性。《美国科学院院报》曾记载一则消息，把磁铁放在人的脑边，可以使人变成左撇子，而拿开磁铁，影响就消失。这在科学上称为经颅磁刺激，就是利用不断变化的磁场透过颅骨作用于大脑皮层产生感应电流，来改变和影响脑内代谢和神经元的电位活动。”

唐嫆接着说，为了证实这个经颅磁刺激效应，研究人员还专门做过试验。他们十二名受试者的耳边放置磁铁，结果十二人不仅行为改变，而且道德判断也有差别。研究人员假定一个场景：一对情侣正在树林里散步，在明确知道前方道路危险的情况下，男生却不告诉女友，而是撇下她独自离去。在接受磁体干扰之前，十二人都做出了“男生的这种行为不可接受”的判断，但在接受了磁体干扰后，部分被试者改变了之前的看法，认为“男生的行为一定程度上可以理解”。

这东西原来可以让左撇子变成右撇子，右撇子变成左撇子，真是好宝贝。三胖大喜，忙拿登山镐又挖出几大块，准备带回去。

靳柯说：“我算怕了你了。你本来就是路盲一个，再拿着这石头，不迷得晕头转向才怪。到时候你走丢了，我们去哪儿找你。”

唐嫆指着碑顶那层蜡油，也说：“外露的铷钛锆石会影响你的判断，这蜡油就是防止里面的磁性外射的。你要带回铷钛锆石，除非把整个石碑都扛走。”

三胖苦着脸，把刚装进去的石头又都掏出来扔在地上。“那现在怎么办？我们还是走不出去。”他见太阳快落西山，阳光越来越暗了，有些烦躁地说，“老马识途我听说过，这里要有野猪，可能就把我们带出去了。”

靳柯摇了摇头：“野猪也未必，那三只野猪要跑其实可以冲进石碑阵里，但它们死在断虫道，不进来，说明很久之前，它的祖辈就认石碑为忌讳，即使闯进来也出不去。”

唐嫆眉头轻蹙，也在苦苦思索。

靳柯突然眼睛一亮，说：“说到野猪，我倒知道有一种动物能够走出去。”

“什么？”

“猫。”

“八牙你别逗了，这荒山野岭去哪里找猫，要真有猫，那也是凶猫。”

靳柯笑道：“这办法肯定行。我说的可是猫步，我们大家都走猫步，猫步是什么？就是走直线。”

唐嫆白了他一眼，“陨石已经起影响了。你看着是直线，其实它不是直线。”

“所以，我们不能看它。”

“你是说闭着眼走？”

“正是。”靳柯说，“其实石碑这样规律地摆放，是个阵法，但绝不是长蛇阵、三才阵那么简单。我很眼熟，王阳明的《兵符节制》里记载过，好像叫什么降伏阵。现在是它认得我，我不认得它。既然大家都没有好办法，不如走猫步试试。”

靳柯与三胖只会看猫步，当然不会走。这个重任只好交给唐嫆了。他们看着唐嫆走了几遍，发表了些左右脚轮番踩住两脚间中间线的“专家见解”，终于训练初成。

三人闭着眼睛，像瞎子一般拄着根棍子。唐嫆在前，靳柯扯着她衣服后摆跟在后面，三胖在最后。

他们走得很慢，唐嫆是最危险的，常常被树藤绊脚，让荆棘钻怀，被石碑撞头，这种情况都是她最先碰到，她也不睁眼，只是敲打手中的棍子，微微错开方位，还是按直线前进。

走了大概十多分钟，三人睁眼，发现石碑比之前的更高了些，森林景物也不一样了，三人再接再厉又极慢地走了十五分钟，再睁眼，便已走出“迷宫”，来到一番新天地。

三人刚刚庆幸了一番，便发现这里的石碑很古怪。首先，碑底隆起土堆，土里露出了人的骨架。靳柯看了三胖一眼，暗说这石碑才是墓碑。其次，碑顶光滑如镜，上有猪龙蹲伏，龙嘴形同壁龛，含着人头。再次，人头不腐，须眉如生。三人伸手触摸，发现它弹性十足。

靳柯显然对石猪龙情有独钟，他告诉三胖这东西很值钱，只可惜是花岗石，要是玉的，可以卖个天价。靳柯介绍道：“猪龙最早发现于西水坡遗址，被誉为中华第一龙，它也是商周文化的象征。有它在，说明我们离目标又近了一步。”

三胖摸了摸猪龙褶皱的鼻梁，怀疑地道：“你没看错吧，这像龙吗？怎么我瞅着是一条用火燎过的毛虫，还蜷着身子。”

靳柯摇头叹道：“我说你在店里干了这么久，猪龙都不认识，真是白长这么胖了。古人由于认知所限和对统治阶级的美化心理，常把普通的动物都进行了美好想象，把虫叫作龙，把麋鹿叫四不像，把长颈鹿叫麒麟，这也没什么大不了的。”

唐嫆看着猪龙，心里却隐隐不安，她说：“这猪龙像羊水中的婴儿，而且是咧着嘴，含着人头的婴儿。”

她这比喻把三胖吓了一跳，他本来在猪龙嘴里掏人头的，手也不由得停了。他扭身要离远点儿，余光看到靳柯正在嘲笑自己，心一狠，又硬着头皮上前把人头取了出来，但是，拿着人头，他的手却不听使唤地哆嗦起来。

靳柯忍住笑意，一把接过人头，只见它皮肤呈棕黄色，又光又硬，类似于琥珀。

唐嫆问靳柯这是怎么回事，靳柯摸了摸人头上的皮肤，又用刀割开看了看里面的骨头，点了点头，说：“骨头用的是人的颅骨，皮肤却用的是松脂油蜡。如果没猜错的话，这应该是祭祀时，将砍下的头颅烧得骨肉分离，然后拿下头颅灌下松脂捏成头形。现在我也说不好它出自哪里，不过，我们不妨大胆猜想一下。”

靳柯顿了顿，接着说：“据我所知，玛雅祭祀中就有这种剥头术。攸侯喜去过玛雅后，便将它们的巫术吸收了过来，猪龙含人头其实类似于中国墓葬文化中的尸嘴含珠。”

三胖跟靳柯浸染良久，对墓葬文化也是半个专家了，他刚才露出了怯意，有心找回场子：“不通，你说得不通。尸嘴叼着珠子，那可是夜明珠，是把魂魄封在体内的意思，难道这个人头也有这样的意义？”

靳柯说：“不是，但它的意义对玛雅人更重大，龙含珠代表了对神虔诚的敬意。在玛雅宗教文化中，这说明献牲者愿意把肉体奉献给神，让灵魂生生世世供神驱遣，无论历数多少劫难，从不后悔，从不改变。”

三胖撇了撇嘴，“嗐，什么神值得玛雅人这么讨好它？”

靳柯说：“神多了去了，玛雅处在巫王一体、众神共存的时代。你们会发现中国商代与玛雅其实很多地方有惊人的相似。具体说到神，专家曾统计过，古玛雅人的神偶之多，几乎与他们的人口相当，玛雅人就是为神灵而活着的。在所有的神之中，最重要的便是羽蛇神库库尔坎。”

三胖不禁笑了：“这个神我知道，它就是长着羽毛的蛇，但这跟这猪龙有什么关系？”

靳柯分析说：“这就是问题的关键。攸侯喜是商代人，他深受殷商文化的影响，但他又去过玛雅，身上又有玛雅文化的痕迹。因此，他应该是将这两种文化都糅合在了他的陵墓里。当然，这一切都只是猜测，事实是否如此，还有待陵墓中的发现。”

唐嫆的一次跨国缉捕任务，便是在墨西哥进行的。她在那里看到了神秘奇特的玛雅神庙、金字塔和玛雅象形文字，这时听靳柯讲来，突然脑中闪出一个念头，插嘴道：“这些龙含头会不会是玛雅文字？”

靳柯转头疑惑地看了她一眼。唐嫆走到石碑前，指着猪头那方形的嘴：“玛雅象形文字，就是一个方框里塞着各种奇怪的人头，你们来看这个龙嘴，是不是方框？这些人头都是不一样的表情？”

经唐嫆提醒，靳柯赶快跑到其他的石碑前，果然看到人头表情不一，有的嘟着嘴，有的皱着眉，有的瞪眼，有的咬牙切齿……这些人头表情的塑造并没有遵循写实主义，而是运用了抽象派的手法，使它们看起来更像是动漫中的人物。

“我靠！这还真是玛雅的象形文字。”靳柯边看边吃惊地叫了起来。

唐嫆问道：“这些人头文字说了什么，你认得吗？”

靳柯摇头道："玛雅文字到现在都没有全部破译出来，我哪里懂，我是一个也不认识。不过，我虽不认识，但我知道，玛雅文字方框内的人头组合，比这里的要丰富得多。这些龙含头也许只是玛雅字的一个偏旁，他们合起来，才可能是一个或几个字。"

石碑里的人头一直延伸到林中深处，也不知道有多少。突然刮来一阵腥风，众人心里紧张，都瞪大了眼，只见林雾渐开，前方树上隐隐约约吊着一个人。

第二十章
蓝　尸

三人加快了脚步，没走多远便到了尸体面前。那具尸体吊在一棵老榕树上，凸眼吐舌，全身溃烂得十分严重。几只绿头苍蝇叮着右手断腕处，见人来了，“嗡嗡”地飞散开了。

三胖已经受不了臭味儿，躲到旁边去了。靳柯却站在尸体下，继续盯着尸体看。他知道刚才的断手是这具尸体的，而这具尸体一定是爷爷考古队的成员。

虽然尸体相貌已经烂得不易辨识，但靳柯综合眉梢边上的黑痣和整个的相貌轮廓，还是认出了此人正是爷爷最得意的门生王海。

靳柯看到尸体腐烂得快要从绳上掉下来，不由得心酸。王海比他大十岁，是一个稳重厚道的人，不怎么爱说话，以前经常来他家找爷爷，对他像对亲弟弟一样。靳柯学道胡闹的前几年，王海就经常做和事佬，帮他与爷爷化解矛盾，自己没有尽到的孝道，王海替他做了。以王海的性格，肯定是因为保护大家撤离才最先遇难的。

想到这里，靳柯眼眶红了，他爬上树，动手把尸体放了下来。但尸体吊在半空中，靳柯是没办法把它背下来的，只能解下绳套，让它掉下来。唐嫆招呼三胖，一起捡了些枯叶，在尸体正下方垫了一层“厚毯”。

割断绳套后，靳柯正要从树上爬下来，扭头间忽然发现尸体和浓密的榕树叶子挡住了后面的东西，后面悬挂着三根上吊绳套，还吊着一口棺材。

这时三胖也抬头看到了，他打了声招呼，跑了过去，上前拨开掩着的藤叶，看到一副圆柱状碧玉棺。棺盖已启，尸体正竖立贴着棺床，戴着日本那种青铜面罩，狰狞可怖，深嵌入肉。尸体未腐，全身涂着蓝色，耳穿孔，鼻穿刺，嘴唇钉钉子，阴茎插着针，唯有眼睛和獠牙是雪白的。

三胖见此奇景，早忘了害怕，指点着，啧啧称奇，对刚跑过来的靳柯说："你快看看这家伙是哪路神仙，牛掰！不穿衣服也罢了，还在那玩意儿上插根针，究竟在搞什么！"

唐嫆骤见此景，脸上发热，早已扭过头去。

靳柯看了一眼，也不敢再看，急叫道："你快低头，别看它的眼睛！"

三胖还没明白靳柯的意思，笑道："你我都有，害什么臊啊！"

靳柯只好强行把三胖拉到一边，这才解释道："大凡这种怪尸，眼睛必有古怪，你看了它就会产生幻觉，到时就麻烦了！"

三胖还在嘟嘟囔囔，说这人肯定得罪了大魔头，才落到这么惨的地步。

靳柯连连叹气，说："没文化真可怕。玛雅人了为表示对天神的虔敬，常常自残放血来祭祀天神。而常见的自残部位有嘴唇、舌头、脸、生殖器等。在玛雅亚克齐兰遗址的壁雕中，就有一名贵族女子翘起下巴，正来回拉动穿过她舌头中央的倒刺绳索，让鲜血滴到树皮纸上。而男子往往是刺穿生殖器，以喷射的血来敬献神祇。"

三胖惊得直吐舌头："这玛雅人真够二的。"

靳柯接着说："越是玛雅贵族，在祭祀时越要做出表率，对神灵也越要表现得虔诚狂热。他们有时踢人头足球，也当成对神灵的祭献……"

这时，唐嫆站在棺盖旁边，指着它说："你们快来看看这个。"

靳柯和三胖被头顶上的悬尸吸引，没想到悬尸的棺盖就掉落在草丛里，便也跑去察看。

棺盖是碧玉制成的，通体晶莹，应该是考古队开启后放在地上的。而王海之死，会不会与蓝尸有关？靳柯想到这一点，不由得抬头看了一眼吊棺里的蓝尸，没见异样，这才放心察看上面绚丽怪诞的雕绘。

棺盖周边绘着很多“蚯蚓”似的虫子，而这些“蚯蚓”两两成对，做着各种扭曲的动作，如弯成“弓”形、Z形、T形、“之”形等，成为点缀棺盖的花饰。

花饰围绕的是棺盖穹顶凸起的一个大圆，圆内又有十多个小圆，每个小圆旁边对称站着四个小人，他们拿棍子严肃指着小圆，似乎在做什么仪式。棺盖里还绘了其他的一些花草、树藤等东西，但由于这里曾发生过打斗，棺盖其实并不完整，而残缺破损的地方都成了碎块，散落在各处。

三胖看了一会儿，便没耐心了，嘟囔着说：“这么大的玉盖咱也扛不回去，还是别浪费时间了。”说完，也不跟靳柯、唐嫆商量，取下MP5，举枪射击悬棺绳索。

一声枪响将靳柯、唐嫆吓了一跳，他们再阻止也来不及了。玉棺“砰”地掉了下来，竟然没有摔破；尸体从玉棺里弹了出来，仰躺着直勾勾地盯着他们。

靳柯连忙别开头，找了些树叶将它的眼睛和赤裸的下身盖上。

玉棺吊着的时候，三胖眼尖，早就看到棺里面的明器了，现在落地了，更是急不可耐，三步并作两步，上前捡拾着。棺材里面多是一些青铜觚、鬲、爵、尊等酒礼器，也有串珠、巫杖等法器，但已经朽坏严重。他翻找半天，终于找到一只晶莹剔透的玉猪，暗自嘀咕道：“这家伙原来也是属猪的。”

三胖拿着玉猪去找靳柯鉴别这是何宝贝，有何来历，但靳柯与唐嫆正在清扫着棺壁，没空儿搭理他。棺壁绘着几幅彩画，三胖以为也是些花草树藤，字母什么的，但目光刚接触到画面，立刻被吸引住了。

第一幅画是一艘大船，航行于大海之中。船板上站着很多持刀、戈、戟的士兵，紧张地围着用红布盖住的笼子，笼子前站着一名身着银色铠甲的将军和一名头插羽毛，跳着祭祀舞的巫师。第二幅画是红布突然被掀开，露出峥嵘龙头，张嘴吃掉了几名攻击的士兵。将军和巫师大惊失色。第三幅画是很多士兵手提着桶，向红布倒水。龙头冒起白烟，痛苦异常，缩回了红布里。

每幅画下面还配有用甲骨文写成的铭文，靳柯虽然认不全，但能看懂个大概。

靳柯指着雕绘说：“那位穿着白色铠甲的将军就是喜王，身边头插羽毛的巫师就是班吉，是玛雅人，应该就是我们现在看到的这个蓝尸，玛雅人以蓝色为神的颜色，他们祭祀时身上涂蓝也好理解。这三幅画就是喜王从玛雅抓来了一条龙，但此龙不能见‘云气’。因此装船运回中土时，将红布披盖于龙头。但是那龙不听话，咬死了不少士兵，喜王用黄溺水制伏了蛟龙。”说完，他又自言自语道，“这黄溺水究竟是什么东西？”

唐嫆也是大大不解，她说：“这里讲到的龙应该是神化的，也许喜王他们抓住的只是一条体形较大的蟒蛇。蛇都怕雄黄酒，可能是雄黄一类的东西吧！”

看完两侧棺壁的雕绘后，三人便动手翻过棺板，露出棺底，上面雕绘着其他三幅画。

第四幅画已经回到了丛林之中，一片开阔的林地站满数以万计的士兵，他们做着刺杀、劈砍等动作。第五幅画是士兵训练营一角，一座石砌的堡垒突然顶部炸裂，龙头又伸了出来，士兵们惊慌逃跑。第六幅画是大巫师站在高耸入云的金字塔上，举着一个交缠双龙的圆盘，对着龙头说着什么，神龙微微点头，双方似乎做着什么谈判。

这三幅画只有简短的铭文，就像每幅画的名字或标题一样，靳柯依次念道“丛林练兵”“神龙暴动”“人神相商”。

靳柯说：“攸侯喜来到长白山，在原始森林定居下来，并建造圈龙堡困住巨龙。巨龙反抗时，攸侯喜便令大巫师班吉拿着圆盘跟它达成了协议。”他指着画中的圆盘，“这应该就是我们要找的阴阳螭。蓝尸班吉用它跟神龙也不知道商量什么东西。联系着第四幅画，也许是跟练兵有关。”

唐嫆问道：“关于阴阳螭，这里说了什么？”

靳柯拭掉右下角的污泥，看了几眼，说这文字里专门介绍了阴阳螭，但说的却是些神神怪怪的东西。

商朝先祖契，是大禹的得力干将，治水时从东海鲛鱼口中得阴阳螭，威力无边。禹得知后，以父用息土被处死为鉴，不敢擅用这一神器，让汤封管，后湮没于世。后来契将阴阳螭传于汤。汤灭夏后，以阴阳螭邪秽窃天之力，不敢擅用，直至传到纣王手里。

纣王用阴阳螭接迎妖、仙，造成灾祸，生灵涂炭，动乱不断，便让心腹爱将攸侯喜封存。直至攸侯喜归来，才让与鹿台宝藏一起埋于长白山的阴阳螭得以重见天日。但攸侯喜也不敢使用，只是把它作为与神龙交易的筹码，也是威慑神龙的武器。

靳柯简要地介绍之后，便站了起来，他拍掉手中的干泥，说道："阴阳螭能召仙降灾，恐怕也是想象的成分居多，古人对自然现象无法理解，便附会到神仙鬼怪上。"

唐嫆蹲在地上，继续盯着画中双龙交缠的阴阳螭，不由摸了摸手脖子上的阴阳鱼图案，越想越恐怖，她说："尾缠人俑、阴阳螭，也都是一阴一阳缠绕着，就算这些都是无稽之谈，那我们身上的阴阳鱼图案，又怎么解释？"

靳柯正要回答，突然见三胖恐惧地看着他，回瞪了他一眼，这胖子怕阴阳鱼怕到这种程度？没想到三胖扯了扯他，悄悄指着尸体给他看。

地上躺着王海与蓝尸，但不知什么时候在蓝尸的旁边又多了一具女尸，竟然长着唐嫆的脸。靳柯以为眼花，便去看蹲在身边的唐嫆，唐嫆脸上蒙了一层青气，抬头与他目光相视，嘴角挂着一丝诡笑。

为什么有两个唐嫆？靳柯心说，这一定是幻觉。他扭头看了一眼躺在地上的蓝尸班吉，班吉脸上的树叶散落在一边，两只雪白的眼睛正直勾勾地看着他。

靳柯浑身打了个冷战，在心里安慰自己：此时虽近黄昏，但还是白天，鬼要是跑出不来不合常理。

他用力捏了捏自己的脸，疼痛感不强。心说，我的脸皮老成这样了，都揪不痛了。他狠下心，用力扇了自己一耳光，有痛感。

靳柯再去看地上，还是躺着唐嫆，她依然躺在班吉的左边，王海躺在班吉右边。这到底是怎么回事？

第二十一章
看镜由死人

靳柯看向三胖，三胖也是一脸恐惧，靳柯试探地问道：“地上躺着的是不是唐嫆？”

三胖点了点头。

“你确定自己不是中了幻觉？”

三胖不由大叫道：“我都扇了自己好几个耳光了，痛得要死，你没听到？”

靳柯赶紧捂住三胖的嘴，压低声音说，“我们每天说鬼捉鬼，今天恐怕真是撞到鬼了。你快拿黑驴蹄子！”

三胖苦着脸说：“你糊涂了，我包里的装备早就丢了，你自己把小包给了唐嫆，你背着大包。装黑驴蹄子的包被唐嫆背着呢！我看你跟她换包，八成也是鬼迷心窍了。”

“你们两个鬼鬼祟祟嘀咕什么呢？”看着棺雕的唐嫆站起身子，向他们走了过来。

两人看了唐嫆一眼，她脸上蒙着僵硬的笑容，仿佛戴了人皮面罩。

靳柯压低声音对三胖说：“擒贼先擒王，先下手为强。我们装着没事，扑倒她再说。”

三胖狠狠点了点头。

唐嫆已到近前，盯着两人。

靳柯与三胖勉强挤出一丝笑容。

靳柯认真地说：“别动，你衣服上有条蝓指虫。”

“嗯？”唐嫆疑惑。

靳柯与三胖相视一眼，更坐实唐嫆有问题，不然连她最怕的虫子怎么一点儿不怕。

两人一左一右，很随意地站在唐嫆身边。

靳柯装模作样从包里取出手套，说：“你转过身，我抓下来给你看。”

就在唐嫆转身的一刹那，靳柯拽住胳膊，三胖抱腿，立即控制住唐嫆。

“放手，你们疯了！”

登山绳索早丢了，两人只好把唐嫆压在地上，不敢丝毫轻视这个退伍女特警。

靳柯死命按住唐嫆的胳膊，厉声道：“你是人是鬼？”

三胖也道：“快说，不然我们抓来虫子放你身上！”

唐嫆仰着脖子，拼命要挣脱，靳柯却死死不松手，反而压得更紧。唐嫆大叫道：“靳柯，你弄痛我了！”

“你这个粽子还想花言巧语，八牙，别看她眼睛了！”三胖心想，靳柯再这样下去，肯定被粽子的楚楚可怜所迷惑，遂下决心，“长痛不如短痛。你压好了！我这就去掏黑驴蹄子。”

三胖说着放了手，弯腰去掏被唐嫆压着的背包。唐嫆双腿松了，一蹬，三胖没防备，顿时结结实实摔了个屁墩儿。

靳柯忙去捉她的腿，但此起彼伏，顾首不顾尾，搞得靳柯焦头烂额，暗说，这粽子的身手比唐嫆还厉害。

就在唐嫆鲤鱼打挺，要蹦起来时，靳柯干脆和身压住她，双手感觉圆鼓柔软，正寻思着怎么回事。唐嫆张嘴咬了下去，靳柯像被踩了尾巴的猫一样，一下跳得老高，只见手臂被咬处是一圈细细的齿痕。

唐嫆跳了起来，对着靳柯就是一耳光，但是，手抬在半空，却又没有打下去。

唐嫆气呼呼地质问："你们怎么搞的，为什么抓我？"

靳柯左手拼命搓着右手咬处，大呼痛啊痛啊，这唐嫆也真狠心下得了口。他突然转头，看到班吉旁边的女尸突然不见了。这一下子如凉水淋头，整个人完全清醒了。难道刚才是幻觉？没道理啊，如果是幻觉为什么三胖见到的跟我一样，而且打自己耳光也会疼痛？

此时，三胖也揉着屁股走了过来。靳柯将刚才看到的诡异情形对唐嫆一讲，三胖也在旁边附和，唐嫆怒气这才消了大半。

唐嫆说："我人是真的，但我的表情是假的，你们见到的一半是真，一半是假。"

"这怎么说？"

唐嫆道："你和三胖都说自己抽嘴巴感觉痛了，但是你们离得这么近，竟然都没有听到彼此的响动，这不是很奇怪吗？"

靳柯说："你是说幻觉让我们感觉自己打了自己的巴掌，其实并没打。"

没等唐嫆回答，三胖气呼呼大叫道："一定是这样的。搞了半天，都是班什么的老粽子搞的鬼！"

蓝尸班吉还在直勾勾地望着大家，似乎大家看到哪里，它的目光就跟着转向哪里。三胖气不打一处来，来到蓝尸身旁，二话不说，抬手就赏了它几个耳光。

靳柯听到了声响，这才明白现在是完全清醒了。他捻了捻手指，仿佛刚才碰到的柔软还留在指间。当他意识到自己的行为时，有些莫名的心慌意乱。见唐嫆疑惑地打量他，靳柯赶紧别开目光。唐嫆见靳柯目光躲躲闪闪的，还不时望着自己的胸，突然意识到了什么，她脸一红，也别开目光。两人侧身站着，谁都不说话，气氛一时显得颇为尴尬。

"我靠，这回发了，你们快来看这是啥东西？"

唐嫆与靳柯快步来到三胖身旁，原来，刚才三胖抽耳光时，蓝尸的嘴突然张开，露出了一只玉蝉。

三胖毫不客气将玉蝉拔了出来，靳柯本要阻止，却晚了一步，幸好这玉蝉并未连着机关。

靳柯瞪了三胖一眼："你能不能别那么毛躁？这是镇尸用的。你突然搞出来，它要是尸变，第一个就找你！"

三胖不服气地踢了踢尸体，说："我可不是吓大的，这老东西刚才害得我们打架，不让它破点儿财，出不了心中的恶气。"

靳柯留意观察尸体，见它没有动静，悬着的心便也放下了。他接过玉蝉，仔细瞧看。

只见玉蝉全体通黑，长约成人中指，蝉头和腹部用粗线条刻出阴线，类似于钥匙的槽沟，两翅短而薄，刻有穗状图纹，整个造型极为简约写意。

蝉生于土，死于枝头，餐风饮露，具高洁淡泊之风骨。古人对蝉向来极为推崇。《淮南子》曾云："蝉蜕蛇解，游于太清，轻举独往。"因此，达官贵族死后，多口含玉蝉。相传口含玉蝉可以枯而不朽，蜕变重生，表达了古人灵魂不灭，羽化飞升的愿望。

三胖说："照这么说，这老东西也是想成仙了。这也奇了怪了，它裸着身子飞到空中，一群美女神仙来迎接它，这玩法实在是特别。"

靳柯说："秦皇汉武想成仙是有名了的，后代皇帝虽然没有明目张胆地搞，但想重生的愿望还是有的。不过，它既然是守护喜王的大法师，它自己光着身子也许是护主行为，它把自己当祭品，献给神灵，而护着主子攸侯喜先飞升了。"

唐嫆仔细观察着蓝尸，插口说道："你们没有发现吗？这蓝尸皮肤很古怪。"

就在两人看过来时，唐嫆已经注意到蓝尸皱皱巴巴的皮肤竟然是一整张人皮，人皮之下的腊黄皮肤才是它的本体。

"它有两层皮。"唐嫆声音颤抖。

三胖凑近摸了摸蓝皮，笑道："这手感没得说，就像真的一样。"

靳柯慢慢摸了摸，感受着皮肤的触觉，对三胖说道："玛雅人杀掉祭品后，会活剥人皮，然后巫师穿着血淋淋的人皮跳舞祈神。恐怕这人皮不是像真的，它本身就是真的。"

唐嫆拿出刀从接口处割开了蓝色皮肤，突然底下蜡黄的皮肤微微跳动，像有生命体征似的，唐嫆手抖了下，刀子差点儿滑落。这蓝尸竟然还活着？

靳柯对唐嫆说道:“里面可能已经腐烂了，这是胸腔的尸气透了出来，震动了皮肤，没什么好怕的。”

说完，靳柯便鬼使神差地揭开蓝色人皮，将蓝皮翻卷过来盖住尸体裆部和双腿，再看尸体露出的胸膛，却大为吃惊。

在蓝色尸皮的包裹下，真正的尸身却镶嵌着无数块椭圆形的黄玉，这些黄玉有上百块，以金丝连缀，整整一块，形成一副坚硬的铠甲。三胖早已双眼冒光，双手不听使唤地去摸胸膛上的玉片。

靳柯忙拦住三胖，激动地说：“别弄坏了，单个拆就不值钱了，你要整个弄下来。这种黄玉色泽混浊，但清洗、火烤之后便会光艳明亮，正是罕见的黄硬玉，它是由黄辉石、铬辉石、黄玉组成的多晶集合体，子弹都难以打穿。这整块的黄硬玉就成了件防弹衣，学名叫玉铠。当年周文王在伐商以前攻打黎国时就穿着玉铠御驾亲征过。我本以为只是传说，没想到今天看到真的了。”

三胖听得心里痒痒的，忙问市价多少。

靳柯说：“我们靳氏收购的市价是两千万美元。”

三胖大吼:“我靠，一个亿人民币啊！靳大仙，你等等，我来弄下来。”说着便拿出刀子去撬玉片。

靳柯说让他来，但三胖死活不让。靳柯告诉他方法，要撬玉片得从脖子上开始，并抓起两把泥土，拨开枯叶，把蓝尸眼窟窿的位置堵住了。

玉片呈椭圆形，大小如鸭蛋，全身上下约有百块，都是嵌进肉里的，哪这么容易弄下来。三胖累死累活地将脖子上的半圈玉片搞了出来，已经累得手抽筋了，他向来粗枝大叶，这种磨工夫的细活儿还真不对脾气。

三胖歇了口气，还要埋头开工，突然发现刚才撬开的玉片下的皮肤冒出五个水泡，眨眼之间，水泡蠕动、破裂、瘪塌……尸体胸膛起伏，有了呼吸。

三胖吓得面如土色，大叫一声，倒退两步，只见靳柯拔出斩鬼刀，唐嫆拉动枪栓，都紧张地盯着蓝尸。

三胖看了看蓝尸脖子上的水泡，又看了看那值一个亿的玉甲，不由得吞了吞唾沫，说："死就死一回，为了一个亿把命搭上也值了。"

"只有颈部的玉甲卸掉了半圈，我们朝那里扫射，管它什么白毛黑毛，先下手为强把它干掉再说。"三胖是典型的人为财死。见到宝贝双眼放光，胆子也壮了。他刚说完，只听那蓝尸突然发出"咯咯"的声响，它脸上戴着青铜面罩，虽然眼睛被堵上，但他还是能感觉到有目光穿透泥土，带着强烈的杀气。

三胖再也不说话了，"啪啪啪啪"地一阵扫射，只有五六米的距离，每发子弹都打中了蓝尸的脖子，只见它脑袋往后一仰，伤口流出了黑红的血。刚才还活得好好的蓝尸，突然就没有了气息，倒在地上一动不动。

三胖上前拨弄它的脑袋，拨弄半天却不动了，他可惜道："这可是我平生第一回碰到粽子啊，没想到这么弱，完全没有挑战嘛！"说着便收起MP5，拿刀继续撬开蓝尸身上的玉甲。

三胖行为由惧到狠的强烈反差，让靳柯不知怎么就想到有人吃饭吃到一半突然拉了一泡屎，然后又接着回来吃饭。他翻了翻白眼："你还想怎么都打不死啊？再强的怪物也要遵循物理规律。不过今天要表扬下你。在万能的金钱作用下，你刚才的反应完全是对的，就要把粽子消灭在萌芽状态。不然等我们种上土豆和大嘴花，它就成了气候，再也来不及了。"

三胖专心撬着玉片，头也不回地说道："那是，碰到这种粽子，端着枪不开完全浪费表情，那些碎碎叨叨半天的都是电影里演的。"

唐嫆有点儿急了，她感觉事情没这么简单，催促靳柯和三胖道："你们还有心情瞎扯，快些想办法找到入口。"

经唐嫆这一提醒，靳柯立即意识到还有正事要办，找王陵入口有他和唐嫆两个人就够了，便没打扰三胖。

四周墓碑密密麻麻，犹如竖着的麻将，但他走了几圈，很快便发现，这里是有规律可循的。每圈墓碑以八门位置排列，依次为休、生、伤、杜、景、死、惊、开。但是后面几圈石碑的八门完全是混乱颠倒的，也不知道是什么意思。

靳柯对唐嫆说道："我们现在就处于墓碑阵的中心，而现在围绕我们的八个墓碑，就是终极秘阵。《考古笔记》叫它八阵图，跟诸葛亮困陆逊的八阵图是一样的名字，可远比它更奥妙。什么地动、天轴、天动、地轴、东南风……"

唐嫆说："打住，你拣紧要的说。"

靳柯说："笔记讲了，看镜由死入。"

"看镜由死入？没了？"

"没了。"

"就这五个字？"

靳柯说："这应该是要诀，详细的方法记载在另一半《考古笔记》上，可惜罗驼子撕走了。"

唐嫆仔细打量这一圈墓碑，每个墓碑都是同样的形状大小，同样的猪龙的人头，问道："你觉得入口在哪里呢？"

靳柯想了想，说："应该是由机关控制，而这机关最可能的是猪龙和人头。"说着，他便走近墓碑，先用力顺时针扭动猪龙，猪龙不动，再逆时针转，猪龙应手动了。靳柯暗道，这也忒容易了，不会是陷阱吧？

就在这时，靳柯突然觉得屁股上一阵剧痛，接着被一股力量猛撞，滚到了树边。他一骨碌翻起身，正要开骂，突然传来"嗖嗖"破空声，数十支石镞已经插到他刚站的地面上。

第二十二章
悬梁自尽

靳柯看到唐嫆也倒在地上，离石镞只有几厘米距离，这才明白是怎么回事。刚才真是千钧一发，若不是唐嫆那一脚，恐怕自己早就去三十三层天报到了。

只是靳柯的背包被石镞深深插进土里，他一时也没办法起来，唐嫆费了很大力气才拔出石镞。靳柯接过石镞一看，只觉得头皮发麻，那石镞上竟然有绿色液体，恐怕淬了剧毒。

三胖扭头见两人没事，继续满头大汗地忙着他的发财梦。

靳柯扔掉石镞，走到唐嫆身边，和她一起察看石镞的来源：一棵古榕树裂开两半，中间藏着两排机弩，每排可射十五支石镞，竹木包铜做沟形矢道，牛筋做弦，十分强悍霸道。而榕树树根与石碑之间，竟然连着一条肉眼不细看都难以察觉的细线，非常坚韧，也不知道是用什么材料制成的。

唐嫆说："除了真正的石碑机关，估计其他石碑都有陷阱。而这些陷阱来自哪里？天上、地下、树上、草里，都有可能。"

靳柯皱起眉头，暗说，以身涉险去破陷阱，不现实，也太危险，现在只能凭着笔记里讲的诀要，好好研究了。但是《八阵图》庞杂精微，又年代久远，岂是一时半会儿能猜透的？他叹了口气，他只不过知道一些《八阵图》的术语名称，至于变化规则和破阵之法，根本是两眼一摸瞎。

唐嫆说：“你也不用着急，慢慢想。我们不触动机关，暂时不会有危险。”她接着提醒靳柯道，“你好好观察下这里的环境，不要落下任何东西。解铃的钥匙，往往是系铃的绳索。”

三胖撬完了蓝尸脖子上大半圈玉片，抹了把脸上的汗，扭头对靳柯说：“唐公子说得对，靳大仙，你要是没信心，我们就更没指望了。甲骨文你都啃得动，还怕这鸟阵法了？我能不能赚到一个亿，就全指望你了。”

听到三胖的话，靳柯不由得暗自问候他老母。他抬头看了看头上吊着的绳套，又看了看地上的尸体，突然眼睛就直了，没时间了！

就在三胖扭头说话时，蓝尸班吉突然活了过来，伸出爪子抓向三胖的腰部，这要是抓实，三胖身上还不多了十个血窟窿。靳柯急忙飞起一脚，用唐嫆救他的方法一脚踹到三胖的屁股上。蓝尸爪子半中变招，向靳柯扑了过来。

靳柯拿着斩鬼刀朝它脖子砍去，蓝尸挥手格挡，他那手臂上全是玉片，斩鬼刀根本砍不动。蓝尸力量极大，反手来夺刀，竟然把靳柯拉了过去。

唐嫆瞄准蓝尸暴露在外的身体部位，几个点射，却没有射中要害。她跳过一边，正待点射，三胖已从地上爬起，用 MP5 一通连射，十多发子弹从靳柯身边擦过，暴雨般打到了蓝尸身上，靳柯趁机夺回斩鬼刀，跳到一边大叫道：“三胖你要害死我啊！”

三胖也不说话，继续朝着蓝尸脖子连射，却被蓝尸跳着躲过，几块玉片被打裂了，三胖一阵肉疼，马上停止了扫射。

他站的位置最好，这一停手，能杀伤蓝尸的火力就没了。蓝尸顿时有了喘息的时间，它躲到树后，竟然抓着吊在脖子上的玉片，想把它们重新安回去。

只见它脖子上的玉片形成的椭圆嵌印里，突然出现一圈窟窿，里面探出红色的虫头，也不知道是什么虫子。这些虫子在他身体里钻来钻去，就是不露面。

班吉把玉片嵌回了原处，狰狞面具下露出了雪白獠牙，上下磨响，发出刺耳的“咯咯”声。它缓缓从树后走了出来，显得既从容又肆无忌惮，它脚下踩过的草地，顿时陷进半厘米，青草变得枯黄。

蓝尸静如处子，动如脱兔。靳柯刚抬刀，刀便被夺去，斜插到树上。蓝尸顺势扑到他身上，将他压倒在地，獠牙咬向了他的脖子。靳柯抬手撑住蓝尸的嘴，却感觉抬着一座山，急得额头上都是豆大的汗珠。

唐嫆对着蓝尸后背一个点射，蓝尸扭头避过反手去抓枪，唐嫆利落地避开。三胖凑近，用枪拨开它脖子上的玉片，打了一梭子弹，打得蓝尸一阵怪叫，从靳柯身上直接飞跃而起，一下子将三胖扑倒在地，用尖利的指甲夺枪，扔枪，插肉，迅猛无比。饶是三胖反应够快，双腿蹬开了蓝尸，但手臂上已然多了一道深深的血痕。

唐嫆瞅准时机，对着蓝尸脖子又一阵扫射，打得黑血喷溅。蓝尸吃了大亏，也不敢主动进攻，连躲带跳，跑到墓碑后面，两只雪亮的眼睛此刻正冷冷盯着三人，伺机而攻。

三胖站了起来，捡起冲锋枪与唐嫆形成犄角之形，守住墓碑，不让蓝尸出来。

靳柯从树干抽出刀，也站到两人身旁。唐嫆对靳柯说："它想拖垮我们！你快找到入口，这里交给我们了！"

靳柯知道现在多说无益，便跳出战圈苦想破阵之法。

过去看的《八阵图》片断已经没有用了，现在只能从五行生克及八门变化来找到阵眼。而阵眼就是机关。靳柯低头来回走动，心说，"看镜由死入"，死必定指八门中的死门，由死门入墓，合情合理，应该没猜错。但是，到底哪个是死门？八门按照严格顺序排列：休、生、伤、杜、景、死、惊、开，对应的就是从正北至东北，逆时针绕一圈，死门的位置在西南方。如果这样推断，自己刚才扭动的机关，就在西南方，但是却招来了弩箭。难道我最初判定的方位看错了？

靳柯抬起头，综合植被及太阳等因素再次观察方向，确定没有错。他心想：这是怎么回事？……别急，这中间肯定还有没弄通的地方……爷爷说到了镜子，镜子应该是指光滑如镜的墓碑顶……镜子和光有关系，难道是光催动了阵法，让八阵图中的死门变幻莫测。

靳柯看了看渐渐黯淡的阳光，不禁着急，心想：太阳就要下山了，我得赶紧找出来。如果真跟光有关系，那么肯定是光投射到镜子上产生了不同的颜色。每一种颜色代表着一门。

在靳柯思考之时，蓝尸又冲出来了一次。不幸的是，三胖打完了子弹，刚要换弹匣时，它揪住了三胖的脚，倒拖着要把他拖到墓碑后。唐嫆赶到蓝尸后背，对着它的脖子连续点射，可是蓝尸竟然用一只手臂挡住了脖子。唐嫆眼看三胖将要被拖进去，直接拿枪托去砸……

靳柯想得入迷，眼睛虽然没看到这边的打斗，但是精神极度亢奋，紧张地扫视每一块墓碑，光滑如镜的碑顶果然在阳光下闪现不同的颜色。面对他的颜色是红色，对应的八卦之象是离是景，那么右手边的是坤是死，颜色可以是深蓝、灰和黑色。难道右边这个是死门？

靳柯正自怀疑，突然看到死门的颜色变了，竟然变成红色。靳柯不由得烦躁，心说，完蛋了，这里还要考虑到光线的变化。唯一能排除它的办法，只有确定影响因素的唯一性！没想到这么复杂，我还得考虑到时令的旺相休囚死、十二时驿马星动及当值的天神……泪奔！老君救命啊！靳柯突然意识到，《八阵图》应该是比《奇门遁甲》更复杂的一套体系，当年诸葛亮困陆逊，就是突然飞沙走石，有干扰在，那么，这个阵应该要考虑阳光的影响，用时辰单位都太大了，应该考虑到每分每秒的阳光在什么角度射进来，照在碑顶会出现什么样的光，再计算光的颜色概率哪个最大，如此庞大的计算量，世界上最快的电脑恐怕也要算一个月……

靳柯抱着脑袋，痛苦地蹲在地上。不行，此路不通，肯定还有我没发现的细节。突然手臂一痛，一块石头掉在他脚下……

唐嫆扔枪换刀，一番血战，已经从蓝尸手里抢回了三胖。他们两人已经发现，蓝尸也不知道是出于本能，还是有些智慧，竟然知道脖子是致命部位，常用手臂遮挡，这样的话，子弹虽能穿透玉片，造成的杀伤力却不大。蓝尸如果一直以手臂护着颈部，它近乎无敌。唐嫆与三胖都出了一身冷汗，幸好，它毕竟不是人，没有想到这个法子。

唐嫆虽与三胖并肩抗敌，但眼角的余光一直没有离开过靳柯，此时见到他一副颓丧模样，便随手捡了石头打醒他。

这石头却让靳柯眼前一亮，它不是普通的石头，而是玉棺损坏缺掉的玉石。此刻，靳柯在这玉石上面看到了自己的脸。

它是镜子！

镜子应该不是指墓碑顶，而是指玉棺。靳柯精神大振，在草地里翻找，捡到了巴掌大的玉棺碎片。靳柯暗暗着急，看镜由死入，那么我站在不同的方位，镜子射入的光都不一样，我应该站在哪里？

冥冥之中，靳柯似乎听到一个声音："镜子在哪里，你就应该在哪里。"

"镜子是棺材，棺材吊在树上！"靳柯笑了起来。他拿着玉石爬上大树，走上树干，攀住树杈，抓住树上的吊绳，把绳套套进了自己的脖子。这时候，他忽然想到，王海不是被人吊死的，他应该是自己去"上吊"的。

唐嫆看到靳柯好像疯了，十分担心，她大声呼叫："靳柯！"她不知道靳柯中了什么邪，竟然要悬梁自尽。她也顾不上虎视眈眈、蠢蠢欲动的蓝尸，冲向了靳柯。

她这一分心，蓝尸马上抓住机会，冒着弹雨跳过来，扑倒唐嫆，利爪插向唐嫆的脖子。三胖急得大叫，勒住蓝尸的脖子往后拉，不让蓝尸得逞……

靳柯已然进入忘我状态，根本就没注意到浓密树叶下两人的危急，他露出招牌式的八颗牙微笑，右手抓紧套住脖子的绳套，左手比画着玉石应该在的位置……

夕阳如血，阳光透过树叶缝隙射到玉石上，靳柯唯一感到吃力的是必须借用脖子来稍微分担右手的负荷，但是脖子若被套上，他又感到大脑缺氧，窒息。但不管怎么样，他还是忍着脖子上的严重不适，举着玉石反射阳光。光晕在各个墓碑中来回晃动，终于停了下来……

地上，蓝尸力大无比，它尖利的爪子已接近唐嫆光滑白嫩的脖子。三胖满头大汗，眼见唐嫆马上就要丧命，三胖突然大吼一声，身体前倾，张开牙齿，咬向蓝尸那恶心的有虫子冒头的蜡黄皮肤，水泡飙出来的黄脓和形状怪异的烂疮冲进他的牙齿，混着尸臭与蜡油的味道在舌头间穿梭，各种怪味刺激着他的胃黏膜。他的胃部已有了反应，仿佛要干呕起来，他一只手按着肚子，喉咙吞咽着，感觉比吃屎还恶心，但他的牙齿还在继续深入……蓝尸痛得乱吼，松开唐嫆，转而扑向三胖。唐嫆看准时机，抬枪就给它的脖子来了个点射，蓝尸身子一歪，就势退到了墓碑后面，嘴里发出愤怒的闷吼……

靳柯从树上跳下，站稳脚跟，不管不顾向左手第二个墓碑冲去。

蓝尸见到靳柯猛地蹿了起来，他似乎知道靳柯要干什么，伸爪抓向靳柯的肚子，靳柯收腹避过，唐嫆挥刀就砍，蓝尸突然抓起墓碑，硬生生扯起一块巨石，扔向唐嫆。

三胖再也忍不住了，退出战圈，站在一边狂呕起来，差点儿把胆汁儿都吐出来了。这时，他听到打斗声越来越激烈，余光看到蓝尸正背对着自己。三胖心说，都是你这个怪物让我吃屎，老子今天非一下一下砸死你不可。他大脚踩弯蓝尸膝盖，倒提枪托，从背后猛砸蓝尸的脖子，刚砸了两三个，蓝尸突然抓住前面的墓碑，撕裂巨石砸向三胖。这要被砸实，三胖的脑袋绝对会流出番茄酱。三胖赶紧跳开。

与此同时，靳柯跌跌撞撞跑到死门，刚要扭转上面的猪龙，突然，蓝尸刚扯裂石头时，误触开关，周围莽莽树冠簌簌抖动，四个大网和四排巨大的木桩从天而降，砸下众人，上插锋利的骨刀，在阳光下闪着夺目的寒光。

蓝尸由于拿石头砸三胖，没有反应过来，当即被钉住了手脚，与蓝尸正面交战的唐嫆反应极快，在木桩砸下的瞬间，她已经滚向了一边，但还是逃避不及，被大网罩住。

网绳是用竹、树纤维绞合而成的，应该油浸火烤过，即便过了千年，依然坚韧。靳柯费了几分钟，才割开大网，救出了唐嫆。

三胖见蓝尸落难，立即朝他脖子开枪，只听“咔”的一声，又没有子弹了。今天非让你死不可！三胖把枪挎到肩上，从腰带里抽出军刺，猛地刺向蓝尸的脖子，却被蓝尸抓住刺刃，一捏，军刺断成碎片。三胖惊得退了两步，只见蓝尸夺过军刺，撬动木桩，眼见着木桩松动，它的左手就要解放了。

三胖戾气大增，怒道：“胖爷今儿就不信宰不了你！”他从包里掏出手雷，拔掉插销扔到了蓝尸身边。

然后，三胖飞跑着赶上靳柯、唐嫆。

死门的猪龙扭动后，墓碑移开，出现一个缸口大的地洞，三人刚跳下洞，只听到一声巨响，尘土纷纷扬扬从洞口掉了下来。

黑暗中，三人你看看我，我看看你，长舒了口气，都庆幸还活着。这里漆黑一团，他们也不敢久待，从包里拿出矿灯，戴到头上，接着往前走。

三胖自告奋勇走在前头，走了数十米，只见洞内到处是苔藓，潮湿闷热，见有人进来，藏身于植被中的蛇“嗞嗞”溜走，一些拇指粗的蚂蟥趴在蕨类植物上，缓缓蠕动。洞顶吊下长长的青藤和树根，一些毒蛇缠绕其中，花斑大蜘蛛和金黄色的蜈蚣沿着湿滑的洞壁快速爬动。

三胖紧张地举起手里的MP5，回头问靳柯道：“这是哪里，还有多远走出去？”

靳柯拿着斩鬼刀，边走边扫视周围，说：“地图上说这洞有数公里长，形状像一个计时漏斗，两头大，中间小。往前走应该洞里会大些，大家都小心了！”

话音刚落，走在前头的三胖脚一歪，差点儿摔倒了，他看着脚下的一块凭空突出的岩壁，嘟囔着踢了一脚。

突然传来一阵巨响，靳柯跟在队伍的最后面，回头一看，只见洞顶出现一个直径十多米的巨石，恐怕有数千斤，正滚滚碾来。靳柯立即明白是三胖触动机关了，他大吼一声，催着大家往前跑。三人也顾不得有没有看清路，只是拔腿狂奔。

三人很快感觉到脚下泥泞不堪，抬腿困难，但是还是拼命往前跑。

落在最后的靳柯发现唐嫆与三胖突然变得越来越矮，他大呼不好，停下脚步，直接卧倒在地，巨石从他背上碾过，好悬没把他的肠子压出来。

唐嫆与三胖一脸惊恐，站在原地不动，不是他们跑不动，而是他们已经不能动了。

第二十三章

生死二选一

靳柯趴在地上，马上意识到他陷入沼泽里了。柔软冰冷的泥沼缓慢而有力地将他向深渊里吸去。幸运的是，他挨着墙跑着，所以，他的右手右腿这半个身子接触到了草地。尽管放眼看去，沼泽里全是草地，但唯有挨墙的三十厘米宽的草土才是能踏脚的土埂。他身子陷在沼泽里，但手抓着土埂，所以才没有被滚石碾成肉饼，也没有完全陷进泥沼里。

靳柯奋力从滚石中抬起头，想看清三胖与唐嫆的情况，但是因为角度太低无法看到。

黑暗中，他听到三胖慌乱的拍泥声，接着听到唐嫆的厉喝声："你越动陷得就越快，学我一样高举双手！"三胖没有动了，显然他采纳了唐嫆的建议。

"靳柯，你能出来吗？"唐嫆声音里透着焦急。

"我试试！"

靳柯已经猜到唐嫆与三胖的危险处境，他打起十二分精神，刚想直起身子，但是滚石很重，压得他骨骼作痛、胸口气闷。他勒紧肚腹，右手抓着土埂边缘，用力拖着躯体在泥沼中匍匐前行，终于从巨石底下爬了出来。他直起身子，抹掉矿灯球形玻璃上的污泥，灯光一照，看清了旁边的土埂。他抓着上面的一块尖石，从泥沼里跳了上来。抬头一看，吃惊地看到三胖与唐嫆陷在沼泽里，污泥已没到髋骨，而且还在以可见的速度往下沉。

尽管土埂上长满了湿滑的苔藓，但靳柯还是以最快的速度冲到了他们面前。只是，他的脚踩到了什么东西，只听嘎嘎声响，那块逼他们进入沼泽的巨石从低矮的岩顶沿着洞顶的滑轨，原地返回，停留在洞顶门头，等待下一个不速之客。

这个机关真要人命！靳柯来不及多想，下意识地去翻包，然而，包里没有绳索。

就这工夫，污泥已没到三胖与唐嫆的胸口。三胖急得挥手大叫："八牙你还愣着干吗，赶紧救我们出来！"

"没有绳子！"靳柯急得满头大汗，四下扫视着黑乎乎的洞壁。

唐嫆提醒道："洞顶有很多青藤，可以当绳子用。"

前面有青藤的地方离靳柯有一百多米，靳柯快步跑了过去，途中还摔倒了一次，衣服上的污泥更多了。

但靳柯救人心切，哪儿管得了这么多。悬在沼泽上空的青藤离他只有一米多远，他一手扒着石壁上的草叶，一手握着枪柄，去够吊在洞顶的藤条。他伸脖子跷腿，却总是差那么一丁点儿。

黑暗中，一条长蛇突然从洞顶爬了过来，朝着靳柯吐芯子。靳柯眼睛一亮，伸出枪，对着蛇，还不停地朝蛇晃动。

"靳大仙，都什么时候了，你不搞来绳子，还有心思逗蛇玩儿！都到我们脖子了！"

"他想用蛇做绳子！"唐嫆紧张地盯着靳柯。

靳柯汗珠"啪啪"直掉，那条青花蛇跟他玩儿上瘾了，他的枪头指那儿，蛇头就转那儿，姥姥的你怎么不咬上来？

"这蛇贱，不打它，它不过来！"

靳柯当局者迷，经三胖提醒，马上摸到石头扔蛇。可是，悲剧发生了，那条蛇张牙舞爪朝他示威一下，"哧溜"一声转身，竟然逃了！

靳柯极为抓狂："这条烂蛇！"

他转头看了三胖与唐嫆一眼，沼泽已经陷到了他们的下巴，眨眼再看时已经陷到了嘴唇。怎么陷得这么快！绳子绳子绳子……一根绳子两条命啊！他在断虫道丢了绳子，把自己命捡回来了。现在没了绳子，却要朋友替他丧命？！

靳柯都急疯了，恨不得跳下去救他们！

污泥陷到了三胖和唐嫆的鼻子……

怎么弄到绳子？靳柯抓乱头发，袖子上的污泥蹭到了他的脸上，他浑身一激灵，看着自己的手臂，突然脑中犹如过电一样。他也不忌讳唐嫆，慌里慌张地开始脱衣服。

三胖直翻白眼。

很快，靳柯脱得只剩内裤，他满头大汗地把衣服、裤子都绞成条，打结，系成绳子。

到底该先救谁？靳柯望着两人，又抓狂了！

先救唐嫆还是先救三胖？三胖是死党，唐嫆是……靳柯说不上来，唐嫆是好哥们儿。这个古老的问题，难倒过多少英雄好汉，今天为什么来考我？！难道真的只能救一个，死一个？！

靳柯突然发现，更要命的是，到了生死一线的关键时刻，唐嫆和三胖却都朝对方眨着眼睛，意思让他先救对方。

“你们别这么伟大好不好，该先救谁，我能决定！”

两人都已经不能说话了，只能瞪大眼睛静静看着，等着靳柯的抉择。

不能再犹豫了！靳柯咬了咬牙，把绳索扔向了三胖。三胖高举着手一把接过。靳柯弯着身子，双手使劲儿拉绳往回收。

靳柯看着唐嫆慢慢沉了下去，他看到了唐嫆眼中的一丝失望，他看到了矿灯灯柱的消失，他看到了沼泽冒出的气泡，他看到了气泡变大、破裂。他圆瞪双眼，大吼一声，加劲儿收绳。衣服做的绳子紧紧勒在他的手臂上，将手臂勒得苍白。

靳柯的脚由于用力太大，将地面踩出了凹坑，岸边的砂岩碎石滚进了泥沼里。他把三胖刚拉上岸的那一刻，便解绳系脚踝，跳下沼泽。

唐嫆沉陷的地方冒着气泡，仿佛是指引靳柯的灯塔，靳柯借着跳下时的一冲之力，奋力划到了气泡所在之地，然后一个猛子扎了进去。

黑暗的深渊吞没了一切。黑泥糊着嘴巴、鼻子、耳朵，沼泽里的腥臭味儿混着黑泥钻进鼻孔，仿佛沿着血管流遍周身，胃液翻腾滚涌，靳柯忍住恶心，在泥底扒拉双手，四下寻找。

剧烈的动作让他体内的氧气很快耗尽，他感觉脑袋中的青筋“嘣嘣”地跳着，肺部紧缩，仿佛肚子和胸腔被压路车碾压过一般。

突然手上碰到一丝头发，靳柯再往下探，摸到矿灯圆圆的玻璃罩，再往下探，摸到了唐嫆冰冷的脸庞和冰冷的手，靳柯抓住她的手，猛地把唐嫆拉到怀里。

沼泽在吞噬一切。靳柯与唐嫆被一股巨大的力量牵引着，继续向下沉，沉向黑色的无底的地狱。

三胖看到绳索急速往沼泽里滑，已经快滑到末端。

再不拉他上来，他就没命了！三胖奋力拉着绳索，涂满黑泥的绳索绷得笔直，拉锯着沼泽表面那些看似人畜无害的杂草。

没过多久，三胖看到靳柯系着绳子的腿露了出来，接着是黑乎乎的两个人，一个泥人一只手拍打着泥浆，另一只手抱着另一个泥人。

靳柯摆了摆头，喘息，咳嗽着，他示意三胖停下，这才调整好姿势，抹掉唐嫆鼻子、嘴巴上的污泥，让她能呼吸，然后抓住了系在腿上的绳子，解开，系在腰间，打结。

靳柯一手抱着唐嫆，一手扯着绳子，双腿猛蹬，借助三胖的拉力，奋力往岸上划去。

他感觉到有不怀好意的目光在观察他，而这目光绝对不是三胖的。靳柯抬头看了一眼，吓得差点儿闭过气去。三胖背上不知什么时候趴着个白衣女人，女人长发盖头，看不清脸。

这一定是幻觉！靳柯自己安慰着，他决定见怪不怪，其怪自败。但是三胖也感觉到了背后的目光，他反手一摸，触手冰冷柔软，早吓得魂不附体。他也不回头去看，只是铆足了劲儿，拼命往回拉，但手脚颤抖，冷汗直流，手中的绳子差点儿脱手。

靳柯注意到三胖的动作，急喊道：“死胖子快拉！你别磨磨蹭蹭地偷懒儿，后面没什么可怕的，就是一棵大蘑菇！”

三胖精神一振，又将绳子拉近一米。但他想到刚爬上来时，根本没有看到山壁上长蘑菇，这蘑菇又是哪里来的，念头一到，就要扭头去看。

靳柯怒斥道：“看什么看！我会骗你吗！唐嫆还不知死活！关键时刻你敢掉链子，我非得把你这身肥肉榨了点天灯！”

三胖听到唐嫆性命攸关，打起十二分精神，把绳子往臂上一缠，虎躯往后一坐，但嘴里却也不饶人，叫道：“早看出你八颗牙重色轻友，凭我这一身力气，就你们这么点儿身子骨儿，十个八个我也能拉过来，你等着瞧！”

靳柯现在最怕的是三胖受惊吓，他一受惊，就出汗，一出汗，手就滑！“三胖你真是帅呆了、酷毙了，只要保持这种速度，要不了几秒钟，我们就能胜利会师了。”

“哈哈，那当然。我三胖出手，天下谁人能敌？”

靳柯看到那女人朝他露出诡异的笑容，突然伸出纤白的手，要往三胖背上推去。

这下要了命了！靳柯抓起一团泥，猛地掷了过去，“啪”的一声，污泥四散开来，那白衣女人快如鬼魅，轻轻避开了，白衣上不沾一点儿泥污。

三胖“呸呸”吐了几口，气得大叫：“八牙，你干吗？”

“比蜗牛还慢，快拉！”

三胖还要拌嘴，靳柯给了他一个凌厉得要杀人的目光。

三胖奋力拉绳子，低声嘟囔着：“刚吃了蓝尸的屎，又吃了你的泥，我这日子没法过了。”

那白衣女人飘着靠近三胖，伸手向他推去。

靳柯大吼：“小心！”

就在三胖惊叫滑倒之时，靳柯手臂伸到最直，指甲扒到了岸上的草根、砂石。

他指节弯曲，手背上青筋蹦跳着，滑溜的手抓住又打滑，打滑又抓住，他双腿突然生起一股巨力，猛地一纵，又往前进了几厘米，整只手牢牢扒住了岸壁，他动作利索地把唐嫆推上岸，自己也跟着跳了上来。

土埂狭窄，只容一人，靳柯从背包里掏出黑驴蹄子，瞪着白衣女人，随时准备上前拼命。但那女人却站着不动。两人对峙了几秒钟，那女人突然悄无声息地飘向黑洞深处。

不用他操心，三胖自然能爬上来。靳柯把黑驴蹄子往包里一塞，感觉整个人都要虚脱了。他来不及想这白衣女人有何贵干，也来不及休息，急着俯身去看唐嫆。

他把唐嫆放平，将衣服当枕头放在她的头下，靳柯双手一边用力往下压唐嫆胸部，一边给她做人工呼吸。每压一次，就嘴对嘴吹一次，轮番地做，不敢停歇半秒钟。

“你快醒醒！”靳柯不停地重复压胸、吸泥、吐泥的动作，但唐嫆脸色发青，像死人一般，没有一丝反应。

“别逗我了，你快睁开眼，看谁来了，我找到幂幂了！”靳柯叫道。但唐嫆仍没有反应……

靳柯双目血红：“我命令你快醒来，再不醒我抽你嘴巴子！”

唐嫆依旧双目紧闭。

靳柯像疯了一样，又是一阵奋力的压胸、吸泥、吐泥，突然腾起手，狠狠地抽了唐嫆几个耳光。

唐嫆依旧纹丝不动。

靳柯挥动手肘就去撞唐嫆胸部，被身后的三胖一把拉住。

“她没气了……”三胖将食指从唐嫆鼻下挪开，黯然道。

靳柯打开三胖的手：“滚开！”

“你疯了！她死了，死了，你不明白吗！”三胖抱住靳柯，用力摇晃。

靳柯僵立着，面如死灰，整个人仿佛老了十几岁……

也不知过了多久，靳柯转过身子，机械地弯腰，蹲下，反手拉起唐嫆，把她背了起来，直直地就往前走。三胖默然跟在后面。

没有走几步，靳柯就滑了一跤，带着唐嫆都滚到泥沼里去了。三胖赶紧把他们拉了上来。靳柯两眼发直，继续背起唐嫆。三胖见他这个情形，想要替他背，但靳柯面无表情，继续往前走着。突然背后传来“咳咳”的声音。

靳柯像一条在岸上濒死的鱼突然遇到了水。他感觉到了唐嫆胸膛起伏，她的手指在动，接着她剧烈地咳嗽起来，一大块污泥坨子吐了出来。她只是被污泥闭住了气道，现在吐出来，就没事了。

靳柯赶紧放下她，用手给她擦擦眼睛的污泥，唐嫆睁开了眼睛，看到他脸上的泪珠：“你哭了？”

靳柯大笑。

三胖抽着鼻子，给靳柯来了个结结实实的熊抱，泥人蹭泥人：“真要命，我们仨差点儿就挂了！”

三人来不及抹掉身上的污泥，便听到大圆石滚过来的隆隆巨响，靳柯和三胖相视一眼，暗道不好，后面有不速之客进来了。

圆石滚动的“隆隆”声还在耳边回响，忽然又传来连续的枪声。有枪的除了靳柯他们，只有罗驼子一伙人，显然他们也受到了攻击。

靳柯不由分说背起唐嫆就往前跑，回想起刚才惊心动魄的一幕，越发觉得那段洞的机关十分巧妙，先在洞顶挖出滑槽，再在两头岩顶按上石制挡板，让滚石可以来回碾压。来人奔跑着躲避滚石时，就会被逼入致命的沼泽。

靳柯突然有些担心罗青，但他反过来一想，觉得刚才的惊险，归根结底是没有登山绳了。罗青肯定是有绳索的。现在他们正如狼似虎地追杀过来，自己反而担心她的安危，实在是贱得可以。

靳柯胡思乱想之时，三胖问他道：“刚才是什么东西把我推下泥沼的？”

“一个女粽子。”

“粽子怕什么，蓝尸不是一个吗？还不是让我们给做了。”三胖不屑道，心下大宽，但是靳柯才不像他那么心宽。

第二十四章

五环洞

漏斗洞渐行渐宽，矿灯灯柱都照不到洞壁。洞顶布满了钟乳石，悬如利剑路锥，似乎随时可能掉下来。三人不由得加快脚步，发现除了钟乳石，还有各种火山石、锯齿岩、红硫岩、橄榄状碱流岩、玻质玄武岩，奇形怪状，有的独立成峰，有的形如箭镞，有的互成犬牙，这些钟乳石和火山岩在山洞中奇特地结合起来，形成了震撼慑人、光怪陆离的地理景观。

大自然的鬼斧神工实在令人惊叹。不知不觉间，前面突然多了一堵墙，墙下有五个洞窟，形成五个岔道，按《考古笔记》的说法，这叫五环洞，最后都通往出口。

三人朝中间的洞窟走了进去。靳柯自己率先领头带路，唐嫆走在中间，三胖来殿后。

没走多远，他们先是并排着走，接着前后形成纵队，最后已经不能直立，而只能趴在湿地上爬了。但是他们发现洞越来越低矮狭窄时，已经走了一个多小时了，如果此时再返回去，不太现实，说不定另外的四个洞跟这个洞的情况一样。

靳柯爬在最前面，手肘在砂地上磨得生疼，头上的矿灯因为角度的问题，只能照出视线能见到的半米范围。

沉重的黑暗和逼仄的空间压得靳柯都快要窒息了。也不知道爬了多久，靳柯猛然觉得不对劲儿，因为实在太安静了。他忍不住问："你们怎么样？"

他没办法回头，也不能看到身后的唐嫆和三胖，见两人没有回答，便停了下来，他现在特别渴望与唐嫆和三胖说点儿什么，便又大声地问了一遍："你们在不在，快吱一声儿！"

除了"吱一声儿"的回声之外，洞里没有人的回答声。

靳柯非常不安，他伸腿踢了下后面，却只碰到冷硬的石头。

后面没人？！

唐嫆和三胖不见了？靳柯咒骂了一声，正想着是不是倒回去找他们，突然后面传来沉重的喘息声，这喘息声并不大，但在寂静的山洞里却放大了十倍，靳柯听得真真切切。这喘息声如此熟悉，难道蓝尸还没有死？炸弹都炸不死，这还是粽子吗？靳柯头皮发麻，立即手脚并用，慌乱爬了四五百米后，才意识到洞窟变宽了。他赶紧站起来，扭头向后看了一眼，唐嫆还跟着他呢。靳柯有些生气地问唐嫆："我刚问你们话，怎么没有人吭声，三胖又去哪儿了？"

唐嫆一言不发，低着头站着不动。靳柯感觉奇怪，上前伸手去拍她的衣服，却突然发现她穿的是白裙子。这不会是沼泽里的女粽子吧？！

靳柯的手僵在半空，还未得及缩回，突然一只紫黑的手已牢牢钳住他。

靳柯反应奇快，拔出斩鬼刀，对着女粽子伸过来的另一只手砍去，那手臂以不可思议的角度转弯，避过刀，从侧面抓来。靳柯不退反进，改劈为斜挑，只见一道亮光闪过黑暗，女粽子的半只手掌掉在了地上。女粽子凄厉惨嚎着，转身逃入了黑暗中。

女粽子的出现对于靳柯刺激较大，让他如同惊弓之鸟，风声鹤唳，草木皆兵。

幽深的洞穴不时有水滴落，声音空灵，在漆黑的环境中尤其令人心慌。靳柯每走一步，都要把电筒朝死寂的四周扫一扫。他的脑子里鬼片翻涌，想压制之前看过的恐怖电影，但是越压制，那些惊悚的画面反而越清晰。他仿佛成为惊悚影片的男主角，时刻都感到洞壁某处蹲着个小孩儿在暗中窥视他，时刻盯着脚下害怕突然有个女人四肢着地，叠着他的影子爬，时刻僵着脖子，不敢回头，害怕背后骑着一个女鬼，一回头却看到她的后脖子。脚步声、心跳声、喘气声，还有不知从哪儿灌进来鬼泣的风声，为靳柯想象的画面配上了令人战栗的音乐。靳柯觉得再任脑袋想下去就要疯了，开始奔跑起来。

然而，他这一奔跑，却吸引了黑暗中的狩猎者。这回，靳柯是切切实实听到那紧跟而来的喘息声是蓝尸的。那声音从模糊不清到依稀可闻，靳柯不由得抓紧了斩鬼刀。

泛着湿漉漉冷光的岩壁不住地倒退，但是不论跑得多快，前方拥你入怀的永远是穿不透的黑暗。靳柯不知道还要跑多久，还能坚持多久？这黑暗仿佛是无止无境的，再这么跑下去，不被蓝尸咬死，也会被累死。

靳柯跑得有些虚脱了，体力的疲乏驱走了心中的恐惧，他脑中灵光一闪，突然想起“五环洞”的含义。“环”是指相互串联的圈状物，既然是五环，环与环之间的岔道应该是相通的。于是靳柯放缓脚步，摸索着洞壁。这些洞壁岩石经过地下水的侵蚀，早就腐蚀坏了。他在一块岩石突起的苔藓中摸到了凹陷的地方，随手敲了敲，洞壁发出空空的声响，于是拿枪托砸，石壁掉落，窟窿变大，直至可容一人出入。

靳柯钻进窟窿，并用草掩盖好洞口，想到此时没有力气，如果再跑，肯定会被追上，便高举着斩鬼刀在洞口守候。蓝尸的喘息声越来越近了，“咚咚”的脚步像鼓点一样打在心里。他深吸了一口气，稳住发颤的手，心里暗自发狠：你敢进来，老子就劈了你！

灯早就熄了，靳柯根本就看不见蓝尸，但是，他很容易就感觉到了怪物的靠近。蓝尸跑得很快，然而靠近时却慢了下来，直至完全停在了洞口附近。尖利的爪子划动洞壁发出刺响，沙土沙沙掉下。靳柯的心提到了嗓子眼儿，都快蹦出来了，蓝尸凑着鼻子在草丛里嗅着，到了洞口，蓝尸站住了。靳柯紧紧捂住口鼻，心脏都不敢跳动，他能感觉到一只爪子拨开了草丛，正要向洞窟探进来。靳柯咬牙，手开始发抖。

远处有杂沓、凌乱的脚步声，靳柯知道是罗驼子他们，但此时听到他们活着，靳柯就好像听到天籁之音。蓝尸转身往回追去。

这几分钟仿佛过了一个小时一般，靳柯汗如雨下，长长舒了一口气，对罗驼子他们即将面临的遭遇心里只有表示万分同情。

靳柯再也不敢久待，喘匀了气息，接着往前跑。没跑多久，只觉得风声急骤，靳柯暗道不好，赶紧低头避过，还不忘拿枪托往后一砸。

只听到痛苦的呻吟和咒骂："哪个浑蛋偷袭我！"

"三胖！"靳柯大喜。

靳柯这才发现自己钻出来的地方，正好是个拐角，三胖听到响动，以为是罗驼子他们，便先发制人，才有了刚才那一幕。

"你去哪儿了？怎么爬着爬着就不见了，害得我们一顿好找。"

"我还要问你们呢，怎么没跟在我后面？"

唐嫆指着突岩和苔藓，对靳柯说，"正是这些东西挡住了视线。我刚想明白这一点，便让三胖在岔道口喊你，还是没有听到你的回应。"

"你还说我是路盲，我看你是路盲中的路盲！"三胖揉着脑袋，对刚才那一枪托耿耿于怀。

靳柯没有理会三胖的埋怨，把刚才的遭遇告诉二人，少不得三胖又赌咒发狠说要干掉蓝尸。

"少扯犊子！蓝尸没走远，大家千万小心，别发出声响了。"

这洞和靳柯刚处的洞完全不一样，又黑又窄不说，落脚之处都是烂泥，两壁长着蕨类植物，散落着许多动物的骨头，肥胖的白虫爬来爬去，应该是刚适应空气的蝓指虫。三人看得头皮发麻，走得更加小心了。

头上的旷灯越来越暗，靳柯连忙摘下电池，突然听到后面的三胖叫道："你们有没有发现泥地在动？"

靳柯装上电池，往地上一照，顿时吓得吸了口冷气，地面烂泥和草里竟然爬动着无数条蛇，每条蛇背上都裂开了，露出蝓指虫的头，它们被光线吸引，正昂头冷冷盯着三人。

这个蛇窟竟然是培育蝓指虫的温室！唐嫆提醒大家：“别直射它们，强光会激起它们的攻击性。”

话没说完，几条发狂的蛇“嗖嗖”地咬向三人，靳柯和唐嫆反应敏捷踢开了，唯有三胖的裤管和鞋子被蛇咬住，但也来不及处理了，更多的蛇飞一般蹿向三人。三人脚不沾地，拼命前奔。

半个小时后，总算平安到达另一个通道出口。

跑在最后的三胖突然“咿咿哇哇”地跳起小苹果：“你是我的小呀小苹果……”靳柯与唐嫆都是一愣，心想虽然危机平安渡过，但也不能这样放松吧！

三胖反而越唱越响了，唐嫆去制止，反而被三胖用力推了一把。三胖转身朝后跑去。那里面全是蛇和蝓指虫。靳柯大惊，他扶住唐嫆，赶紧追了过去。

黑暗中，三胖一个人对着墙壁把五根肉嘟嘟的手指伸出来，跟小姑娘招手一样，又像是卖萌的小屁孩。“你是我的小呀小苹果儿，怎么爱你都不嫌多。”看到靳柯和唐嫆跑过来，他“哧哧”怪笑着，竟然端起了冲锋枪朝他们开火。子弹贴着靳柯的头皮飞过，差点儿没削掉他的脑袋。靳柯又惊又怒，滚倒在地，以岩石为掩护，寻思这三胖到底中了什么邪？

第二十五章
头 发

靳柯不停扔石头吸引三胖开火，直到子弹打光换弹匣时，这才冲上去控制三胖，后面跟上来的唐嫆拿枪托给了三胖一下，三胖晕死过去。

三胖只是裤管和鞋帮被蛇咬个窟窿，并没有中蛇毒，全身其他部位也都正常，唯有手臂肿得老高，一条黑线沿着青筋从手掌蜿蜒到了肩膀处。割破手臂后，一股腥臭的黑血汩汩涌了出来。靳柯还不放心，扯开三胖的衣服和裤子，伸出食中二指，贴肉按压，一寸寸地检查三胖的身体，看有没有不正常的柔软或隆起。唐嫆在旁边紧张地看着，心想：钻进蝓指虫可就麻烦了。

三胖毒血放尽之时，靳柯也检查完了，他抬头对唐嫆轻轻摇了摇脑袋。两人均是长舒了一口气，拿来创伤药和消炎的药膏，敷在伤口上，缠上了一圈绷带。只是，想破脑袋都想不出来，又是中了什么毒？

中毒的阴影就像一颗定时炸弹，说不定什么时候又有人会中招。两人不敢大意，连忙弄醒三胖。

三胖视线凝聚，看着靳柯与唐嫆，突然哈哈大笑起来，吓得两人倒吸一口冷气，后退，准备又来一场恶斗。

三胖从地上蹦起，一把抓住靳柯："八牙，你知道吗？刚才我身上长了翅膀，在彩虹里跳舞，一大群绝色裸女围在我身边，每个人都向我撒着钞票，我跳得越快，她们撒得越多，实在嗨极了。”他手舞足蹈地说着，气得靳柯直翻白眼。

靳柯一把推开三胖，“拉拉扯扯干什么！给我老实交代，你是不是趁我们不注意，又拿了不干净的东西！”

三胖见靳柯语气严厉，又见唐嫆也是冷眼相视，兴奋之情消了一半，隐隐感觉心律跳动紊乱，胸口烦闷，接着全身乏力，有如虫子爬过一般搔痒。他见到手臂绷带和满地的子弹壳，才慢慢记起刚才差点儿害了兄弟性命，不由得挠了挠脑袋，抱歉地笑了笑。

清醒后，三胖很快明白问题出在哪儿了，便把口袋里的宝贝掏了出来。

这宝贝是块玉，通体碧绿，耳大肚圆，仰头噘嘴，憨态可掬，只是肚子里长着核桃形状的肉，一直连接到玉的边缘，这正是三胖从蓝尸棺材里找到的玉猪。

靳柯掂了掂重量，又凑近闻了闻，说：“这不是玉。玉的质地细腻、触感温润，而这东西一是轻，二是闻起来有股松香味儿，应该是用树胶和玉浇成的琥珀。”说着，也不顾三胖拦阻，一刀将玉猪剖开，露出核桃状的肉，上面纠缠的疙瘩上布满米粒大的窟窿，正向外流出一股灰白的豆腐渣状浆液，散发出又腥又酸的臭味儿，仿佛是腌菜缸里放着的死鱼，挥发开之后，臭味儿越来越浓烈，甚至充斥整个山洞，气味儿独特，穿透力强，闻到的人先是被几个焦雷打懵，接着被闪电划过身体，每个毛孔都紧缩起来。三人不由得打起哆嗦，几乎是同时捂紧鼻子。

靳柯早扔了玉猪，快步跟上唐嫆他们，跑到了十几米开外。异味儿有所减轻。唐嫆松开手，对两人说，以前事务所接过一个案子，有位妻子每天喂丈夫吃这种东西，导致丈夫精神失常，被送进了疯人院。

“究竟是什么鬼东西！”腥臭味儿不仅停留在鼻腔，还霸道地刺激着三胖的记忆，令他想起曾经吞过蓝尸脓疮和沼泽烂泥的恶心场景，胃里顿时翻江倒海。三胖弯腰喘气，不时干呕。

“人体最毒的部位。”唐嫆皱了皱鼻子，又走远了几步。

“干！”三胖双手拄地，额头盗汗，那些恶心场面会把他的胃搅动得更快。

“肝是排毒解毒的。”唐嫆将“干”误听为“肝”，解释说，“人体最毒的是淋巴结。你摸摸下颌两侧，有个质软、光滑，与其他组织无粘连的圆珠子，摸它不会痛。但是，当这个圆珠子肿大时，疾病就伴随着出现了。它聚集了人身上大部分的毒素。”

三胖直晃脑袋，似乎想把那些恶心场景甩远了。他赶紧接过靳柯递来的矿泉水，灌了下去，压住泛上喉咙的胃液。靳柯怪自己莽撞，没想到三胖闻了气味反应这么大。他见三胖连续喝了几口不呕了，便轻拍着三胖背部，问唐嫆：“这个我们明白，但是它怎么会让三胖产生幻觉的？”

“淋巴结腐烂会产生霉菌，而这种霉菌的主要成分是多巴胺，有强烈的致幻作用。”

显然三胖在把玩玉猪时，淋巴结的多巴胺毒性透过皮肤毛孔渗透到了血液，进而精神亢奋，难以自控，甚至产生云中起舞的幻觉。蓝尸棺材里放玉猪可能是为了催毒，但为什么是猪而不是其他动物，靳柯就不明白了。

山洞幽邃曲折，黑暗一般静寂，也不知道转了多少弯，走在前面的靳柯猛地停住脚步，其他两个人也看到了，一束光线扫在墙壁上，光线炽白、聚集、强烈，一闪而逝。这不是普通的手电筒光，应该是专用于探险的镭射灯。接着，有说话声传了过来，三人将耳朵贴近冰冷的山壁，声音虽小却清晰可闻。

“爸，他还能走啊？”罗青提高了声音。

“闭嘴！”罗驼子语气冰冷，不容辩驳。

“你可以回去，不然就在这里等着，办完事，我们再来接你们。”

“豹哥，我能走……”受伤的打手转而哀求豹子。

拉枪栓的脆响在空寂的山洞里格外刺耳。

“我走，我走！”受伤的雇佣兵声音悲怆而怨恨。然而，没多久，便听到他发出“咿呜”的声响。“兄弟，哥对不住你了。”豹子声音低沉，接着是重物摔地的闷响，似乎是被一刀捅了。“你的那份我不会少你。”

听这声音，罗驼子离他们不足百米，只是因为拐角和黑暗才没有发现他们。靳柯三人大气也不敢出，把灯都灭了。

“不找到靳柯他们，我们就没办法进入玄宫；不夺到《考古笔记》，他们就会抢先卷走所有宝贝。我们所有的努力和牺牲就会白费！有命才有钱，要发财，就绝不能拖后腿！”

这罗驼子够狠的，开始杀伤兵了。靳柯和三胖暗自问候罗驼子老母。罗驼子的士气还没激励完，便传来杂乱的脚步声和惨叫声，子弹在蓝尸的扑咬中呼啸，打得玉铠发出怪响。

三人互视一眼，准备摸黑离开。他们摸着山壁快速往前走。罗驼子即便听到脚步声，也因为自身难保，顾不得追他们了。只是靳柯他们不知道，一个白影在相隔的隧洞也同步跟着他们，她脚步轻飘，没有发出一丝声音。她的身体紧贴着山壁，好像根本不怕潮湿冰冷。

左侧山壁有风袭来，唐嫆以为只是窟窿里跑出的山风，没有留意，她走在两人中间，位置本该是最安全的，没想到冷风突然变成了冰冷的铁钳子，紧紧抓住了她的脖子。唐嫆刚要反抗，铁钳生出一股巨力，将她整个人拉进了窟窿里。她不由得呼喊，突然头发般的东西甩到嘴旁，像无数小蛇一般钻进口中，硬生生将她的声音堵进喉咙里。一切发生得太快，无声无息，要不是因为她双腿蹬动沙石发出沙响，靳柯和三胖还不知道她已经遇险。

但是等靳柯把灯光调亮，发现山壁的窟窿时，唐嫆已经不见了。两人大急，跳进窟窿寻找唐嫆。

此时，唐嫆已从最初的惊恐镇静下来，双手后抱，抓住了敌人的脑袋，扭身发力，半空中来了个 90 度的旋转，将敌人从后背甩到了前面。她触手冰冷黏滑，又没打灯，根本不明白遇到了什么怪物，只觉得怪物放开了她，好像在地上爬动。那头发就像有倒钩一般，长在了她的嘴里，把她拖得往山壁跑。嘴里勒出了血，脸蹭着壁上石头，疼痛难忍。她一时无法拔出靴筒里的匕首，双手又拉不出头发，只得随着怪物移动以顺势缓解疼痛。

灯光亮了起来，正打在白衣女子身上，此时她所处的位置非常怪异，她像壁虎一般贴在洞壁上。靳柯定睛一看，正是老是暗中偷袭的女粽子。三胖用火力压制，打得女尸怪叫不断，靳柯抽刀砍去，只听“咻”的一下，一截紫黑色的手臂掉了下来。那白衣女人“咯咯”怪叫，头发从唐嫆口中缩了回去。整张脸顿时暴露在矿灯的照射下。靳柯与唐嫆看到这张脸，不由得大吃一惊，这女粽子竟然是许美灵。

许美灵凄厉地叫着，断臂像根粗大的毛刷将山壁刷出一道道红杠，疼痛仿佛激发了她的体能，倏忽之间，她便跑出矿灯的照射范围。

三人紧追不舍。在拐角的黑暗处，许美灵突然不见了，而前面却是一堵山壁，挡住了去路。

三人正寻觅许美灵的踪迹时，突然听到不远处沙石响动，靳柯近前一看，苔藓中有血迹，拿脚往下一踹，还没等他明白怎么回事，一脚踏空，掉了下去。他心说，完了。这洞不是平行的岔道，恐怕是斜着向下的陷阱。

念头刚起，又听到后面“嗵嗵”的滚落声，应该是唐嫆和三胖跳进来了。靳柯心里一宽，脑中又想起许美灵的事情来。

许美灵跟大多数人一样，名字表达的含义与本人的性情相貌完全相反。她是个地地道道的书呆子。

她毕业于哥伦比亚大学，主修中美洲文明，年纪虽然比靳柯大两岁，却是世界玛雅文化研究的权威人士之一。

在考古队内，她被人称为玛雅疯子，整天拿着玛雅壁画、雕绘的拓本，痴痴地捧着研究，即便在会场、酒会等场合，她也是如此，靳柯想不记住她都难。

许美灵坚信玛雅文明是外星文明的传承，玛雅人崇拜的金星，在三千多年前，便是外星人居住的星球，而玛雅人消失也是因为被外星人接走。

近些年，她将研究方向转移到玛雅与中国商代的文化影响。她告诉靳柯，在考古学上证明两个文明之间相互作用、相互影响的直接证据，便是在各自文明的领域内发掘出对方文明的古物，现在墨西哥发掘出了商代的遗物（如刻着甲骨文的玉圭、玄武岩雕像及帽徽），有力证明了玛雅的奥尔梅克文明直接受商代文化的影响。但是，还没有在中国发现玛雅的东西，而这次考古便能填补空白，简单地说就是能在中国发现玛雅的古物。

她抱着这样的梦想，便跟着爷爷来到了干饭盆。没想到一个月前，还对靳柯兴致勃勃谈着他们的发现将在考古界将掀起地震的人，现在却变成这等鬼魅。

靳柯落地时，便见到了许美灵，唐嫆与三胖也先后掉落下来。三人一前一后将许美灵逼到了墙角。

唐嫆认识许美灵是借着妹妹唐幂的关系，内向的唐幂把许美灵当成闺密，唐嫆自然跟她也比较熟络。唐嫆上前问："美灵，你告诉我到底发生了什么事，这又是什么地方？"

许美灵也不说话，只是"咯咯"怪叫，她那条断臂竟然在慢慢生长，三人惊骇，都以为看花了眼。

靳柯打算把她抓起来，再慢慢审问，于是向两人打了手势。三人以迅雷不及掩耳之势扑向许美灵，把她扑倒在地。没想到许美灵身子滑得像泥鳅，这时靳柯才注意到她胜雪的白衣服布满了黏液，银光闪闪的，一抓手就滑。

而且她的身体柔若无骨，手和脸可以变形，身体扭来扭去，没几下就从三人的手中滑了出来。她也无路可退，突然身子一跳，手趴着墙壁像壁虎那样，甩着头发卷向唐嫆。

她的头发像章鱼的触手，每一根都是可以动的。这一幕是何等眼熟，靳柯怔在原地，以前努力遗忘的记忆潮水般涌来，以致对唐嫆砍断头发视若无睹。

唐嫆拿匕首削断了头发，许美灵尖叫了一声，沿着墙壁向前面的黑洞里爬去。唐嫆立刻追了过去，只留下靳柯与三胖呆呆站在原地。

这是一段属于他们两人的共同记忆，只不过，他们都"遗忘"了很久，甚至为了遗忘，他们篡改了记忆。三胖对靳柯说："关键是头发……"

第二十六章

野兽兵工厂

同样是发生于二十一年前的事，但三胖讲的故事却是另一个版本。三胖说，大雨一直下个不停，我们都等烦了。这个时候，公路上出了车祸，唐嫆父母的面包车与你爸妈的小货车撞在了一起。

我跑去看的时候，却摔了一跤，等我从泥巴里爬起来的时候，看到你妈妈用扳手去砸面包车，车内传来唐嫆爸妈恐惧的叫声。那面包车就动了，往后退，但你妈妈却像蜘蛛一样趴在车窗里，她掀开了车盖，扯断了里面的电路线，那面包车只倒了三四米，便不动了。

你爸去拉你妈妈，说她疯了，没想到她头发突然变长，猛地勒住了他的脖子，你爸坚持了几秒钟，身子就软了下来。

车里的唐嫆爸妈发出了更加凄厉的尖叫，突然车门被撞开，唐嫆爸妈从车里跌跌撞撞出来，一瘸一拐着往前跑，但你妈手脚并用在地上爬，很快追上他们，她那头发随心所欲一下子将两人都缠住，拖向森林之中。

你跑着去阻止她，却被她牢牢抓住，我见你危险，就撞倒了她，拉着你逃跑……

听完三胖的讲述，靳柯一脸黯然，他心里一直不安，觉得对不起唐嫆姐妹，因为唐嫆姐妹变成孤儿是由妈妈造成的。只是他不想承认罢了，有时三胖提起那段经历，靳柯都会发火，力图辩清说是唐嫆妈妈抓走了自己的父母……谎言说久了，连他自己也信了。

接管靳氏集团后，靳柯常去寻找唐嫆姐妹，他想努力帮助、补偿他们，但找了多年，却杳无音讯，直到在法源寺做道场才遇到唐嫆。

可是，接触多了之后，没想到唐幂却缠上他了。唐氏姐妹都有唐母秀丽的长发和姣丽的容貌，靳柯虽然在心里做了选择，但最后，他谁也没选，干脆都当成好哥们儿了。后来他又给唐嫆姐妹介绍相亲对象，也是为了弥补他们靳家对唐家的伤害。

“这事情不能再瞒着她了，你要是不好开口……”

“我心里有数……”

说着，靳柯便思绪复杂地向前跑去。这个洞比漏斗洞要宽阔很多。洞内黑暗潮湿，死一般的寂静。两人急跑了几分钟，便来到有四个足球场那么大的洞，墙壁和地上都铺着砖石，整块整块的，非常考究，显然是用心经营的。

离奇的是，洞里散落着数百个大圆球，直径约为两米，在灯光下散发着金属的光泽。唐嫆低头看着这个圆球，听见脚步声，抬头朝两人招了招手。

靳柯和三胖跑到近前。靳柯问：“许美灵去哪儿了？”唐嫆没有回答，反而指着圆球，说：“你看这是什么？”

靳柯伸手摸了摸，圆球接口十分光顺，两侧有碗大的方形口，应该是把人关在里面，通过方形口递送食物和水的。

圆球外壁雕绘着商代铭器所独有的云雷纹和饕餮纹，还有貊兕的发旋符文，年代十分久远。可以推测这些是商代的古董。但是，看这些圆球的材质，应该是铝和钢之类的金属。但是殷商时期，根本就没有掌握炼铁技术。而且，球的接口顺滑无比，他们那个时代难道还有砂轮打磨技术？

众人带着一肚子疑问，向圆球尽头走去。在拐角的墙壁上，有一幅巨大的彩绘。

彩绘正中是一幅巨大的征战图，图中最显眼的便是包裹着铁甲的战车，成千上万，一字排开，望不到头。这些战车中，最前面的是一辆蓝色战车，拉车的不是马，而是四头夔首虎身的怪兽；车上面站着戴牛角的白铠将军，长发飘扬；旁边围坐着戴着毡帽、披着兽皮的土著人，他们闭目默祷，垂放在膝盖上的手里捧着黑色的丝线。

靳柯说："画中的将军是攸侯喜无疑，他蓄着长发，头戴尖角，都是貊咒中最为看重的。"

靳柯接着介绍，貊人的图腾是熊，而这种熊是远古时期出没于长白山的特异物种，不像现在的熊，而是夔首虎身，直立而行，咿呀似少儿学语，貊人称之为兇。徐霞客的父亲徐有勉曾在东北游历，见过这种兇，还留诗云："疾风残月齿向东，虎惶鸿惊断谷愁……残魅辟邪人立起，敢与螭龙争雌雄。"喜王的战车上配备的正是兇。除此之外，戴尖角、留长发都是貊人的习性特征。貊人特别珍惜头发，他们相信头发是灵魂的载体，人身上除了指甲之外，唯一能再生的便是头发，人死后的一切化为尘土，唯有头发万古留存。

传说貊人巫师只需用手拿着祭告者的头发，便能猜出祭告者所求何事，事成于否。因此，头发是人与神交流的重要媒介。他们非常崇拜头发，无论男女都以发长为美，如果头发被剪掉，那是对人最大的侮辱，像发黄、发稀，甚至秃顶的人，一辈子都难找到伴侣的。

三胖说："他们手里拿的黑线应该也是头发了？"

靳柯指着画说："正是，这幅图是貊人在作战前的祭神仪式。"

在蓝色战车后面，跟着身形庞大的猛兽，熊罴虎豹应有尽有，神情凶悍，毛发皆立。率领这些猛兽的是一队体型堪比大象的兇。这是猛兽队，后面才是步兵队。士兵穿着商代的战铠，手持斧钺戟，但都是马头人身，头上长着两支尖角，估计戴着面具。

唐嫆问靳柯："他们是跟谁打仗呢？"

靳柯说："攸侯喜此次归来，志不在小，他应该是想灭周复商。你看他们的旗帜，红底黑字，饰以云雷纹饕餮纹，中间是杀气腾腾的斧钺，正是战旗。"

三胖不信道："要打起来，这阵仗倒不小，历史好像没有记载。"

靳柯点了点头，说："中间可能出了变故，没有打起来。"

沿着壁绘往下走，道路更宽了。两边有许多石房子，左边是白色的，右边是黑色的。

他们走到白房子面前，只见房子里面都放着一个大熔炉，旁边堆着矿石，一条宽阔的槽道通往锻造台，台上放着大铁锤，旁边水池里的水早就干了，堆着几把铜绿锈蚀的戟、钩等武器。这里显然是兵器铸造间，一排排延伸到黑暗中，也不知道有多少，攸侯喜可能怕被周代的斥候发现，所以把兵工厂建在地底下。

出了白房子，三人走向对面的黑石房子，这些房子材料十分坚硬，三胖用登山镐凿了一下，竟然没有凿下半块，这些房子应该是用某种矿石做的。这样的黑石房有成千数百个，比钢铁还坚硬，也不知道是用来关什么的。

挂在黑石房前的铜锁早就腐烂了，靳柯伸手扭断，走了进去，只见里面躺着一具动物的骨架，十分庞大。靳柯看到墙壁上用甲骨文写了一个"虎"字，还是不敢相信，因为这个老虎的骨架比现今看到的老虎大上两圈，在三千年前，老虎本来就比现在的要大？

再看其他的黑石房，也是躺着豹、狼、熊等猛兽的骨架，显然喜王是想驯化这些野兽去打仗，但三人讨论了半天，也不知道这些猛兽为何要比现今的大很多。

来到黑石房子的最后一间，也是所有房子中最大的一间，也就是"兕"那一间，竟然没有任何骨架。但是黑色的墙壁上，却绘了两幅图。其中一幅是地形图，它绘明了工匠从锻造兵器间、士兵操练间到关押猛兽间等的路线位置。这幅地形图表明，眼前所见的兵工厂只是冰山一角，实际上，攸侯喜在地下建立了一个庞大的军事基地。

唐嫆看了看兵工厂里的武器数量，再看了看地形图里其他兵工厂的结构规模，估算道："按照兵器的数量来看，兵力恐怕不会少于十万，这还是保守的数字。"

但三人还是猜不透，这么庞大的兵团去了哪里？难道又回了玛雅？攸侯喜应该是费了千辛万苦才回到中国的，再回玛雅实在说不通。

三人想不出其中缘由，便接着看另一幅图，这幅图重现了当时的貊咒仪式。

士兵们从长瓮里抬出一男一女，然后打开两个半圆合起来的大圆球，将男女推进去，合上半圆。

也许是男女在封闭中产生了什么东西，反正圆球侧面的洞眼儿里钻出许多白色的小虫，而这些小虫顺着槽道，爬进了猛兽关押的黑石房里，看起来似乎是猛兽们吃的食物。流程简单明了，俨然是流水线生产车间。

靳柯扒开壁画上的污渍，打开狼眼察看画中的虫子，竟然是蝓指虫。他说："喜王喂这些猛兽虫子，是想借此控制猛兽。看来骑野猪的法子，不是我们发现的，喜王早就知道了。"

"你把蝓指虫说成什么了？控制猛兽的外星怪物？"三胖怀疑道。

靳柯说："蝓指虫侵略性强，我们以前把它切断，它还能够存活，说明它跟蛔虫、线条虫一样，即便被吃进体内，依然能够繁殖。也许这些吃了虫子的猛兽已经不是它们自己了。"

"你是说它们只是空有外壳，其实里面都是蝓指虫？"唐嫆想想都觉得恐怖。

靳柯沉默，以宿主身体培养寄主的方式，古巫邪术里也有记载，他却没想到真正看到这种方式却是如此触目惊心。

"嘎嘎"的声音响起，不远处一座黑石门突然开了。三人紧张地看向那里，只见许美灵带着三个男人冲了过来。

刚打了个照面，靳柯便认出这三人正是爷爷带去的考古队员，他们分别是赵雷、张佳和张文。许美灵不见的这工夫，原来是去叫帮手了。

他们神情狰狞、大张獠牙，快速爬了过来。张佳一个跳跃，咬向唐嫆的脖子。紧接着，其他三人也纷纷咬向唐嫆，好像当靳柯与三胖不存在似的。

靳柯与三胖拿着MP5，一通扫射，这四人没有蓝尸的玉铠，顿时被子弹打得绿液乱溅，“咯咯”乱叫地往后退。唐嫆也抽出手来，她对于运动的目标的击中率，远比靳柯与三胖要高。这一出手，那四人不是被打中咽喉，就是被打中脑门儿，张佳和张文两兄弟顿时被爆了头，赵雷竟然还扑向唐嫆，被一枪打穿了脖子。

许美灵知道厉害，惨叫着向后逃去。三人紧追过去，到了一个悬崖口，许美灵直接跳了下去。

瀑布声从黑暗中传了过来。三人站在悬崖边，探头望去，深不见底。而许美灵正沿着崖壁往下爬去，靳柯又四周看了看，灯柱射程有限，都没有照到墙壁，更没看到瀑布。唐嫆往下丢了一块石头，却半天听不到回响。

这悬崖下可能直通地宫，但三人都不敢冒险往这里走。

靳柯说这里是军事基地，理论上讲有上去的路，不然喜王他们从地面下来，岂不是大大不便。三人回到“兇”的牢房，靳柯指着墙壁的地形图，说：“这条线是我们所在的猛兽间，沿这条路往上左转可以到达地面。”他又指着虚线画成的漏斗形，“你们看这里，很可能就是漏斗洞，刚才的路线与这里交叉，我们往这里走。”

三人计议已定，便分头寻找。到达漏斗洞的，其实是军用工事通道，要是军事基地被废弃了，一般都会用封土掩盖，但是年代久远，潮气又重，封土毕竟不比洞壁的砖石，很容易脱落。三人没费多少工夫，便在靠近壁绘的一个角落发现了洞口。

三人换了矿灯电池，沿着洞口直上，终于爬到漏斗洞的坑洼里。

这里三米高一米多宽，地形狭窄，而且积水很严重，蛇群和蝓指虫在较远的地面和墙壁上乱爬。

安全起见，三人踩洼而行，在尽头发现有一堵巨大的石门挡住了去路。此门用最坚硬的花岗岩垒砌，用糯米和砂浆黏合在一起，这是金刚门无疑。

金刚门下面不停有水渗出来，以金刚门为界，漏斗洞的后半部应该是个水潭。想到水，三人不由得振奋起来，自从从沼泽里爬出来，身上和衣服上都糊满了污泥，弄得全身难受，早就想弄点儿水洗洗，无奈不得其水，也不得其便。

金刚门上绘着夔头虎身的兕，它被山民敬为熊神，脖子上串着骷髅头，一群山民正对其跪拜。这壁绘笔法简洁传神，那熊神嘴角滴着涎水的模样极为可怖。

靳柯寻思，金刚门是阻挡墓贼入墓的第一道门，坚硬无比，固若金汤。因此，金刚门本是建在陵墓之外的，但是却在这里出现，实在不合常理。

靳柯也不想那么多了，用力一踹，金刚门纹丝不动，都没听到“砰砰”的响声。靳柯的心凉了半截，这厚度少说也有两米。

喜王大费周折做出这么固若金汤的金刚门，究竟保护着什么东西？

“我看守着的就是金银珠宝，省点儿事，干脆用雷管把它炸开。”三胖跃跃欲试。

唐嫆摇头道：“不行，这里狭窄，用炸药可能会炸塌洞顶，搞不好把我们都埋了。”

靳柯仔细翻看《考古笔记》，上面根本没有记载金刚门的信息，即便是记载了，也在后半部笔记里。

靳柯叹了口气，回头看了看，五环洞的终点就是这个通道，看来是没办法绕过的。

唐嫆仔细摸索金刚门，希望找到启门机关，但边边角角都摸遍了，没有找到。但是金刚门前的水洼里，却发现了一把工兵铲。三人把水舀干，发现洼里洞坑斜着向下，土还是新的，似乎刚被人挖掘过。

靳柯猜测应该是罗驼子们来过，他们想挖洞进门。只是，他们为何半途而废了？

“我们不要猜测罗驼子他们如何了。”唐嫆问靳柯道，“现在我们能肯定的是，这门没有机关，那么，会不会可以用钥匙打开？”

“你是说这门是用锁锁着的？”靳柯问的时候，脑子中突然想到爷爷讲到过用在喜王古墓上的八卦连环锁，问唐嫆道，“如果房里堆满宝贝，窗户全被封死，只有门才能打开。你会做什么样的门？”

唐嫆说，“要做得牢不可摧，炸药都炸不开。”

“你会不会让门有缝隙？”

“不会。”

“你用什么样的钥匙？”

唐嫆对靳柯的问题感到非常奇怪，一时沉吟。三胖抢着答道：“像我这种有怀疑强迫症的人，密码绝对不可靠，指纹也能被人提取，我看最可靠的就是眼虹膜，一扫，门开，除了自己，没有人能打开，也没有人能盗走钥匙，除非把眼珠挖出来。当然我随身带着炸药，谁来挖我眼睛，我跟他同归于尽。”

靳柯没理会三胖的胡说，他弯下腰，伸手去探金刚门底缝儿，摸了有十多秒钟，这才站起来，脸色十分难看，苦笑道：“果然不出所料，恐怕我们现在遇到的就是古代的虹膜钥匙。”他接着解释道，“金刚门相当于重力承重门，就是说，锁眼儿咬合了钥匙锯齿并感应到钥匙的重力时，门才会开启。而它的锁眼儿就在门底缝儿，它用石榫做成爻卦长短不一的锁芯，是极为复杂的八卦连环锁。而这八卦排列的方式有数百种，但开门的组合只有攸侯喜一个人知道。”

靳柯介绍道，其实易经八卦并非文王自创，早在他之前，就有先人演出《连山》《归藏》之易，其玄妙精微，在文王之上，直至后代京房纳甲后，易经虽更为简洁，但也更不易让人理解。在古代，易经应用的高峰期，首推商代，它本身就是巫卦时代，将八卦五行更是推到极致，变化精妙，前无古人，后无来者。商代流传下来的《连山》《归藏》已成绝唱，现在流传的《连山》《归藏》，其实是汉代人的附会，真本已经绝迹了。

攸侯喜生活在商代末期，他本身就是易学大师，造出这个八卦连环锁，后代易学式微，不是穷通之士，恐怕根本无法破解。

第二十七章
虫子开锁

靳柯趴在金刚门底下，透过矿灯察看门底石榫的卦象，他原本想将其排列画在地上研究，但是里面缝隙太小，无法看清全貌。

能模糊看到的是，门底锁芯参差不齐、长短断续，正如他猜测的那样，锁芯石榫果然是由阴爻“——”和阳爻“—”组成的，石榫中间还刻有凹凸深浅不一的牙花和弹子孔，这些凹下的部位积了流沙，而流沙的作用相当于弹簧片，应该能让门开启后可以自动关闭。

如果没有猜错的话，这石门中肯定有一部分是中空的，专门放置流沙，而且流沙量还不少。

靳柯将自己的推断说出，三人便拿着登山镐凿门。也就是过了十秒钟，三胖所凿的石门发出空响声。

靳柯拿土石在空响的区域画了个长方形，高约三米，宽约半米，再加上厚度两米，如果以此为薄弱点砸开，侧身通过应该没问题。

三胖在手里吐了口唾沫，抡起登山镐砸去，砸了十多下，却只是落了些石屑。三胖偏不信邪，又抡镐狠砸了十几下，手都震麻了，画框的地方还是纹丝不动。砸门时发出的金属撞击声，引起了靳柯的注意，这金刚门的石板竟然嵌有金属！按理说，商代还没有冶铁技术，不可能是钢铁，但如果是铜，铜的柔韧性、延展性强，不该发出这种声音。

靳柯大大不解，砸门肯定是行不通了。唐嫆便问靳柯："你再具体讲讲这锁芯的情况。大家集思广益，也许能找到突破点。"

靳柯想了想，说出了对锁芯结构的推断："锁芯应该分天、地、人三才，三才成组，共有八组，呈太极图排列。我们要开锁，先要确定第一个锁眼儿在哪里，这样的计算量已经非常大了。然后还要找第二锁眼儿，第三锁眼儿等，因为解锁的顺序是被打乱的，所以很不容易。所谓'三才锁八魂，八魂衍无极。魂踪何所觅，万象生于一'。这个'一'便是开锁的诀窍。"

唐嫆与三胖听了靳柯所讲的，都露出迷惑的表情。易数这一门，一旦深入后，越解释，牵涉的术语和理念越多，就越不容弄懂。靳柯心中暗叹，只能靠自己了。

他捡起树枝，再次趴下。唐嫆在边上蹲着，拿狼眼照亮。从缝儿中不断流出水来，还冲出蛇、蝓指虫断成几截的尸体，说不出的恶心。

靳柯拿着树枝敲打石榫，默记着石榫与卯眼的位置，在脑中分析其对应的三才形状，突然"嘎"的一声，树枝断了。

靳柯看了看手中的半截树枝，叹气道："敲错榫卯会触发机关，拿树枝探路也不管用。"

唐嫆指着石缝下的蛇、虫尸体，说："它们也是这样死的？"

靳柯点点头。

唐嫆说："如果是这样的话，这里的蛇和蝓指虫应该都是从金刚门里面爬出来的？"

靳柯没明白唐嫆此话的用意，疑惑地问道："这跟开锁有什么关系吗？"

唐嫆说："德国一家设备出了故障，设备连接的管道非常小，手不可能伸进去，但是必须把线从管道一端穿到另一端。工程师们都愁眉不展，无计可施。老总高金聘请了一个出色的工程师来解决。工程师把线粘在蚂蚁身上，放进了管道，而在管道端尾放着糖粒，蚂蚁被甜食吸引，带着线爬了出来……"

唐嫆讲的故事只是提供了一个思路，跟解锁没有多大关系，但是蚂蚁的一进一出却让靳柯恍然大悟，假如五环洞的蝓指虫和蛇都是通过金刚门过来的，那么这些虫、蛇一定开启过金刚门。这些虫蛇就是钥匙！

三人立刻行动起来，从包里翻出橡皮手套戴在手上，抓一把蝓指虫塞进门下的锁眼儿里。

蝓指虫攻击性强，它正趴在蛇背上好好的，你不惹它，它也懒得理你。你一旦伸手去抓它们，它们便纷纷伸出一排细爪，露出獠牙，咬向手套。它们只有三四厘米长，其牙、其爪也只有几毫米，被咬一口就够你喝一壶的了。

三人非常小心，蝓指虫体形小还好对付，不好对付的是那些寄生了蝓指虫的蛇，它们纷纷蜷缩身体，昂起头，对着靳柯他们“咝咝”地吐蛇信子。靳柯没时间陪它们玩，专抓那些“温驯”的虫、蛇。

但是，蝓指虫滑不溜秋，双手抓了二十多条，但边走边丢，最后运到门底的却不到十条，不少还死于靳柯脚下。有个别蝓指虫十分狡诈，虽没找到下口的地方咬破胶皮手套，却钻进了橡胶手套里面。蝓指虫若咬进肉里，那就是像钻头一样往肉里钻的，这一点三人是领教过了的。靳柯只能扔下所有“货物”，揪出这些捣蛋鬼。

唐嫆向来怕这些黏滑的梭状动物，她抓了一会儿，恶心得不行，便站在门边，拿着狼眼给两人照明，不时动动脚，专门负责把要从门缝儿里溜出来的虫和蛇又推进去。

三人干得热火朝天，寂静的山洞突然响起手机的铃声，三人一愣。三胖不好意思地朝两人摆了摆手，摘下一只手套，伸进口袋里掏出手机。

两人没有理会，但是，突然一阵剧烈的喘息声由远及近，唐嫆拿着狼眼照向黑乎乎的洞中，竟然发现蓝尸班吉向这边跑来。

靳柯头皮发麻，马上意识到手机铃声把附近的蓝尸引过来了。

“你这个夯货，怎么没关机！”

三胖见到蓝尸由远及近，背上的冷汗“嗖”地冒出来了，他手忙脚乱，越是着急越是解不开手机锁：“我关机了，是遛毛毛的闹钟响了。”

靳柯气得跳脚：“毛毛不是猫吗？！”

“都火烧眉毛了你们还吵。靳柯你继续！”唐嫆命令道，转身拉动枪栓，“三胖你跟我抵挡蓝尸！”

三胖终于解锁关了机，马上取出MP5和唐嫆跑到两壁突起的岩石边，两人将头上的矿灯调到最亮，子弹满仓，瞄准蓝尸的脖子。

蓝尸站在五米开外，嘴里吐着白汽，獠牙滴着涎水，恶鬼面罩及全身玉片都染满了血迹，它的侧腹被手雷炸了个洞，玉片损坏严重。三胖也来不及可惜，现在最紧要的是保命。这逼仄的空间，如果能取得先机，反而对两人有利，一旦让它近身，那就麻烦了。三胖想着便扣动扳机，打出一梭子。蓝尸顿时被打得脖子往后一仰，紧跟着便往后退。

两人心喜，趁热打铁又打向蓝尸，但蓝尸却弯腰护好脖子，嘴一张，“哇”地吐出一堆红色的虫子。

那些红虫“吱吱”地沿着墙角向两人逼近。唐嫆和三胖打了眼色，分头射敌。唐嫆点射虫子，她的枪法极为精确，所过之处，炸出一片番茄酱。三胖继续扫射蓝尸，但蓝尸挡住了要害，没有被打退，反而在逼近。

那些虫子有数十只，移动非常快，眨眼间便来到近前，它们像跳蚤那样从地上蹦得老高，扑咬二人。而出奇的是，这些梭状红虫全部朝唐嫆咬去，竟然当三胖这么大一个人不存在似的。唐嫆单手持枪，左手从靴筒里抽出匕首，随着变换的步伐，脚踩刀砍近身的红虫。

一只红虫跳到她手臂的衣服上，她借着灯光才看清这些红虫是蛐指虫，但长得不一样。它们头上长着角，体长是普通蛐指虫的两倍，足有七八厘米。

此时，蓝尸步步走近，水洼边的普通蛐指虫突然都爬到了蓝尸身上，没过一会儿，这些虫子竟然也变得极有攻击性，弹跳着，跟随红虫扑向唐嫆。蓝尸俨然一个孵化超级战士的催化器。

三胖帮着唐嫆抵挡红虫，余光看到蓝尸靠近，不到两米了，立即掉转枪头，对着蓝尸一通乱扫，十多发子弹全打中了。蓝尸被打得翻了跟头，但子弹都打在它的玉甲上，无法造成实质性的伤害。它恶狠狠地瞪着三胖，双腿一弹，纵身扑了过来。

三胖侧身避开，倒提冲锋枪，结结实实地给冲上来的蓝尸一枪托，他看到蓝尸倒向了靳柯那一边，害怕伤着了靳柯，心中大急，现在也豁出去了，跨步上前，双手横枪从背后狠狠勒住蓝尸脖子。

蓝尸力大无比，以三胖的体重再加上一膀子力气，还压不住它的脖子，三胖被蓝尸背着不停撞向洞壁，一时石土纷飞，痛得三胖直咧嘴。

洞中的虫、蛇躁动着爬向唐嫆。唐嫆腾挪闪避，忙得焦头烂额，无法抽身过来相助。

三胖手臂都麻了，再过几秒钟，即便他不想松手，手臂也会自动松开，他朝着靳柯大叫道："大仙你还有多久，再这么折腾下去我就扛不住了！"

靳柯发现用手运蝓指虫没效率，于是抓起蝓指虫扔到金刚门旁边，现在被扔到门边的虫子有上百条，三胖呼救的时候，他正满头大汗，蹲身抓住虫子往门底拼命地塞。

"给我十秒钟！"

很多蝓指虫却爬错了方向，丧命在门底的机关下。

靳柯猛然想到，阴爻、阳爻有长有短，他塞虫子也应该长短相杂地塞进去。老君保佑！

十多条虫子扭动身体，如同扭动的阴爻、阳爻，逆着从门底流出的水向前爬去，一些虫子被水冲了出来，靳柯双手挡住缝隙，保证虫子有效地前进。

三胖的手臂全麻了，完全使不上力，身子再次被撞到墙壁，发出沉闷的声响，他嘴里猛地吐出鲜血，身子一软，从墙壁上滑了下来。

蓝尸转身张嘴就咬三胖，唐嫆子弹已经打光，再去相救已经来不及了，就在这时，洞口突然出现灯光，一梭子弹"呼呼"地打向蓝尸，蓝尸跌跌撞撞向后倒退。虫子扭动的力量碰对了锁芯，靳柯终于听到好听的"轧轧"响动声，他心中大喜，却不防蓝尸撞来，两人都倒在了地上。

金刚门缓缓开启，靳柯赶紧爬了起来，大叫着赶快跑。唐嫆被红虫拖住，左支右绌，境况危急，哪有这么容易脱身？靳柯拿起斩鬼刀，从背包里取出灭虫粉，天女散花撒向红虫，逼退它们后，带着唐嫆便跑。

与此同时，三胖被水一冲，清醒了许多，抬头间，便发现远处灯光闪动，开枪的正是罗驼子他们。三胖来不及多想，连滚带爬，向门口冲过去。

金刚门已经开到一半，冲出来的水流更加汹涌，靳柯把唐嫆推了过去，随后拉住三胖，用力往里带，此时金刚门升到了最高，冲出来的水流也最急，三胖没防备，身子一个后仰，又被水流冲了出去。

这个时候，金刚门开始闭合，冲出的水流变少，靳柯和唐嫆站在门边，抓住了三胖的手，把他拉了进来。

蓝尸想冲进来，靳柯伸刀乱砍，但谁想到，蓝尸竟然抓住了三胖的腿，把他拉到了门中间，双方各拉着三胖僵持起来。

如果金刚门合上，三胖还不被夹成两半。靳柯再也顾不得打蓝尸了，他与唐嫆抓住三胖，拼力往里扯，就在金刚门要轧到三胖腰部时，靳柯和唐嫆只觉得力道一松，把三胖拉了过来。两人还来不及庆幸，便发现蓝尸也扯着三胖的腿进到门内。

门外的罗驼子此时赶到，把枪往门里一卡，只听“咔啦”一声，门合、枪断……罗驼子气得破口大骂。

门内的形势更为不妙，三人所处之地是齐腰深的水坑，在水里行动，力道和速度都大打折扣，而蓝尸却完全不受影响。

蓝尸跳到洞壁上，像壁虎那样紧紧贴着墙壁，它身上的红虫在肉里穿梭，瞅准了朝唐嫆跳过去。

靳柯虽然奇怪虫子为什么只攻击唐嫆，也来不及多想，取出工兵铲，像打棒球一样，对着空中扑过来的红虫连拍带打，但是也只将它们打落入水。三胖就专门捡漏，戴上手套捏死这些害虫。

眨眼间，唐嫆换上弹匣，瞄准，对着蓝尸脖子，“砰砰”两枪，正中靶心，蓝尸应声从墙上掉落水中。但是蓝尸在水中更为敏捷。唐嫆正要开枪，那枪浸了水，竟然卡壳了。蓝尸尖利的爪子已到了她的咽喉。唐嫆背靠洞壁，左侧是靳柯，右侧是近在咫尺的蓝尸，三胖距离更远。她已到了墙角，如果低头躲过，正好落进蓝尸的攻击之中；如果侧头避开，依然无法脱离蓝尸的攻击范围。

第二十八章

发 球

生死就在眨眼之间，唐嫆突然身子一矮，卧倒在水坑中，双手划过，从蓝尸胯下钻过，转身拔出靳柯腰边的斩鬼刀，蓝尸回头便咬，脖子上的玉片掀了开来，唐嫆一刀横斩，正好砍在蓝尸脖子上，蓝尸大张着嘴，身体抖了一下，人头掉落在地，一对獠牙在水中还做着龇牙的动作。

没头的蓝尸在水里走了两步，“扑通”一声栽倒进水里，一双腿做着反射动作，弹着水。

靳柯与三胖也将红虫消灭殆尽，转头正好看到人头掉水。靳柯挑起大拇指，三胖咋舌，惊得瞪圆眼睛，好像才认识唐嫆一般。

唐嫆捋了捋额边的短发，将刀插回靳柯腰带上，转身就走。

三胖对靳柯做了个鬼脸，想笑，却一咧嘴把嘴唇的伤口扯动了，刚才蓝尸把他撞得够呛，幸好身体素质还行，只是咬破嘴唇出了点儿血，并没有受内伤。

走了十多米后，他回头看了下金刚门，担心地对靳柯说道：“罗驼子知道开门的法子吗？他们要是追上来，咱们又得头大了。”

“这八卦连环锁不是这么容易解开的。他要是知道开门方法，干吗还想打地道钻过来呢？”靳柯眼珠转了转，突然往回跑去。

“你去干吗？”

“给他再加点儿料。”

过了几分钟后，靳柯跑了回来，他嘿嘿笑道：“我在锁眼儿里塞了许多石砂，即便他们知道解锁之法，没有六七个小时恐怕也进不来。”

大家干掉了蓝尸，又阻止了罗驼子追来，心情大畅，放缓了脚步。

这里到处都是大水潭，一个连着一个，当金刚门边的水潭溢满时，水流便会透过门溢出，难怪开启金刚门有那么大的水流冲出来。靳柯想着，将矿灯调到最大的亮度。灯光照着湿漉漉的洞壁，没有发现什么异常。只是除了蹚水声就是蹚水声，死一般的寂静令人非常不安。

“不对劲儿。”靳柯接着说，“这边应该有很多蝓指虫和蛇，但走了半天，这些水坑里竟然没有发现一只。”

唐嫆点了点头，分析道：“可能我们还没有走到那里。蝓指虫钻到蛇、野猪身上只是寄生关系。真正生产蝓指虫的是人俑、蓝尸这些尸体。所以，前面可能是尸堆。大家可都要小心了。”

三胖插口道：“唐公子，你现是我们唯一要保护的对象，那些蝓指虫，特别是那些很厉害的红色蝓指虫，好像只攻击你，把我和靳柯都当空气。”

靳柯也想了起来，对唐嫆说：“你身上是不是喷了香水，或者有什么气味性的东西。”

唐嫆闻了闻身上，认真回答道：“身上只有污泥的臭味儿。”

三胖看了看自己和靳柯，又打量着唐嫆，恍然大悟道：“难道因为你是女人？”

“女人怎么了？！”

靳柯说：“我明白三胖的意思。女人在生理期都会发出特殊的气味，虽然人的嗅觉闻不到，但是有些动物能闻到，你是不是到了？”

唐嫆脸一红，摇头否认。

前方是一处望不到头的大水潭，波浪荡漾，冒着白汽。

唐嫆蹲下身掬了一捧水，矿灯下，水质纯净，也没什么异味儿，三人便和衣跳进水里把衣服上的泥巴洗干净。谁知道水是烫的，少说也有三十七八度，想必水潭通着地热，三人也不多想，痛痛快快地洗了个热水澡。

三胖大呼爽死了，就要向黑暗的潭中游去，唐嫆警告道：“这片水潭深不见底，里面可能会有什么东西。”

听了这话，三胖哪敢再往前游。三人洗了澡，顿觉神清气爽，那一身污泥的衣服穿了半天，现在总算弄干净了。他们在地面拾捡了些枯柴，架起火堆，烘烤衣服。

带的干粮早在断虫道丢光了，一路逃奔时还没觉得饿，现在一坐下来，肚子便“咕咕”叫个不停。三胖饿得发慌，肠子都纠得痛起来，和靳柯四处寻找食物，两人走了半里路，除了大水潭便是钟乳石和青藤，总不能吃石头和植物吧。两人又往前走了一段路，还是一无所获。三胖又饿又乏，摸着嘴连打着哈欠，直接坐在地上。谁知道屁股下有什么东西在扭动，他正感到奇怪，屁股刚离地，靳柯就惊呼：“你别动！”

三胖看他表情就知道坐到了不该坐的东西上，他半蹲着身子，屁股不敢完全坐下去，也不敢完全起来，只见靳柯抽出斩鬼刀，空中白光一闪，一个巨大的蟒头滚落在三胖脚边。

三胖扭头一看，原来是一条肥大的青蟒，他一脚踢远蟒头，拍掌大叫：“我靠，这吃的有着落了！”说着就要去扛蟒身。

靳柯说：“先别急，摸摸它，看有没有蝓指虫。”

这蛇身上若有古怪的虫子，要是吃进肚子搞出一堆小虫就玩儿大了。靳柯还是不放心，三胖摸过的地方，他又仔细摸了一遍，见没有虫子，这才松了口气。

三胖把蟒身缠在身上，就要返回营地，靳柯拦住说：“等等，我们在这里剖干净吧。”

三胖不解：“扛回去剖有什么要紧，还不是要吃。”

“唐嫆可能不会吃。”

三胖对感情大大咧咧的，平时看起来很正常，但一涉及靳柯的感情，他就变得很八婆，他点点头，“哦——”地拖长音调：“唐公子怕蛇，你是怕她在边儿上看着恶心。你还说只把她当哥们儿，跟罗青在一起时，我也没发现你有这么细心过。”

靳柯被人识破心思，脸上下不来，把斩鬼刀往三胖手里一推："扒你的皮吧，哪来这么多废话！"

三胖对靳柯竖了个中指，看他渐渐远去，这才凑到青蟒上面深深一嗅，好像面前摆着美味大餐，陶醉地点了点头，肚子叫得更响了。他也不管三七二十一，拿刀剖开死蟒，剥掉皮，又将它斩成三截儿。做完这一切，靳柯从洞窟里钻出来，肩上扛着一根大树桩，上面长满拳头大小的白蘑菇。

两人带着野味回到营地，拿刀挑着蟒肉，烤了起来。这时唐嫆的衣服已经烘干，尽管蛇肉流汁，香味儿扑鼻，但唐嫆坚决不吃。她将蘑菇洗净，放在工兵铲上，就火烤炙。

靳柯、三胖饥饿已久，当即风卷残云地将蟒肉吃了个干干净净。见唐嫆吃完，还剩下二十个蘑菇，便又狼吞虎咽一番，只觉得蘑菇别有一番滋味。三胖将没有吃完的七八个蘑菇装进包里。

衣服干爽，又吃饱喝足，困意袭来，三人轮流休息，靳柯第一班当值。三胖闭眼便鼾声大作，唐嫆鼻息平缓，睡得踏实。

靳柯掏出根烟，静静看着水潭。刚才饿急了，没来得及观察四周，此时夜静、水静、人静，心也平静了下来。

这个漏斗洞有喀斯特岩溶地貌特征，石林耸秀，石帷垂挂，大多是白垩纪火山岩，颜色驳杂绚丽，不过，最奇特的还是倒悬洞顶的钟乳石。翠绿色和浅黄色的钟乳石呈山笋和须根状，在火山的照映下，五光十色，梦幻美丽，简直是神仙住的洞府。

靳柯不由得赞叹造物的美妙，心说，这么美的景色，他们俩却睡死过去，真是没有眼福。

山壁有风吹进来，吹乱了一池水，拖曳在地的青藤晃个不停。这青藤有七八根，均从洞顶钟乳石拖到地上和潭面，似乎可以从青藤爬到绚丽的天宫，靳柯悠然神往，打开狼眼朝上望去，只见黑乎乎的洞顶攀缠着很多青藤，青藤上长着无数须根，缕缕下垂，郁郁葱葱，像少女的长发。

靳柯将狼眼打远，看到光线终结的地方有一颗大白果，他的目光被牵引，想跑到前面去看个清楚，就在他低头看路时，余光突然发现头顶上有一团黑乎乎的东西在动，他停下脚步，仰头看到正顶上是一个黑色的球，但是被藤叶挡着，无法具体看清楚。突然，那黑球“啪”的一声掉了下来，正好掉在离他几米远的地上。

靳柯一看，不禁忐忑起来，那团黑乎乎的东西竟然是团成球状的头发。发球有足球大小，向他这边滚了过来。

靳柯吓了一跳，连连后退，本能地用狼眼朝四周一扫，发现潭面不知什么时候也漂起了很多球状头发，而洞壁上也滚下了发球。靳柯使劲儿揉了揉眼，这不是幻觉。这些发球滚到离扎营地几米远的地方都停了下来，慢慢的，发球像花瓣一样裂开，从中爬出黑色的蝓指虫。

又是这些该死的虫子！靳柯咒骂了一声，赶紧跑回去，麻利地从包里翻出灭虫粉，以营地为中心，用灭虫粉撒了一个直径为两米的圆，阻止了蝓指虫爬进来。

这么多数量的头发出现在这里，实在是太离奇了！他更愿意相信这些头发是植物的须根，或者类似于玉米穗子那样的东西。靳柯拿来拨火棍子，拨了一绺头发过来。

他拿到手里捻了捻，手感挺像，他又拿到火里去烧，头发迅速卷起，有着人类头发特有的焦煳味儿。这还真是人的头发！

洞顶掉下的发球越来越多，水上漂的也越来越多，每个发球裂开，都爬出密密麻麻的蝓指虫，不一会儿，便有一支庞大的蝓指虫大军，向着靳柯他们的营地开进。

前锋部队已经止步于白粉圈前，它们叠罗汉似的累起了高高一圈，被后面的虫子一推挤，叠的罗汉就倒了，掉在白粉圈里的蝓指虫难受地扭动，把靳柯的防线都弄乱了，甚至弄出了缺口。

靳柯踩死进入圈内的虫子，又撒了灭虫粉补上有了缺口的防线。他正要叫醒两人，就看到三胖脚步摇晃，迷迷糊糊地走了过来，靳柯看他迷糊的状态，怕他闯进了大军之中，赶紧拉住他。

三胖醒了过来，看见眼前情势，嘿嘿笑道："你们又来了！行，胖爷今晚请你们喝酒。"说着，也不顾靳柯的反对，拉下裤子，对着虫子撒起尿来。

说也奇怪，那些蛐指虫见了尿竟然慌乱退避，淋了全身的当时就僵了，而沾了一点儿的也痛苦地翻滚扭动，不久便死了。三胖的无意之举，竟然发现了蛐指虫的克星。靳柯也非常高兴，也对着蛐指虫撒尿，但没有料到的是，蛐指虫没有退避，反而暴烈挺进。

三胖哈哈大笑，说他的童子尿是制虫法宝。

突然背后传来唐嫆的询问声，两人尴尬地提好裤子。三胖得意地讲述了用尿灭虫的经过，唐嫆半信半疑。

靳柯使坏，拿出一瓶矿泉水递给三胖，说："前面布满虫军，能否胜利冲出去，就全靠你的童子尿了。你快喝水催尿。"

三胖却一脸认真，接过瓶子就灌了下去，但尿意哪能说来就来，三胖不由感慨："没想到人全身是宝啊，以后要珍惜我的尿了，说不准它以后是救命的神仙水。"

三人既惊于发球裹虫，又奇于尿液灭虫，但猜测半天，也没有一个让人信服的结果。

经过这一闹，三人再也没了睡意，背起背包，把灭虫粉装满矿泉水瓶，又在瓶盖儿上打眼儿，喷粉开道。幸好这些蛐指虫攻击性不是那么强，它们急急往前爬，似乎只是为了到金刚门那里去。

靳柯下意识地抬头看向洞顶，守夜时远远看到的大白果，现在是万绿丛中一点白，轮廓渐显，但是果子长得奇怪，是缠在树藤里面的，再往前走些，应该能看清。

唐嫆顺着靳柯的目光看去，她脸色凝重，说："那果子你们看着像不像人？"

"我也看着像人，这不会是传说中的人参果吧！"三胖喊着。

那个白果看着白嫩多汁，鲜美无比。靳柯拽了拽青藤，沿藤爬上。白果是个人形，有胳膊、有腿，倒是像传说中的人参果。靳柯不由得加快了攀爬速度，离白果越来越近，看的角度也不一样了，原来以为是弯曲的长条状，现在看来，却是两个小孩儿头对头、脚对脚连在一起。靳柯越看越奇特，又往上爬了七八米，歪起脑袋，让矿灯直射上面，竟然发现那不是小孩儿，而是两个少男少女，他们的眼睛长在“大白果”的黑色果蒂上，而那四只死鱼般的眼睛歪斜着，正冷冷盯着他。

第二十九章
连体人环

靳柯后背顿时“嗖嗖”地冒出了冷汗，那“果蒂”上突然掉下两只蝓指虫，落到眉毛和耳廓边，蠕动着要往里钻。靳柯伸手去揪，刚扯出虫子，手离了绳子，头朝下掉去，青藤摩擦着他的脸，火辣辣的疼。他双腿去夹青藤，但下降的速度太快，怎么阻得住坠势。从二十多米的高空掉下去，还不摔成肉泥。

下面的唐嫆与三胖忍不住惊叫起来，三胖咬了咬牙，瞅准靳柯掉下的位置，举手去接。尽管三胖可能会为此高位截瘫。

唐嫆“嗖”地蹿上另一根青藤，身子一动，青藤跟着她动了起来，她荡到最高点时，正好靳柯就在面前，唐嫆撞了过去，抱住靳柯。两人在空中划了一个大弧，一起掉入水潭里。

水里“咕噜咕噜”地冒着气泡。靳柯胸闷头晕，双腿踢水，手乱划着，刚翻转了身子，只觉得手被一只柔软的手抓住。一股温暖的感觉流遍全身，呛水的一切不适感缓解了许多，他都忘记了蹬腿划水，任凭着那只手拉着他往上。

唐嫆以为他闭过了气，更加着急地拉着靳柯划向水面。她太过担心，并没有注意靳柯还在踢水上升。一出水面，唐嫆扳过靳柯，口对口给他渡气。突然，她感觉到靳柯的舌头竟然在动。唐嫆心跳加快，看到靳柯在笑，她一把推开靳柯，向岸上游去。

三胖急得团团转，见两人都没事情，心情大好，忙将游到岸边的两人都拉了上来，只是感觉两人不大对劲儿。

三胖向来是哪壶不开提哪壶，他悄悄问站在一边擦头发的靳柯："嗳，你刚才是真闭气吗？唐公子在做人工呼吸时，你怎么在笑啊？"

靳柯窘迫极了。

唐嫆瞥了眼靳柯，淡淡地问："上面究竟是什么？"

靳柯这才想起还有一档子事没完，他抬头望向洞顶的大白球，见没有异常，这才平息了下情绪，说："那不是人参果，是两具连在一起的尸体，眼睛就像活人一样，看那造型，就是我们在兵工厂里的圆球生产出来的产品，还能对人瞪眼珠子，也不知道是死的还是活的……"

三胖问靳柯："你说的东西是不是那样的？"

靳柯顺着三胖枪指的方向看去，只见水面上不知道什么时候冒出了五六个白乎乎的东西，正朝他们漂过来。靳柯的心顿时提了起来。

走近一看，瞎紧张半天，这些不是浮石吗？

这浮石是长白山一大特产，遍身气孔，是火山喷发后岩浆冷却形成的一种矿物质，主要成分是氧化硅，质轻、吸水，能浮在水面，因此得名。

靳柯在长白山天池见过浮石，但它们满目疮痍、奇形怪状，从未像脚下这样平整如地砖一样。

放眼望去，水面上到处都是浮石。三胖玩心大起，踩着浮石跳来跳去。靳柯与唐嫆却抱着谨慎的态度，在岸上走。

靳柯低头看了眼漂到近前的浮石，只见上面全是黑色的糊状物，好像是什么虫子的尸体。他又和唐嫆踏上浮石，用矿灯照去，吓了一跳，浮石上面趴着十多条蝓指虫。它们都低伏着脑袋，一动不动，好像怕惊动什么似的。它们趴在浮石上，静静随水流漂向远方。

脚边冒起水泡，浮石晃了晃，几条鱼跳了上来，落在浮石之上，见到蝓指虫就咬，嘴里的两排锯齿状牙齿尖利雪亮，绿色的眼睛闪着肆无忌惮的绿光，直接在三人面前大快朵颐。

唐嫆一脸紧张，说："这是绿眼鲳，大家离水远些，千万别碰着它了。"

唐嫆介绍说，绿眼鲳是跟恐龙同时代的古老生物，据说这种鱼生活在温度较高的水域，不耐寒，喜爱吃动物腐尸，有“水中秃鹫”之称。英国生物学家比诺顿在亚马孙河捕捉过一条，这种鱼一身是毒，据说当年运输它的几名科研人员，就是因为碰着它的鳞片了，侥幸的断了一只手，倒霉的全身长满鱼鳞状疹斑，最后不治而亡。现在去大英博物馆，还能看到绿眼鲳的标本。

水潭里的浮石离岸边有二十多米，三人退到中间，突然水草乱抖，水花翻滚，更多的绿眼鲳从水里跳了出来，扑咬三人。

三胖落在最后，被绿眼鲳咬住了裤管，三胖有些慌了，伸手去扯，却忘了身在浮石之上，浮石虽能承重，但也经不起他乱跳。在他的裤管留下月牙形的窟窿后，三胖掉入水里，靳柯伸手去拉，却也被拖着下水。

上千只绿眼鲳张着嘴，咬得牙齿乱响，已经有两只跳到靳柯双肩包上了。靳柯和三胖手划脚蹬，拼命往前游，但耳边还是绿眼鲳铁齿的咬合声和水浪翻腾声。

只听两声枪响，绿眼鲳在头顶爆炸。站在岸上的唐嫆连续点射，把子弹都打光了，却也干不了几个，突然想到背包里还有颗手雷，她算好手雷的杀伤半径，立即拔掉插销，扔进长达十米的鲳群里。

只听一声轰响，无数绿眼鲳飞了起来，巨大的冲击波将离得很远的绿眼鲳都炸晕了。靳柯与三胖借着冲击的巨浪，游到了岸边，爬上了岸。

谁也没有想到，手雷把水里的东西都炸了出来。潭水沸了一般“咕嘟”作响，刚才还空荡荡的水面涌出了无数的白色圆球（男女尸体反身下腰，头对头，脚对脚反身相抱连成的人环）。人环的头发又长又黑，交缠一处，高高隆起呈卵球状，正是靳柯以前看到的发球。

这些连体人环无鼻无嘴，一张脸像戴着人皮，但是眼睛却是看得清的，每只人环四只眼睛，怨毒地睁着。

它们的胸口和发球一起一伏，钻出许多蝓指虫。蝓指虫以水草做桥，形成大军，向岸上涌来。三人又惊又骇，这才明白，原来这些人环是生产蝓指虫的母体，向金刚门迁徙的蝓指虫都是从这里出去的。

连体人环越来越多，除了水面上浮的，洞顶青藤上还倒悬着人环，密密麻麻充塞洞中，不下上万具。而洞壁都成了马蜂窝，到处都是窟窿。这些窟窿里，爬出密密麻麻的黑齿蚁。这些窟窿原来才是黑齿蚁真正的老巢。

他们紧贴着洞壁跑了十多米，拿起装灭虫粉的水瓶，准备开一条道路，没想到黑齿蚁大军却不理他们，它们一队不顾落水危险奔赴水面，另一队沿着墙壁爬上青藤，目标竟然都是那些蝓指虫。

三人松了一口气，这时，水面上的蝓指虫都聚集在人环洁白的肚皮上，以它为制高点，向下俯冲，爪扒齿咬，有的直接以肥软的身体做武器，滚向黑齿蚁，抱着同归于尽的打法带着它们滚进水里。

三人万万没有想到，虫蚁之战再次在漏斗洞上演，而且有愈演愈烈的态势。

黑齿蚁完全是死啃，硬碰硬，不怕牺牲的打法，而蝓指虫的援兵极多，除了它们之外，洞壁草丛里的一群青蟒以及硕大的水虫、水中金甲虫等都过来参与作战，这些动物的身上或身体里无一例外地都钻进了蝓指虫。

两方一接触便死死咬住，十分惨烈。忽然，水底传来巨大的闷吼声，好像沉睡中的洪荒怪兽突然苏醒了。水面巨浪翻滚，一个巨大的旋涡在蝓指虫与黑齿蚁相争的主战场出现。接着水面冒出绿色的浓雾，雾气快速变幻，那些还在水面争斗的黑齿蚁与蝓指虫全部被卷进雾气和旋涡之中。更可怖的是，浮石激荡，青藤折断，洞顶岩石掉落，全部“嗖嗖”地被吸进了水里。

人环也被吸了进去，可是没过多久，人环就像煮熟的饺子，又从水底翻了上来。

三胖不由得后退，声音哆嗦着：“水鬼！水鬼！”

“别出声，我们偷偷溜走！”靳柯拉住身体抖个不停的三胖，和唐嫆悄悄钻过钟乳石。

前方有一块巨石，有二十多米长，形成天然的“河堤”，挡住水潭漫出水来。只要跑到那里，那水怪虽然厉害，但总不能跳到岸上咬人吧！

第三十章
吸盘水怪

脚下飞沙走石，不一会儿，吸力转移了方向，接着听到另一边沙石和杂草狂乱响动。这应该是水怪用吸力做例行探测。

三人俯着身子，大气都不敢出，每个人的心都提到了嗓子眼儿。

没过多久，飞沙走石的声响消失了。三人小心翼翼地靠近潭边的巨石。靳柯落在最后，他不由自主向后望去，脸色顿时变了。

那水怪吐出的绿雾竟然浮在空中，将他们完全笼罩，而他们只顾低头看路，竟然完全没有察觉到。

此时唐嫆和三胖发现靳柯有异，也都看到了绿雾。绿色的雾肯定有毒！

领头的三胖立即向前冲，想摆脱这该死的毒雾的笼罩。这片钟乳石下的空间本就有限，他慌里慌张地跑过去，背包就蹭到了墙壁上，把蘑菇都蹭得掉了下来。

靳柯与唐嫆虽然不像三胖那么惊慌失措，但也想快点儿离开毒雾之地。他们没看到脚下的蘑菇，一踩上去，顿时“砰砰”摔倒。巨大的声音在漏斗洞回响着。

完了！靳柯从地上爬起来，端起MP5对准水潭，准备等旋涡一出现，先打它几梭子。唐嫆心细，如此紧急时刻，还不忘提醒大家戴上防毒面罩。

刚戴好防毒面罩，水面就沸腾起来，风急浪起。巨大的吸力拉着他们飞向水潭，身形像是狂风卷起的纸片……

三胖抓住了钟乳石，唐嫆抓住了他的手，而靳柯被卷走的刹那，唐嫆拉住了他的手，三人手拉手，在空中形成一根笔直的人链。

只要挺住，就能活命。三人都抱着这种想法，艰难支撑着，三胖离钟乳石最近，被撞得鼻青脸肿。

但是，更严酷的考验来了。那些洞壁窟窿里的黑齿蚁也被吸着飞了起来，它们像黑色的灰尘占据空气的每一粒分子，数量惊人。它们落到三人身上，为了逃跑，拼命地往三人裸露在外的皮肤里钻。

这样即便没有喂水怪，也会被黑齿蚁啃光。靳柯咬了咬牙，扭头冲唐嫆和三胖喊道："我去拖住它，你们赶紧跑！"

"你疯了！"

如果能救了两人的命，这样死去也值了！靳柯没有理会唐嫆，努力地从唐嫆的手里抽出自己的手。手刚松脱，靳柯身体被吸着飞出了十多米，正摔落在浮石栈桥上，跌跌撞撞地向水潭中心滚去。

靳柯被撞得头昏脑涨，但意识还是清醒的，他瞅准时机，取出挂在肩膀上的MP5，对着触手可及的旋涡一通乱扫。

吸力消失了，水面很平静。红色的血从水底缓慢地晕染开。

这水怪不会这么容易死。靳柯扭头看向跑来的唐嫆和三胖，用力摆手，让他们快走！

巨大的咆哮声突然从水底传出来，紧接着水面翻滚，浮石栈道的每一块浮石都翻了一个个儿。紧跑过来的唐嫆、三胖和靳柯都没有防备，全部落水。

一个巨大的脊背划过水面，两把亮闪闪的尖角紧跟着裂开水浪。靳柯在水底看不清那水怪的全貌，但是，令他心胆俱裂的是，水底竟然有虎、狼、熊等野兽，它们瞪着眼，跟着水怪冲刺过来。

靳柯顿时脑子不好使了，陆地上的猛兽怎么能出现在水底？靳柯赶忙踩着水底翻滚着的连体人环划出水面。

一个直径一米的圆状吸盘出现在眼前，紧接着露出了怪物的本尊，是一条巨大的灰熊：全身肥肉都成了褶皱，眼睛都陷进去了，嘴呈喇叭状，很像特大号的吸盘，头顶上还有鲸鱼那样的喷嘴，它长得像熊，却没有毛发，有着一身光滑的厚皮，那皮上刺绘着虎、狼等各种各样的猛兽。

吸盘往里一缩，翻出一层层红色的肉褶子，一时如长鲸吸百川，波浪箭一般向吸盘冲去，靳柯即使拼命划水，但还是步步倒退着，被水浪裹挟着向吸盘口冲去。下一秒钟，自腰以下的部位就已经到了吸盘水怪嘴里，嘴里露出交错的利牙，正开口咬靳柯的腿。

靳柯横拿手中的MP5，“当”的一声，枪管撞在了水怪牙上。靳柯抵着枪管，双腿蹬着怪兽嘴里的水，把下身从怪兽嘴里撤了出来。随后被吸过来的三胖正好撞上他，差点儿没把他撞进黑乎乎的洞里。

只是，三胖身子太重，把靳柯压得透不过气来。吸盘水怪不断地摆头，眼见着枪管滑了进去，两人都得喂了怪兽。这时，唐嫆踩着水，推开水面的连体人环和浮石，拼命划了过来。她拿着枪对准吸盘连续射击，“嘣嘣”乱响，兽牙断了好几根。那吸盘水怪痛得吼叫连连，只能拼命挥动爪子拍水，枪、靳柯和三胖像塞子把它的吸盘塞住了，使它无法发挥吸盘的威力。

唐嫆抓紧这生死攸关的几秒钟，又将一梭子弹都打在了吸盘怪兽的脑袋上，水怪晃了晃脑袋，就在MP5枪管滑进水怪肚子里，靳柯与三胖也跟着要掉进那无底洞时，也许是MP5咯得它喉道痒痒的，它突然打了个喷嚏，浓稠得像鼻涕一样的乳色液体和两个连体人环从嘴里喷了出来，正好把靳柯和三胖推出了“虎口”。

靳柯和三胖也顾不得弄掉头发上沾到的黏液鼻涕，盯着水面，做好了战斗准备。枪声还在耳边回响，唐嫆对着水怪沉下去的水面不停地射击。

水面殷红一片。水怪突然之间就消失得无影无踪。

死了？走了？三人面带惊疑，不敢有丝毫放松。但是，三人都不由自主地往墙角退，水怪再厉害总不能跳上来咬人吧！

三胖懊恼道：“可惜手雷带得不多，不然把它炸死拿回博物馆也能赚一大笔。”他转头对靳柯说，“这位置记好啊，回去我要申请发现水怪的。”

靳柯对三胖这种极其乐观的心态实在佩服，翻了翻白眼。

黑暗中突然亮起灯光。三人一惊，拿起武器对准光亮。只见罗驼子走近，身后跟着他的女儿和手下。

“你们真是命硬，竟然都活着！”罗驼子冷笑，脸上难掩疲惫之色。

靳柯这才注意到，罗驼子身后的打手们都灰头土脸，衣服染血，人数已从二十多人锐减为十人。一路上，靳柯他们遇到的蓝尸、断虫道、大滚石、沼泽，金刚门，这些人必定一件不落地遇到，可能排除的险情还要多。

靳柯摘掉防毒面罩，对着罗驼子露出八颗牙招牌式的笑容：“我们三人都活着，是因为我们同仇敌忾、众志成城，从不放弃一个人。不像某人，看到蓝尸追来了，就抛下同伴溜之大吉。”

罗驼子脸色发青，他捏了捏左耳垂。这是要杀人的征兆。罗青大急，走到前面，暗暗对靳柯使眼色，训斥他道：“金刚门是不是你塞住了？！”她一指三胖，“我还救了三胖一命，没想到你们恩将仇报，把我们挡在门外，费了好半天劲儿我们才进来。”

“我们干掉蓝尸，至少也替你们死去的弟兄报了仇吧。”靳柯见罗青还要辩驳，不耐烦地摆了摆手，“好了，好了，前面的账都一笔勾销了。你们究竟想怎么样？”

看他这意思，好像有与罗驼子他们求和之意。唐嫆和三胖没想到靳柯态度转变如此之快，都疑惑地看着他。靳柯把手伸到背后，偷偷做了一个“OK”的手势。

罗驼子狂笑：“你比你爷爷爽快！好，我们前面的账一笔勾销。现在既然大家目标一致，我们也别分你我了。找到宝贝二一添作五，对半平分怎么样？”他捋了捋胡子，“至于阴阳螭嘛，谁先找到归谁的。”

一路走来，罗驼子突然猜到为什么靳柯他们总是能取得先机，比如八阵图和金刚门的八卦连环锁，靳柯他们似乎是没费多少力气便破解了。《考古笔记》后半部虽然解释了其中奥妙，但用字非常简练。罗驼子一时哪能猜得明白。他猜想，平常的时候，靳教授肯定是告诉靳柯了一些东西，而这些东西笔记里根本没有记载。为了减少时间和精力的消耗，也为了减少人员伤亡，跟靳柯合作，是最理想的方案。

“行啊！”靳柯心说你姥姥的，信你我就是猪八戒他兄弟投胎的，他话锋一转，随意地问罗驼子，“不过，刚才我们在卖命，你们却躲着看热闹，这笔账你看怎么算？”

“你开条件吧！”罗驼子眼睛一眯。

“我缺枪，子弹也打光了，既然合伙干，你们总得意思一下吧！”

罗驼子听出靳柯的试探之意，他倒挺痛快，随手拿过一个打手手中的 MP5，又拿了三个弹匣，让罗青送过去。

“小心有诈！”罗青看到唐嫆附耳跟靳柯说什么，神情亲密，一时醋意大起，心中计较，准备像上次在靳氏大厦靳柯想要回祖母绿那样耍性子，先用不交武器作威胁，让靳柯狠狠抽唐嫆一嘴巴子。如果不行，再摘下祖母绿戒指，看他还抽不抽，万一他不抽，自己就亲自动手……

这样想着，罗青心里舒服了很多，脸上的微笑也变得非常妩媚，这笑容像唐幂的无邪甜蜜，又像唐嫆的性感飘忽，让靳柯有点儿恍神，突然想起两人一起经历过的美好时光……

绿雾冒了出来，正向这边飘来，紧接着，水面露出吸盘水怪巨大的吸盘和闪亮的双角。靳柯大骇，推开罗青，夺过 MP5，正要扣动扳机，可是一股大力把他吸到了空中……

罗青跌倒在地，眼睁睁地看着靳柯连人带枪被吸进了水怪吸盘里面。眨眼间，靳柯凭空消失了。

罗青不管不顾，踩着浮石栈桥冲去，突然身边闪过一个人影，也和她并排地来到水怪面前，拿着 MP5 一通乱扫，余光一扫，知道来人是唐嫆。两人还没打一会儿，便被巨浪掀翻，摔进了水里。

三胖急得猛烈扫射，罗驼子他们跟着打出一梭梭子弹。

吸盘水怪在众人的扫射下，痛得嗷嗷乱叫，更加暴怒，劈波斩浪，头上白光闪闪的尖角朝众人刺来，它还未到，激起的波浪却已排山倒海压了过来，顿时将岸上所有人都冲进了水里，水草和人环朝他们乱撞。

绿雾更加浓厚，将所有人都笼罩其中。而众人都没戴防毒面具，乱成一团，豹子护着罗驼子游到了岸边，其他打手也没有心思打水怪，扒拉着浮石和连体人环，奋力逃到岸上。他们心里唯一的想法是，千万别中毒了！

岸上只有三胖接应着唐嫆和罗青。他见到靳柯被吸进水怪肚子里，眼睛都红了，也不管自己吸进去了多少绿雾，端着MP5疯狂扫射。结果吸引了水怪的注意力，它冲到岸上，足上尖利的爪子拼命去抓三胖，砂石乱滚，三胖虽没被抓着，一个打手却成了水怪爪下之鬼，他的身体从中间被剖成两半。

罗驼子手下都以钟乳石为掩护，对着水怪猛烈射击起来。眨眼间，不知道有几百颗子弹打在水怪身上。水怪不停地大叫，但仍然生龙活虎，没有一点儿要死的迹象。

唐嫆和罗青此时划出了水面，不约而同地爬上青藤，跳上吸盘水怪的顶部，她们都看到这里是它唯一的死角。

两人拿匕首插进吸盘水怪厚皮以做桩子，另一只手拿着冲锋枪，对着它的脑门儿近距离射击，子弹全部打进了它的脑袋里，弄得它的嘴喷涌出大量血液。

吸盘水怪十分痛苦，猛扎进水里，也将上面的两人带进了水里。唐嫆猝不及防被狠狠灌了一鼻子水，子弹在水里打击的威力打了折扣，她正要松开匕首，划出水面，突然听到吸盘水怪体内不断传出枪响声。

唐嫆惊愕，马上明白了什么，她向同在水里的罗青打手势，两人再接再厉，扣动扳机朝吸盘水怪脑袋一顿猛轰。

只听一阵乱响，水怪嘴里不断吐出东西，落到眼前。唐嫆一摸，才明白是吸盘水怪的尖牙。接着水怪左腮的位置，突然破了一个大窟窿。一个浑身沾着黏液的人抱着一块巨大的四方形浮石，从窟窿里钻了出来，他不断踢着水，游向水面。

唐嫆与罗青正划出水面换气，看向那人，正是靳柯。原来，被吸进吸盘水怪嘴里时，水草、连体人环及浮石也不住地往它嘴里塞，靳柯顺势拿块浮石挡着身子，将浮石顶在了吸盘水怪的吸盘与牙齿之间，让利牙没法将他咬碎。

幸好靳柯的矿灯没有坏，在黑乎乎的怪物嘴里，他还没陷入黑暗。水怪嘴里都是腐草、腐鱼还有一些蝓指虫，不过这些蝓指虫是活的，它们把这里当成餐厅，正在饕餮大吃。

靳柯本以为不过几秒钟，便会窒息而死，离奇的是，吸盘水怪肚子里总会喷出更纯净的氧气，令他受用不已。后来，他才知道那是吸盘水怪喷出的绿雾。

他用枪打断利牙之后，浮石便向前进了一米多，抵在它的喉咙上，即便吸盘水怪想吐也吐不出来。靳柯一手撑着浮石抵住喉咙，一手拿着MP5对着里面一通乱扫，反正无论射到哪里，都会正中目标。

最后，他冷静了下来，集中火力，轰开了水怪左腮，这才逃了出来。

那吸盘水怪几乎被掀掉了半个脑袋，不但没有垂死迹象，而且战斗力丝毫未减，动作比之前更加狂暴。它认准了靳柯，即便三胖和打手们正在开火，也拼着疼痛，要杀死靳柯。这次，它没有再用吸盘，而是露出吸盘下交错的怪牙。无论谁都不会怀疑，即便塞进一块钢板，它也能咬得粉碎。

它追着靳柯来到岸边，突然跃出水面，堪比虎鲸的庞大身躯在水中投出一片黑云。

第三十一章

棺 箱

眼见靳柯即使不被咬死，也会被压成肉饼。巨大的水浪声和水怪发出的怪吼声已掩盖了所有的声音，唐嫆突然对罗青说了什么，罗青点了点头，两人很快又爬上青藤。

罗青从包里掏出一根绳索和一颗手雷，把手雷交给唐嫆，她自己用绳索绑着身子，另一端甩到了靳柯面前：“抓牢了！”说着，用力一拉，把靳柯拉出了水怪攻击的范围。水怪猛地砸下，把堤岸都砸塌了半边儿。雇佣兵们吓得连连后退。

唐嫆大喝一声，荡藤而来，荡到吸盘水怪旁边，拔开插销，瞅准了，扔进水怪的喷嘴里面。一阵闷响，吸盘水怪脑袋被炸开了花，碎肉落得到处都是，它趴在岸上，肥大的身躯颤了颤，喷嘴上的绿色浓雾渐渐消散，看来神仙也救不了它了。

唐嫆、靳柯和罗青都从青藤上跳到河上，游上岸。三胖见大家都活着，给了他们一个大大的拥抱，接着走到水怪头颅的地方，拿刀割起来。靳柯问他在干吗，三胖说：“你没发现吗？那时我们在水怪吸盘里面，我看到它肉里有金光闪闪的东西，一定是藏着宝贝。”

“你探宝电影看多了吧！”靳柯讽刺道。

三胖辩解说，当时在怪兽嘴里，矿灯都亮得好好的，里面的蝓指虫在钻肉吃东西，有金光闪过，绝对不是幻觉。

靳柯苦笑，走近水怪，问唐嫆道："这水怪你见过吗？"

"一时无法下判断。"

这水怪长有一百多米，唐嫆边察看边对靳柯说："你看它的爪子，不是陆地上动物该有的那种可伸缩进去的爪子，反而像爬虫的爪子，爪子又细又长；还有，它吸盘里的牙齿，不像是野兽的犬牙，而像是虫子的口器。从这些特征上来讲，它应该是虫子。"

罗青已回到罗驼子身边，她爬藤时肌肉有些拉伤，现在正涂着跌打药。那些打手虽然没受伤，但也是惊魂未定，好奇地围在水怪旁边，纷纷猜测这是什么怪物。

豹子跟在罗驼子后面，远远地站着观看，他听到靳柯和唐嫆二人的讨论，便也问罗驼子。罗驼子看了一眼唐嫆和靳柯，说道："这是水熊虫。"

随后，罗驼子向豹子也是向众人介绍道，水熊虫是缓步动物的一个特殊分支，生长于苔藓里，以昆虫腐肉为食，逐臭而居，最喜欢钻进鞋子里，趴在人的脚趾缝和脚板底下，用吸盘吸脚蜕掉的死皮。

《荒野求生》做过一档节目，专门提到这种虫子，八足尖钩锋利无比，灰皮厚比犀牛，口器是大吸盘，有着类似于鲸鱼的鼻孔，说它适应性和生存能力非常强，在世界最高的喜马拉雅山脉和最低的深海，以及冰川、地热、沙漠等严酷的环境下都能存活。科学家曾做过试验，发现水熊虫能在冷冻、水煮、风干的状态下存活，甚至能在真空中或者放射性射线下存活。

德国科隆一波尔兹宇宙医学研究中心曾将包括水熊虫在内的很多动物送到太空，在经受太空真空和太阳辐射的环境考验后，只有水熊虫能存活下来。因此得名太空不死虫。

靳柯和唐嫆听了一惊，仔细瞧了瞧，这水怪还真像是水熊虫。靳柯说："全世界所见到的最大的水熊虫只有芝麻大，这只水熊虫却大得太离谱了。"

三胖还在忙活着，他扭过头来，得意地接口道："这个我最清楚了。"

他顿了顿，接着说，“氧气吸入量越多的动物，长得越大、越魁梧，这个水熊虫喷出的绿雾简直是移动的氧气袋，不这么大才怪。”

唐嫆说：“这倒是实话，侏罗纪时代，也是因为地球氧气含量高，所以存在恐龙这种庞然大物，只是它吐出氧气跟吸入氧气是两码事，难道那些人环能制造氧气,造成这个洞里氧气量高,所以长成这么大个儿？”她看了一眼罗驼子，接着压低声音对靳柯说，“如果真是这样，那么我们在地下兵工厂里见到的铝制圆球所建的管道，不仅仅是输送蝓指虫到猛兽嘴里，还可能是给它们输送氧气。”

靳柯说：“你的意思是，攸侯喜的猛兽军团都是吸入氧气变大的？但这不合常理，因为纯粹吸入氧气量也不能改变动物体形的大小，如果真是这样，成天抱着氧气袋吸，这世界上就有许多姚明了。这肯定是一种基因变异！”

唐嫆与靳柯对目一视，心中想到一起去了：“蝓指虫！”

难道蝓指虫能改变动物的基因？如果联想到地下兵工兽栏中的野兽骨架，倒可以看出那些野兽都变大了。而这只水熊虫肯定也是兽栏中野兽的一只，很可能是那只“兕”。

他们两人已经走到水熊虫的尾部，尾部有一个大洞，那应该是虫的肛门。这个时候，水熊虫身子颤动起来，还没等他们反应过来，那肛门里突然“突突突突”地连续喷出十多具连体人环。那些黏液和肛门里的也不知道是屎还是什么的黄色糊状物喷了唐嫆一身。

其他人在旁边看着，突然哈哈大笑起来。

唐嫆看着身上屎一样的东西，忙跳到了潭里洗干净。靳柯是因为在唐嫆后面，受灾面积较小。他站在潭边洗了洗手，突然发现脚下的连体人环向他滑了过来，赶紧用手把它挡住，免得自己也被带进水里。

人环皮肤光滑，表皮上的蝓指虫早被水熊吃掉，身上粘着黏液，滑得要命。他洗完手，便退开了，那具连体人环滑到了水里。

只是，余光中突然发现人环皮肤不对劲儿。靳柯赶紧察看另外一具人环。他惊讶地发现，人环皮肤上的旋涡线，是类似于发旋的符文，跟他们之前在尾缠人俑身上看到的纹路一样，是貊咒符文。

而且，人环不是一男一女两具尸体，而是结合了男女特征的一具尸体，他们脚与脚竟然是长成一起的。人环长发相缠的头也是长在一起的。更离奇的是，男女耳朵上有“脐带”连成肉管，通于耳孔，而那个头发卵球还在律动。

“貊咒实在是太残忍了，貊咒中有连体咒，我以前还只是当传说听听，没想到真有此事。”唐嫆上了岸，靳柯把刚才的发现指给她看，叹气道。

攸侯喜信奉貊咒，也严格遵循貊咒阴阳合一的原则。他把少男少女置于一个特殊装置里，弄断他们的脊椎，又将他们的手、脚全部打烂，让少男少女的手、脚各自紧贴，长在一起。这些少男少女死不甘心，怨气达于头发，筑发为巢，再通过“脐带”产卵入耳，将人体作为培育室。

靳柯将自己经历过的事情串连起来，对喜王利用貊咒的重生理念有了系统的认识，他对唐嫆说：“喜王制造铝制圆球，将人环塞进里面，每天送餐以保证人环不饿死，当人环手脚长成一起时，再残忍折磨，人环聚集的怨气，达于头发，形成发球，即貊卵。卵产蝓指虫，逃出金刚门，猎食食物，它是生态链中繁殖最快的，但是，喜王为了维护陵墓风水不受破坏，控制蝓指虫繁殖数量，便又造出了它的克星黑齿蚁。两个物种在断虫道形成两把锁，阻止外人侵入。水熊虫吞进人环，舔食粘在人环外表的蝓指虫，但同时，它胃里的腐鱼、腐草及微生物应该是还活着的蝓指虫的食物，它们是互相寄生的关系。”

唐嫆觉得不对劲儿，她特意问靳柯道：“你刚才提到蝓指虫在水熊虫的肚子里？”

“对，有什么问题吗？”

唐嫆认真地说：“我们知道，蝓指虫只要碰到肉，就要像铁钻一样钻进去，只要没死，什么动物它都能钻穿，它只会安静吃水熊刚消化的腐物吗？它如果从水熊虫体内钻出来，水熊虫岂不是身上到处都是窟窿？”

靳柯吓了一跳，目光便不由自主地去看水熊虫的表皮。靳柯知道自己的脸色肯定很难看，因为他看到唐嫆的脸色也很难看。水熊虫躺在地上，身上仿佛扎了无数个针眼儿，那些针眼儿都在合拢，慢慢长肉，而那些被刀刺伤、被子弹打伤的地方竟然也在缓慢地恢复着。

不仅是他们看到，那些打手也看到了，都紧张地端起枪，离得远远的。心里暗骂，这水熊虫真他妈不死了！

罗驼子也发现了异常，赶过来察看，他叹道："我只知道太空不死虫雌雄同体，可以无性繁殖，没想到它的组织再生能力也十分强大，伤口竟然能够快速愈合，实在令人匪夷所思。"他接着说道，"古人崇拜的兕，十有八九便是这太空不死虫了。看它身上的猛兽刺青，应该就是被派去打仗的。"

靳柯与唐嫆相视一眼，脑中都是疑问，罗驼子难道也去过地下兵工厂了？不然他怎么知道喜王派兕打仗的事情？

这个问题罗驼子很快回答了，他感慨道："喜王生前的作为，死后的陵墓体系，笔记里都讲得清清楚楚了。老靳确实是个人才！"

就在这时，突然听到"当"的一声响，是金属的撞击声。三胖兴奋地大喊道："八牙，我没看错，真的有宝贝！"

原来三胖用刀探了半天，没有探到宝贝，便改用登山镐去挖。那虫脑袋被炸的地方都在长肉，竟然将深嵌里面的异物给慢慢挤了出来，三胖一镐下去，凑巧挖到。

靳柯和唐嫆跑到水熊虫头部，上前帮三胖拉出了异物，原来是一口铜棺材。

棺材半米多长，有锁牌，四角包着金子，看其功用更像是一个箱子。靳柯突然说："这会不会是传说中的棺箱。"

棺箱对于商代王侯意义非凡，所谓棺者，藏也。棺箱有压箱之意，意味着最好的宝贝都藏于棺箱里。

靳柯浸染古玩界多年，对于古玩传说逸闻都有涉猎。当年妇好墓也发现有棺箱，里面藏着根玉钗，不是配偶武丁所送，而是刻着一个叫昆奴的情人的名字。棺箱藏情人的礼物，其重要意义就在于此。而且正因为重要，所以设置了精巧的锁，不是一般人都能打开的。

面前的棺箱由于年深日久，铜绿覆盖，通体绿色，长约六十厘米，宽和高约三十厘米，四壁绘着仙鸟瑞兽，图案吉祥，箱盖上刻有夔纹、鸟纹，箱壁上刻有饕餮纹、三角形纹等。

罗驼子凑上前，激动地身子颤抖，他突然双手把住箱盖，生怕被人抢去似的。他小心摩挲了半天才找到锁眼儿，其凹下的形状像一只趴伏的蝉。

罗驼子极为懊丧，叹道："现在恐怕开不了。"他知道这种棺箱内壁装有镪酸，强力打开，会把里面的东西都蚀毁。

唐嫆与靳柯相视，都明白钥匙是什么了。靳柯正要提醒三胖，三胖竟然上前，掏出从蓝尸嘴里弄到的玉蝉，他得意地笑道："老先生，你让让，我来大显神威。"

罗驼子伸手去拿，却看到靳柯、唐嫆二人冷冷地看着他，罗驼子伸手的动作变成了"请"的姿势，他怂恿三胖："快去开吧，里面有很多宝物。"

靳柯上前拦住三胖："这锁眼儿有古怪，让我来！"

三胖愣在那儿，正在想锁旁边的几个方块儿是干什么用的，见靳柯来解围，便顺水推舟把玉蝉交给靳柯。

"棺箱里的东西十分重要，古代贵族向来把它当成陷阱设计，里面有十分强大的暗器。大家都退后！"罗驼子叫道。

罗驼子见靳柯真的要开了，却紧张起来。他又跑到棺箱附近，压低声音对靳柯说："这次你最好祈祷能成功开箱！"说着，目光瞟向站在远处的好似被打手们半包围的唐嫆与三胖。

"你是在威胁我？"靳柯眉毛一挑，罗驼子却不说话，已远远退开，对着靳柯冷笑。

靳柯又气愤又烦躁，他其实心里也没有底，锁眼儿四周突出四个方形浮雕，刻有"乾坤坎离"四字，而凹下的玉蝉除了身体之外，有四个头，分别对应这四个字。

现在靳柯不能确定的是这乾坤坎离对应的天地水火应该是顺天承

应，还是逆天而为？钥匙应该起于哪里，最后又停在哪里？

他只觉得手心捏了把冷汗，玉蝉插进锁眼儿，却按着没有动，突然后面有人拍了下他的肩，把靳柯吓了一跳。扭头一看，唐嫆把一块巨大的方形浮石板递了过来，原来她看出靳柯没把握，便从水潭里捞了浮石给他，为此裤脚都弄湿了："你站在浮石后面，挡着点儿，开完锁手赶紧缩到后面藏着，千万小心！"

靳柯心中一暖，信心大增，他点了点头，让唐嫆远远退开。

《考古笔记》中说漏斗洞是喜王陵的一部分，起到护穴的作用。护的是喜王陵，喜王陵是为了让喜王重生成仙，属于逆天行事。靳柯推测逆时针旋转应该是没错的。喜王生活在殷商时期，他那里用的易经是《归藏》，而非周文王时期的《周易》。如果继续往下猜，喜王用的肯定不会是后天八卦的定位方式，只可能是先天八卦顺序，即"天地定位，山泽通气，雷风相薄，水火不相射。八卦相错，数往者顺，知来者逆，是故易逆数也"。

所谓天地定位，指的是乾南坤北，南北对峙，上下相对。

所谓水火不相射，指的是离为日居东，坎为月居西；不相射者，离为火，坎为水，得火以济其寒，火得水以制其热，不相熄灭。

因此，顺序应该是从北方"坤"逆时针旋转，靳柯刚要扭动，突然想到先天八卦图的东、南、西、北方向，与现在通用的东、南、西、北方向，是正好相反的。靳柯惊得手心全是汗，赶紧松手。

靳柯把汗在袖子里擦了擦，深吸了一口气，他带动"钥匙"以逆时针方式旋转，把处在西南方的"乾"方块移到正北方，连带着其他的方块也跟着动。

玉蝉和铜箱摩擦，发出奇特的"沙沙"声，那四个方形浮雕跟着移动，本是正方形，变成了菱形，只听"咔"的一声，箱盖开了。没有镪酸流出来。

靳柯心中悬着的石头总算落地，他拍了拍胸脯压压惊。没想到，一排骨镞飞射而至，"当当"地插进了浮石里。我靠！开箱正确，这儿还有陷阱！这个攸侯喜真歹毒！幸好他缩手快，不然就残了。

其他人也是脸色大变，虽见靳柯没事，却也不敢贸然靠近。

箱盖内壁四角处环绕着类似于胶管的东西，正流动着淡黄色的液体，想必是镭酸，但数量较少。攸侯喜肯定是极为自信，这棺箱藏在虫脑里，不可能被人找到，能找到的只可能是成仙后的他自己。

箱内堆着一堆穿孔的龟甲，都用铜环相连，龟甲数量众多，把箱子塞得严严实实，靳柯一件件取出，发现龟骨里还裹着黑炭与石灰粉，由于棺箱密封得很紧，所有这些东西都是很干燥的。

这时其他人眼见再无危险，也围过来看。龟甲应该是用来占卜祈算的，反面刻着甲骨文，靳柯看了十几片，便哑然失笑，念着龟甲上的甲骨文说：“长白山发生洪涝灾害，攸侯喜带领人马抓住了在天池作怪的水妖，为民除害。”他顿了顿，接着说，“更有意思的事在这里，攸侯喜自己在龟甲上夸耀，自封为三立完人。攸侯喜不降周，是立德；治水成功，是立功；这个看不清，是立言……总之，他全占了，所以仙人会接引他。”

罗驼子咄咄逼人：“立言是什么？”

靳柯一愣，关于立言的词句刻得模糊，他未留心去看。这水熊虫是喜王制造的战争武器，他还说是抓来的水妖，如此欺人，也懒得细看。

罗驼子一把夺过靳柯手中的甲骨，看了一会儿，眼睛亮得涂了油似的，激动得胡子都一抖一抖的。

“老天啊！他发明了《归藏》，这立言说的是他写了《归藏》！”罗驼子把龟甲全部往自己怀里拢，就像一个害怕被抢走玩具的小孩儿似的。

百经易为首，而易中最古老的便是夏代易经《连山》、商代易经《归藏》、周代的《周易》，古人统称为“三坟”，又名“三索”，只不过前两者都已失传了。

1945 年发明了电子计算机，而计算机的数学基础是二进制理论，整个世界都在讨论二进制发明者莱布尼茨的时候，莱布尼茨却谈论起二进制与八卦图之间的关系。而在“三坟”中，只有《归藏》的卦画是按最严格的二进制顺序排列的，它比其他两者更能完美诠释二进制理论。而这二进制应用又与现代计算机应用及航天飞船的数字控制系统有千丝万缕的联系，意义非凡。

《归藏》中讲到的六道、五行、十二黄道、四象、二十八宿，在《归藏》中有更系统、更精微的论述，它的每一点都能隐隐对应航天计算机系统的遥控指令存储、译码和分配，对航天器姿态和轨道测量参数进行坐标转换。

中国科学院自然科学研究所副所长曾大庆教授，在《归藏与天文学》中讲道："虽然西方天文学设定了现代天体和宇宙的本质及天体运行的机制，但湖北荆州出土的《归藏》，虽只是精简版，却对天体运行和宇宙有了独特的表述，并以《归藏》八气中的'杀'气卦象组成一幅飞行器的结构图，'金气杀'卦象是机身，'杀归尸'是机翼和副翼，'杀藏墓'是方向舵，'藏杀盗'是升降舵，'杀生无忍'是起落架，卦象中唯一没有着落的是发动机。"

靳柯越想越觉得《归藏》妙用无比，便翻看龟甲，而罗驼子对此志在必得，两人争看之时，连接龟甲的铜环朽烂，靳柯硬拉了一下，只听"哗啦啦"一声，龟甲全部散落在地。

《归藏》龟甲有一百二十八块，总的归纳为八气，即归、藏、生、动、长、育、止、杀。每一气都按照顺序对应相应的归位点。现在弄断了铜环，致使弄乱了八气的归位点顺序，以后研究起来麻烦多了。

罗驼子气得破口大骂，又是"猪"又是"蠢"的，靳柯既懊恼又自责，也没有还嘴。

他们两人争着看甲骨文时，三胖眼尖，早就看到隐藏在龟甲下的玉匣，当即三下五除二地掏了出来。三胖得意忘形，没提防旁边的豹子将它夺走。按理说，有唐嫆盯着，不会没防备。但是，其他打手好像商量好似的，唐嫆刚一动，他们就用枪顶住了她。

靳柯不期望罗驼子遵守联盟之约，但没想到他翻脸比翻书还快。他气急败坏、咬牙切齿地瞪着罗驼子："真是无耻！"

罗驼子令打手们把龟甲全部装到包里，扫视靳柯三人，见他们都有愤愤之色，便说："你们别做傻事！"罗驼子说着，急迫地接过豹子手中的玉匣。它是用一整块最好的羊脂玉雕成的，匣盖上还刻有甲骨文。玉是易碎物品，在上面刻字，不但字要好，而且要保证玉不碎，其难度可想而知，也可见里面的东西十分珍贵。罗驼子看了玉匣上的字，心脏都忘记搏动了。

上面用甲骨文写着：阴阳螭。

罗驼子狂喜，他颤抖地一寸一寸地着摩挲，找到匣底的机关，往里一按，匣盖弹开。

雇佣兵们凑过去看，靳柯三人也挡不住好奇的诱惑，只见金光闪闪，那金光晃得眼睛都睁不开了。

眼睛适应了光线，这才看到，匣内放着一块圆形金牌，牌四周刻有饕餮纹、云雷纹，一雄一雌红白两龙交缠，状如阴阳鱼，但龙无鳞无爪，龙脚似吸盘，雄龙龙角似触手缠绕雌龙全身。

罗驼子激动地双手发抖："阴阳螭！我找到了阴阳螭！"

打手们都狂呼起来，手舞足蹈着；狂呼了将近一分钟，才慢慢停下来。

"这里好像还缺少什么。"不知哪个打手插嘴说。

"将阴阳螭与瞳玉分开置放，是自汤以来形成的古法。瞳玉就是它的眼睛，若是点睛，会招来仙岛接引，但也会天崩地裂，造成巨大灾难。喜王重生飞升之前，将螭、瞳分开藏置，一是避免灾难；二是防止落入盗墓贼之手。"罗驼子心情极好，耐心解释。他转过脸对靳柯笑道，"这阴阳螭与龟骨由我先保管比较安全，你们看怎么样？"

"你们枪多，我们能怎么样？"靳柯讽刺道。

罗驼子摆了摆手，打手们都放下了枪。罗驼子扫视靳柯三人，说："阴阳螭和《归藏》是无价之宝，我不会出售，但是，我会给你们一个数，作为两件宝物的分成。"

话音刚落，突然听到嗡嗡作响，一名打手痛苦惨叫，他身上趴着个怪物，众人还没看清，那名雇佣兵便倒在血泊中。怪物已经消失，好像钻到他身体之中了。

唐嫆只觉得腿上一动，低头看去，发现一个拳头大的光脑袋趴在腿上，恶狠狠咬了下去。唐嫆惊恐无比，但还是冷静地拔出刀结果了它。

地上的怪物人脸，秃顶，全身血红，身上褶皱，长着三对骨翅。缝衣针大小的牙齿上下两排，闪着寒芒，眼睛覆着鱼眼那样的膜，灰白的眼球死不瞑目地瞪着他们。

洞中嗡嗡声更盛，众人放眼看去，只见那些怪物都是从连体人环律动的发球里钻出来的，全身黏糊糊的，像是刚出胎的婴儿。它们的骨翅慢慢展开，发出高频的"嗡嗡"声，灰白的眼球从鱼膜里翻出，冷冰冰地带着猎食者的杀气，全部都盯着一个方向：有人的方向。

"这是蝓指虫王后，别让它碰着你！"罗驼子脸色白了，声音颤抖。

第三十二章
王后来袭

刚才被咬的打手并没有死，突然全身发红，骨骼爆响，众人还没明白是怎么回事。他脑袋转了 180 度，把脖子都扭成了麻花，一口咬在另一个耳后有文身的打手的脸上，众人好不容易拉开他时，他嘴里还嚼着一块肉，被豹子开枪打死。文身打手同样出现感染后的症状，被乱枪扫成筛子。

这一切只发生在几秒钟之间，但打手们却已死了两人。

打手们乱作一团，对着王后喷出密集的火舌。中弹的王后拖曳着血红的翅膀，发出凄厉的惨叫声。

与此同时，文身打手尸体的肚子破了个窟窿，钻出王后，扑上罗驼子的脸，再放枪已经来不及了。

靳柯抬手一挥，一道寒光闪过，那只王后的脑袋“骨碌碌”地摔落在地。

罗驼子目光复杂。靳柯冷冷回视，手中的动作不慢：“并不是想救你，只是本能反应！”他挥刀劈向其他的王后，与唐嫆、三胖两人会合。

三人背靠背，呈品字形，守护着各自一方。唐嫆用胳膊碰了碰两人，指向远处，那里正是出口的所在，不管它通向哪里，总比待在有王后和打手的地方安全。两人会意，边打边向出口移动。罗驼子他们自顾不暇，根本没有留意他们。

三人边打边退，但退得很慢。最离奇的是，王后只追着唐嫆咬，只不过因为靳柯、三胖的反击，才扩大了它们的目标点，附带着攻击靳柯和三胖。

王后越来越多，三人都喘起气来，连遇险招，要是有一个不慎，恐怕只有来世为人了。这样拖下去，大家都会力竭而死。

三胖与靳柯掏出灭虫粉，集中喷向唐嫆前方的王后。王后吸入灭虫粉后，身体抽动，像在咳嗽，接着摇头晃脑、精神萎靡，骨翅停止拍动，从空中掉了下来。

三人没想到灭虫粉如此管用，大喜，但唐嫆突然停住脚步："不行，我们要把阴阳螭抢回来！"

靳柯拉住她，劝道，"他们现在只有八人，并不可怕。可怕的是王后，我们现在只有小半瓶灭虫粉了。出洞后，我们再伏击他们！"

这时罗驼子发现了他们的意图，想开枪打靳柯也抽不出手。罗驼子他们因为没有及时逃跑，被动地成为抵挡王后的主力部队，已经被王后缠住，只能跟王后死磕到底了。

你们总来抢胜利果实，现在当下冤大头，滋味不错吧！靳柯"恶毒"地想着，加快脚步，渐跑渐高，转过一个拐角，前方有一团亮光，亮光越来越大，直到将三人包裹了进去。

他们还来不及享受清晨的阳光，便一左一右守住洞口，严阵以待。

这里是一处广阔的林原，左边的原始森林传来隆隆的水声，听这响动，森林尽头应该有不下于三条大瀑布。

三人完全没有受到水声的干扰，他们双眼紧盯着黑暗，远处有米粒大的火光渐行渐近。

罗驼子他们比三人就晚了两分钟，就这两分钟，上百只王后都苏醒了过来，杀往有人的地方。

洞内火光大起，罗驼子他们边打边撤，有火焰喷射器在手，退得虽然焦头烂额，但也没有人员死伤。王后前赴后继地向挡在路中间的罗青扑去，它们焦急万分，有时直接成群地往前撞了，似乎这支三十多只的小分队只是为了通过此路，而因为罗青堵在那里才发生了冲突。

罗驼子发现这点后，立即下令把“路障”移开了。果然，那些王后扑棱着飞向了洞口。

此法奏效后，罗驼子把队伍向墙壁收缩。最后的局面是，罗驼子他们赶着一队王后，往洞口冲，但他们身后又跟着一大队王后。

这样一来，靳柯与唐嫆根本就没有伏击的优势，那些先飞出洞的王后直扑唐嫆，它们排成圆阵，将唐嫆与靳柯、三胖两人硬生生隔离。

它们团团包围，一拥而上，唐嫆身上多处破皮，险招迭起，要不是她事先在身上喷了灭虫粉让它们有所忌惮，恐怕扛不到靳柯、三胖来救援。

与此同时，洞内火光越来越盛，还能闻到火焰喷射器烧灼王后的炙肉味儿。靳柯三人见无法伏击，便杀出血路，跑向远处的断崖。

如果笔记没有记错的话，崖边应该是一个刃形巨坑。靳柯跑到近前一看，崖壁都是火山玻璃，十分光滑，根本没有下脚之地。

罗驼子他们出了洞口，在矿泉水瓶里装了什么液体当作武器喷洒王后，王后身上冒出白汽，痛苦掉地。

也许是硫酸，这一点要防着！靳柯扭头朝唐嫆望去，只见崖壁一挂银川，隆隆作响，水雾漫漫，唐嫆的身影一下子消失了。不一会儿，便听到唐嫆的喊声：“这里可以下去！”

子弹的尖啸声在耳边飞过，罗驼子他们近了。靳柯和三胖也不敢回头，铆足了劲儿跑到瀑布边，见唐嫆抓着崖壁的峭石，小心避过激流，踩着石隙，跳进了崖洞，她朝两人招了招手，跳上另一根青藤，顺着青藤向单人步道滑去。

靳柯和三胖照葫芦画瓢，下到洞中，并共用另一根和唐嫆并排在一起的青藤，顺藤而下。

“小心！”唐嫆大叫。

靳柯听到警告声冲他而来，下意识地望向后面。只听“砰”的一声响，还没明白怎么回事，黏黏的东西淋了他一头。他伸手摸了摸，低头一看，全是红色的糊状物，接着一只王后从他身边掉下了悬崖。

三胖指着靳柯哈哈大笑起来。这条命捡得真是邋遢。靳柯咒骂不停，用袖子飞快地抹掉头上的脏东西，更难过的事情发生了：一只王后悄无声息来到背后，等第六感告诉他不妙时，已经晚了，王后像八爪鱼那样贴着他的脸，用尖利的爪子扣住了他的衣领，骨翅扇在他的耳廓上，像不停地打他耳光。

靳柯左手撑住王后的肚子，阻止它细针般的牙齿刺进自己的嘴里。那青藤沾着瀑布喷溅的水，本来就非常滑，靳柯单手抓着青藤，身子止不住地下滑。

人、虫胶着状态还没持续三秒钟，唐嫆开了枪，她以绝难的角度，开枪打中了王后。子弹穿过王后颅骨透了出来，圆锥形弹头就停在靳柯眼前，位置再偏一点儿，子弹就会穿过王后，打中他的眉心了。就在人、虫分离的刹那，靳柯也跟着王后掉了下去。

唐嫆此时连开两枪干掉另外一只缠上来的王后，她正好看到靳柯摔下的一幕，只觉得脑袋“轰”的一声，整个世界都倒塌了！身子晃了晃，差点儿从悬崖上摔下去。

突然听到下面传来咒骂声，唐嫆低头仔细一看，发现靳柯身子停在半空。要是靳柯在跟前，她会毫不犹豫给他狠狠一脚。

三胖在空中抓住靳柯，但靳柯的体重和下坠的冲力，带着三胖一起往下滑，一直滑到了青藤末端。

三胖满头大汗，想用力将靳柯提起来。靳柯双足蹬着崖壁，伸手去抓青藤，指尖离青藤只有一毫米了，他手臂上青筋暴起，已经碰到了，只要再使把劲儿……

不知谁喊了一嗓子：“他们在这里！”

“快下！”

三胖听到是雇佣兵和罗驼子的声音，一紧张，他本是汗手，这下汗越来越多，手滑得像打了肥皂，靳柯把指甲都抠进三胖手掌心里了，还是没能抓牢。他大睁着眼，掉进了白雾漫漫的悬崖下。

唐嫆与三胖来不及沉痛哀悼，便看到罗驼子他们在一群王后的围绕中，顺着青藤快速滑了下来。

三胖又自责又愤怒，实在想跟罗驼子手下拼了，但最后关头，还是求生本能占了上风。他双腿一蹬崖壁，荡到半空，抓住了另外一根青藤，顺藤而下，跳到了单人步道。没过多久，唐嫆也跳了下来。

三胖拿匕首狠狠朝左手剁去，唐嫆拦住。

“连八牙都拉不住，这只手还有什么用！”三胖恶狠狠地瞪着追来的雇佣兵们。

“你想报仇就别说浑话，赶快走！”

“我不走了，我要跟他们拼了。刚才是哪个王八蛋喊了一嗓子，把我吓得松了手，我一定要揪出来碎尸万段！”

只听一声响亮的耳光，三胖捂着脸，看着满脸怒容的唐嫆。“现在没时间了，你给我快醒醒！”

唐嫆话音刚落，几只王后已经先飞了过来。接着，罗驼子他们也争先恐后赶到，后面是一群王后。

这些王后见到唐嫆，也不管罗驼子他们了，围着唐嫆扑咬。三胖怒气冲天，一手拿铲一手拿刀，疯狂乱打。罗青进不了战圈，冲着三胖喊：“靳柯呢，怎么不见他？”

三胖一脸凶光瞪了罗青一眼，继续拍打王后，他完全是同归于尽的打法，左拍右削，身上都被血染红了。

远处，豹子强行拉着罗青，跟着其他打手跑到了单人步道的尽头。崖顶上又有上百只王后飞了过来。

“你们跳下来！”唐嫆怀疑耳朵听错了，她问三胖听到了什么，三胖一脸惊喜。

“下面是水，摔不死！”那个声音又传了过来。靳柯没死。

“靳柯在下面，我们快跳下！”唐嫆喜形于色。

说着，便毫不犹豫跳了下去。三胖想要拉唐嫆，却已经晚了，他急得大叫：“哎哎，你确定靳柯没死吗！”

三胖探头看了下那悬崖，白雾弥漫，也不知道有几千米深。三胖心理素质没有唐嫆好，最怕从高空跳下去。他曾经看过有人从15楼跳下来，身体怪异地躺在水泥地上，脑浆白花花一片，在血里淌着。身体表面虽没有什么，但是内脏都震碎了，骨骼都断了，有的骨头从腿上插了出来，白得瘆人。三胖想起来就一阵后怕。

但是，被王后咬死也是死得极惨的。三胖权衡利弊，一咬牙，横竖是死，跳吧！想着，他杀出一条血路，收好武器，跳进了浓浓白雾之中，山谷回荡着他的惨叫声。

罗驼子早就注意到他们的小动作，本也想跳下去，这时听到三胖叫得如此凄惨，也拿不定主意了。王后是见人就咬，唐嫆和三胖消失了，他们便盯上了罗驼子他们……

崖下。靳柯从水潭里爬了出来，他狂呕了几口水，这才好受了些。但一想到王后的体液也浸在水里，而他刚喝了不少水，就觉得特别恶心，伸手到喉咙抠了抠，又吐出了不少黄水。

晨雾在这里更浓，靳柯听到枪声激烈，猜想肯定跟王后干上了，便贴着山壁向上大喊，从崖底到上面少说也有上千米，他也只是试试，没想到这个山体蕴藏矿石，导音效果极好。

他喊了两嗓子，不一会儿便见到两个黑点一前一后从上面掉了下来。

靳柯将两人拉到岸边，迎接了两人狂喜的招呼。他听了听上面的动静，笑着说："打得很激烈啊！"他顿了顿，接着说。"罗驼子不傻，很快便能发现其中蹊跷，也会跳下来。我们赶紧离开这里。"

崖底是一块平地，北边是瀑布冲刷而成的水潭，中间是一座巨大的平顶山，呈方形，底大顶小，层层而上。唐嫆问靳柯道："那山是不是平顶金字塔？"

靳柯点头回道："应该是喜王仿玛雅金字塔建的。笔记上讲了，玄宫就是从金字塔而入。"

三人从杂草中找到台阶，拾阶而上，半路中听到水潭里"扑通通"一阵乱响，扭头一看，却是罗驼子他们不堪王后追逐，最终也跳了下来。

三人加快速度，来到顶部，只见藤蔓遍生，断壁残垣，唯有正面粗如三人合抱的七根黑石柱是比较完好的。

唐嫆对靳柯和三胖说："我们分开行动，我去引开他们，你们躲在石柱后面，趁机夺到阴阳螭。"

阴阳螭当然是此行的目的，但唐嫆如此急切地要夺回，这种女强人的顽固和强势，让靳柯心里有些不舒服，而且这里的环境空旷，根本不适合伏击。他冷冷盯着唐嫆，说："有这么着急吗？"

唐嫆听出了靳柯话里的不满，她突然背过身去，望着台阶方向。靳柯察觉到她的声音在发颤。

"十年后，你就不在了。而我……我……我和三胖却要挨过另外一个漫长的十年……"

唐嫆就那么僵立着，高挑的背影在雾气的衬托下，显得那么柔弱和无助。

靳柯心中感动，走了过去轻轻拍她的肩膀。突然，他感觉到哪里不对劲儿。除了三胖没有第二人知道身上有阴阳鱼图案只能活二十年，不是三胖告诉她的，又是谁？但脑中又闪过一个念头，他知道检查报告的事时，是在飞机上，好像没有告诉三胖吧！唐嫆到底从哪里得知的？

枪声打断了他的思绪，罗驼子他们已上了一半台阶。靳柯见唐嫆和三胖一时半会儿还能顶住，飞跑到石门前面。石门两边的圆柱上缠着一条长羽毛的大蟒蛇，绿眼红信，十分霸气。靳柯来不及细看，伸手去摸石门上的斑驳苔纹，有一块手掌大的模糊印痕，靳柯将手掌按了下去，石门应手而开。

他没想到这么容易，愣了一秒钟，才反应过来，冲唐嫆、三胖大喊："门开了，快进来！"

三人陆续闪进石门内，只见石门渐渐下降，雇佣兵中跑在最前面的罗青滚地而进，跟着也进了石门。

石门狭窄，只容一人进入。罗驼子喊了声罗青，见没有响动，忙拦住其他人，冲门喊道："你们想干吗？"

门内是个大厅，四周连着水槽，槽内是油，四盏巨大的油灯分布在四个角，此时烛火已被点燃。

罗青已被唐嫆和三胖控制住，不能动弹。靳柯贴门站着，手持武器，严阵以待，他对着门外说：“交出阴阳螭。”

两方隔着一扇石门谈判起来。

罗驼子冷笑：“我们粮食充足，这样耗着对你们没好处。”说完，罗驼子大声命令手下原地吃饭。

靳柯笑着回道：“这个石门高三米厚三米，机槽简单。我们可以把石门机关卡死，让你们进不来。”

“你试试，我们到时把门炸开。”罗驼子恨得牙痒痒，说着便安排手下拿着手雷，等门开启时，便扔个三四颗进去。

靳柯没想到罗驼子还有这么毒的招，一时彷徨无计。突然听到罗青的惨叫声，靳柯看过去，罗青好好的，唐嫆和三胖根本没有虐待俘虏。她在搞什么鬼？罗青惨叫道：“别杀我！爸，你再不答应他们就把我毁了。”

在一边的唐嫆明白了罗青之意，配合着冷冷道：“罗驼子，不要你女儿的命，你尽管来！”说着，真拿刀抵住了罗青的脖子，眼里杀气腾腾，靳柯看得都吓了一跳。

三胖本来是反绑着罗青的手，这时也松开手了，他对着靳柯举着两根食指，分别指向唐嫆与罗青。靳柯瞪了他一眼。

“我们此行就是为了阴阳螭，怎么会轻易拱手相让！你们敢动我女儿，我要你们全死光！”罗驼子的意思再明显不过，不会拿阴阳螭交换女儿。

罗青的声音透着绝望：“爸！”

靳柯一下子明白罗驼子虽然养育了罗青，却一直把她当成棋子利用，此时宁可牺牲女儿，也要留住宝物，真是丧心病狂。

形势到了这个地步，靳柯三人也不知怎么收场。突然门外打手们怒喊着：“罗老板，你还不答应，你是要我们兄弟都陪你死吗！”罗驼子喊：“你们还反了不成！”

显然打手们死伤大半，但没有见到宝藏的影子，已经对罗驼子不满了。

“罗老板，兄弟们要的是钱，不是这个破圆盘，你最好还是给他们。”这是豹子的声音。

不一会儿，门外传来了打手们惊恐的叫声和密集的枪声。

罗驼子此时急了，拍着石门说：“我这就把阴阳螭塞过来，你们开门！”

靳柯启动里面的门轴，石门刚升起，阴阳螭便递了进来。靳柯抓住阴阳螭，正要将石门全开，唐嫆却拦住他的手，说：“罗驼子阴险狡诈，他们现在有八个人，八支枪，万一他要赖怎么办？我看，再让他们扔进五支枪进来，这样才保险！”

三胖附和道：“对，这主意好！他们老仗着枪多欺负咱们，是该好好整治了。”

靳柯点了点头，对着外面喊道：“你们听到没有？”

话音刚落，五支枪顺着门缝儿扔了进来。打手们乱拍石门，急喊道：“快放我们进去！”

三人捡起枪，扳动机关把门开了。罗驼子他们早就等不及了，一个个从门里滚进来，三只王后跟着他们钻了进来，靳柯三人一枪一个，全部干掉。等人员都进来后，靳柯赶紧扳动机关，将石门关闭。

唐嫆把罗青推给罗驼子，罗驼子也不搭理，铁青着脸，冷冷哼了一声，大步向殿内走去。

这是金字塔的神庙正殿。殿内立着粗大的圆石柱，壁上和穹顶绘着玛雅众神和日月星辰，气派辉煌，十分壮观。

正北神座上坐着具有东方色彩的角龙，威猛凶悍，龙爪下按着另外一条红龙，竟然是羽蛇神。

三胖啧啧称奇：“这搞什么名堂，两头龙打起来了？”

靳柯说道：“殷人东渡，征服玛雅，而征服，最重要的便是信仰上的征服。这角龙显然指的是东方之龙，代表喜王，他打败羽蛇神就是要信仰上彻底征服玛雅人。但矛盾的地方是，他虽然看不起玛雅人的宗教文化，但神殿中竟然有这么多体现玛雅文化的东西，显然受玛雅文化影响极深。”

罗驼子冷哼道：“你们这些黄毛小子知道什么？自夏代时便有犬戎人远渡重洋，周游世界，其中一支的首领攸昧娶了玛雅女人，带回国后便定居河南安阳了，他骑射精湛，是盘庚迁殷的有力支持者，也是攸侯喜的曾祖父，攸侯喜从根子上讲就有玛雅血统。他踩的只是羽蛇神，但不代表他抛弃了所有玛雅文化。”

神像两侧侍立着手拿笏板的文武百官，他们都身着商代服装，态度恭敬，另有珍禽异兽围绕丹墀，一片瑞祥。

这些雕塑在灯光下光芒闪耀，竟然全部是用黄金和白银打造的，众人再看殿内发着白光的圆柱和屋梁的构件，发现它们的材质竟然是羊脂玉和水沉香。

羊脂玉好说，黄金、白银更不用说，单说那水沉香，曾经有福建渔民捞到一个树桩，经鉴定是一级水沉香，卖了十二亿元。而这些构件，包括大臣手里的笏板及雕刻兽纹的梁、檩、柱，加起来的重量少说也有数十万克。抛开这些不算，单论它们本身的雕绘和纹饰，其表现的艺术价值和承载的文化价值就高了去了。靳柯估计这些水沉香构件价值恐怕有上百亿元。

三胖与雇佣兵早看得眼冒金光，这每一件拿出去，不说其文物价值，就论真金白银地卖，也够几辈子花的了。不知谁发了一声喊，大伙儿一拥而上，早就把背包里的装备倒空，爬梁的，上柱的，乱得乌烟瘴气，他们胡抓乱拿，全部往包里塞。

靳柯看得心痒，准备也去大施身手，却见唐嫆不屑地看着这些人，顿时收了这份心。三胖跑了过来，把身上的三杆枪往靳柯手里一塞，扭头又去寻宝了。

就这工夫，唐嫆突然发现人少了。带着枪的罗驼子、罗青和豹子不见了。他们所站的位置离内殿比较近，唐嫆跑了进去，靳柯随后跟着。

罗驼子三人从角龙后面出来，冷冷看着靳柯、唐嫆的背影，他附耳对豹子吩咐着什么，豹子点了点头，眼中射出一道寒光。

第三十三章

戒 指

内殿坐落着十三个人俑，造型十分诡异，下腰抓腿，头足相连呈圆形。最离奇的是人俑的头骨，如真人大小，十分逼真，在矿灯的照耀下，发着青色的光。那一双眼睛做得非常精致，更是勾魂夺魄，眼白用贝壳磨成，虹膜用的是黑曜石，无论从哪个角度看，眼珠子似乎都能转动。此时，这些人俑竟然斜着眼珠，正从脚下直勾勾盯着靳柯、唐嫆二人。

靳柯心中一寒，连忙警告唐嫆："千万别跟它们对视！这是水晶头骨！"

玛雅人中一直流传这样的传说：古时有十三颗水晶头骨，大小与真人头骨相仿，可以说话、唱歌，如同真人。当十三颗水晶头骨聚集之时，它们就会开口解答生命的奥秘和宇宙起源之谜。

很久以来，这个传说一直被历史学家与考古学家等权威人士当着神话来听，但是，1924 年米歇尔 • 黑吉斯所率领的考古队却在利伯兹的金字塔废墟中发现了水晶头骨。它如传说中的一样，晶莹剔透，头骨内有灰色的不明物质，流光溢彩，风云变幻。只要你盯着它看，就会发疯。此水晶头骨至今还作为私人收藏品留在米歇尔 • 黑吉斯养女安娜的后代手中。

这些青玉头骨跟传说中的水晶头骨有些出入，但是做工精细，巧夺天工。更重要的是十三个头骨各具特征，有的沉思，有的半眯着眼，有的玩世不恭，有的一副自嘲表情，虽然它们都是仿冒品，却贵在齐全，它大大弥补了玛雅水晶头骨的空白，直接见证了攸侯喜回归中原的历史，其价值不可估量。

唐嫆搜索了一番，没有找到罗驼子他们，便急着出去，不料，三胖却突然撞了进来。他包里装的东西都快把线撑开了，手里还拿着两件笏板，刚进门，啥都没看到，就是见着青玉头骨，他也急忙冲过去，靳柯拦也拦不住。

靳柯连拖带拽，把他弄了过来：“你不要命了，这头骨很邪门儿！”

三胖一惊，问：“你试过了？怎么邪门儿法？”

靳柯从历史传闻中看到头骨能使人发疯，要是试了，还不得住进精神病院里。

突然，后面蹿来一个黑影，还没等大家弄清状况，那个黑影便已经从人俑脚下摘掉了一个水晶头骨，直接放进背后的包里。

他右脸正中长着颗痦子，极为显眼。接着又跑到另一个人俑身边，一边摘一边乐得合不拢嘴，说着：“发了，这回真发了！”

三胖急得眼都红了，挣脱靳柯，厉声道：“我靠，留下，那个是我的！”说着便冲上前去抢夺痦子打手手中的头骨。

两人竟然在地上扭打起来，靳柯看到以三胖的体形暂时吃不了亏，而且他要重振家业，就是抱着一夜暴富的目的来的，在这宝物富足的地方，再去劝他，反而生了兄弟间的情分。

但是，不阻止他，他又得中招，到时更麻烦。

“只好打晕他了。”靳柯暗想，就要对三胖下黑手。

门外突然又冲进四名打手，也是把满手满包的宝物纷纷扔在地上，争着去抢青玉头骨。

混乱中，唐嫆和靳柯还没来得及反应，有两名打手用枪顶住了他们的后背。其他两名打手手脚利落，收缴了他们的武器。靳柯和唐嫆大惊，马上明白了，肯定是罗驼子让打手把枪带了进来。

罗驼子带着罗青和豹子，笑着走了进来。

“这里类似于后来的明堂，离玄宫早着呢，但财帛已经动摇人心了。玄宫的宝藏恐怕更加丰厚。”罗驼子捏了下耳垂，望向豹子和其他四名打手说，“你们觉得怎么样？”

罗青看到父亲捏耳垂，脸色变了，插嘴说：“把他们绑了，我们赶紧到玄宫里吧！”

罗驼子瞪了罗青一眼，问豹子：“你喜欢我女儿？”

豹子咽了口唾沫，眼睛冒光：“求罗老板成全。”

罗青脸上一阵红一阵白，跑到罗驼子面前撒娇：“爸，你答应我的，你不能这样。”

罗驼子不为所动，冷冷盯着罗青。罗青从来没有见到父亲这么陌生的面孔，心里冷得抽搐起来。

“女大不中留！”罗驼子朝豹子点了点头。

豹子跟罗驼子的日子久了，顿时明白了他的意思。豹子指着靳柯，冲着其他人说：“兄弟们，一路上这些龟孙子害死了我们不少兄弟，他们放出蓝尸，卡了金刚门，又堵住神庙大门，就是想让我们都死掉，这样，他们就可以独吞宝藏。有他们在，我们就不得安宁，都得死。大家说怎么办？”

“干掉他们！”打手们喊。

靳柯怒道：“都说罗驼子信守承诺，我还敬重你是个人物，没想到满嘴都是放屁！现在要靠卖女儿来讨好这些强盗。”

罗驼子脸色变青。豹子见此情形，再不说话，从一名手下手中接过MP5，突然冲上前，一个枪托把靳柯打倒在地，枪管下斜对着靳柯，就要扣动扳机。

罗青说：“慢着！”她对着罗驼子露出灿烂的笑容，“爸，你不是想取回《考古笔记》前半部和阴阳螭吗？谁知道还在不在靳柯身上，你先搜出来，再杀他也不迟嘛！”

“人死了，更好拿！”罗驼子不为所动。

“不用，现在就给你！”靳柯面不改色，从怀里掏出笔记。

三胖和痦子打手已经停了手，他们坐在地上，各自抢了一堆水晶头骨，放在面前，嘻嘻哈哈地傻笑，点着数。靳柯心中一动，把笔记扔到了三胖面前，但三胖却一点儿反应也没有。

靳柯不动声色地说："想要，你们自己去拿。"说着，又掏出了阴阳螭，也扔到了三胖面前。

三胖手里没有枪，所以罗驼子他们根本没有把当他成威胁。其他四名打手把痦子和三胖推到一边，便去捡笔记和阴阳螭，四人弯下腰时，同时都看到了地上的水晶头骨，头骨上的眼睛直勾勾地盯着这些打手们，那些打手像失魂了一样，有的怒目，有的微笑，有的咬牙切齿，有的手舞足蹈。

这是怎么回事！豹子看到靳柯嘴角露出一抹笑容，勃然大怒，扣动扳机，只听一声枪响。

地上淌着鲜红的血，是罗青的血，她挡在靳柯前面，慢慢倒了下去。

豹子扑了上去，死死掐住靳柯的脖子："老子今天……"

豹子话没说完，突然眼前多了一双嘲笑的眼睛。豹子一惊，对上了头骨的眼睛，顿时手软了，突然哈哈狂笑起来，躺在地上，翻起筋斗来。

唐嫆扔掉手中的青玉头骨，眼睛一扫，便看到罗驼子抢过一名打手手中的前半部笔记，还要抢另一名打手手中的阴阳螭，那打手却把一只青玉头骨递给他。唐嫆大喝一声，冲了过去。罗驼子缩了缩身子，突然掉头逃出门口，消失在正殿内。唐嫆夺过阴阳螭，见靳柯异常悲伤地扶起罗青，罗青躺在他怀里，嘴里却含着笑。唐嫆远远站着，愣愣地看着两人……

罗青脸色蜡黄，气息微弱。她动了动嘴，却没听清她说什么。靳柯低下头，听着罗青说："这是最后一次任务。我爸……答应还我自由……我却等……等不到那天了。"

靳柯心如刀绞一般，他强装笑容，捋起她额头的秀发，注视着她越发苍白的脸，轻轻安慰着："别说傻话，你会好起来的。别说话……"

罗青剧烈地咳嗽了起来，歇了一会儿，费力地摘下戴在左手中指的祖母绿戒指，递给靳柯，她笑得很苍白："还你……"

靳柯抬头看了一眼唐嫆，神色黯然。如果有一个深爱着的女人，为了救你付出了宝贵的生命，你会怎么办？

靳柯把戒指套在罗青的左手无名指上，以不容置疑的口吻说：“不，这是你的！”

“我的……”

靳柯刮了下罗青的鼻子：“是的，你的，永远是你的！”

罗青长长的睫毛扑闪着，眼睛亮若黑夜中的星光，她看着无名指中的祖母绿戒指，那戒指发出璀璨的光辉，照得她笑靥如花，比任何一位婚礼中的新娘都漂亮。

罗青轻轻摇了摇头，轻抚着戒指，摘了下来。

罗青的眼睛合上了，她是笑着走的。

靳柯抱着她渐渐冰冷的身体，想起了师父曾说过的话：飘风不终朝，骤雨不终日；恩生于害，害生于恩；极而反，盛而衰，天地之道也。你的朋友，你的亲人，你爱着的人，你恨着的人，缘起缘灭，皆是无常。道家炼心，一是炼无常，一是法自然。

靳柯抱着罗青，经过唐嫆身边，走向门口，唐嫆突然叫住他：“你没事吧？”

靳柯露出八颗牙招牌式的微笑：“没事。”

唐嫆犹豫着，说：“罗青的死，真让人难过。”

“自得其所，也没什么难过的。”靳柯扭头看了一眼坐在地上傻笑的三胖，平静地对唐嫆说，“把三胖救醒吧！”

“别担心。”唐嫆看着靳柯抱着罗青，迟疑地问，“你要做什么？”

“把她火化了。”靳柯接着说，“总不能让她喂虫子吧！”

唐嫆目送靳柯离去，他的话是如此淡漠、冷静。唐嫆突然害怕起来。他和罗青的话，她能听到只言片语，但是，他给罗青戴在无名指上的祖母绿戒指，唐嫆是看得一清二楚的。戴在无名指上意味着什么，每个女人都知道。

唐嫆明白，靳柯这么做，绝对不是为了安慰将死之人，他是认真的！

唐嫆呆呆站了很久。她能听到心里的世界在轰隆隆地崩塌，她该怎么办？

唐嫆神情麻木地来到三胖背后，单手成掌，狠狠一切。三胖身子震了震，他迷惘地看了眼唐嫆，唐嫆朝他脖子又来了一下，三胖身子抖了一下，眼神慢慢恢复正常。三胖迷糊地问怎么在这里？说着又要去捡水晶头骨，唐嫆一脚将头骨踢开。

三胖问出了什么事。唐嫆将罗驼子要杀三人，头骨迷惑打手，罗青为救靳柯而死的事情都给三胖讲了。

她从雇佣兵背包里找出绳索，让三胖帮她将豹子等人绑了起来。

然后，两人走进正殿，发现大厅四周的烛光都熄了，水槽里的油也干了。大厅里一片黑暗，只有正中火光熊熊，正在烧着一具尸体，火光中，靳柯盘腿坐在地上，他闭着眼，念着咒语。

也不知道过了多久，火光终于熄灭了。靳柯把骨灰装进随身携带的水壶里，唐嫆走了过来，看到骨灰中依然璀璨的祖母绿戒指。她拿布弯腰捡了起来，却烫得吹着手指，另一只手还不停地翻动戒指。

唐嫆好像怕被靳柯抢去似的，把滚烫的戒指放进口袋里，说："这戒指由我保管了。"说着，也不理一脸惊愕的靳柯，察看着大厅四周。

这戒指的重要意义她知道了？唐嫆究竟想要干什么？靳柯看着唐嫆，很想把这些话说出来，但是，话到嘴边他又突然失去了勇气。

唐嫆是一直不知道靳柯有颗祖传的祖母绿戒指，是代代相传，给妻子的。这个消息还是唐幂打探出来的，她每天都在期望着有朝一日能戴上这枚戒指。罗青死时，唐嫆察觉到靳柯情感发生了剧烈的变化。

也许他是愧疚和想补偿，但是，他不能剥夺自己的幸福。唐嫆看着靳柯焚化尸体时，彷徨了很久，眼见着她在他心目中刚建立的情感在慢慢流逝。她必须得行动了，为了妹妹，也是为了自己。

三胖看到唐嫆和靳柯脸色不对。他走上前，拍了拍靳柯的肩膀，说："是人总有一死，只是分早死、晚死，你是靳大仙，你最懂得的。"

"我从没过你这么会安慰人的。"

"是吗？"

“是啊！”

靳柯狠狠一拳打中三胖的肚子，把三胖疼得像虾米那样弯起来了。

唐嫆摸着口袋里滚烫的戒指，心情安定了一些。她看到靳柯朝她笑了笑：“戒指玩腻了，就得还给我。”

“没问题。”唐嫆也笑了起来，心说，这戒指永远不会玩腻。

《考古笔记》前半部被罗驼子抢走了。没有地图，下面该怎么找到喜王玄宫呢？突然，殿角有个人影一闪而过，唐嫆立即叫道：“是罗驼子，站住！”

唐嫆拼命追了过去，接着听到“咕咚咚”的声响。

靳柯和三胖也跟着唐嫆追了过去。

黑暗中，那些文臣武官的雕像在被罗驼子手下劫掠后，都东倒西歪地躺在地上。突然，有一双手把雕像推开，一个人翻身站了起来。

罗驼子望着靳柯他们去的方向阴恻恻地笑，回身跑向了内殿。

室内漆黑一团，靳柯和三胖循声追过来，正好看到唐嫆捡起一颗青玉头骨。

刚才“咕咚咚”响的东西是这个头骨？靳柯暗叫不好。

唐嫆也意识到罗驼子用了声东击西之计，扭身去追，靳柯拉住她说：“罗驼子肯定留了后招，你现在回到内殿，很危险。”

唐嫆看了看靳柯和三胖，两人都挎着一支枪，知道此事不妙，枪还留在内殿里。这工夫，罗驼子可能弄醒了雇佣兵，都武装了起来，这么回去，肯定会撞到他们枪口上。罗驼子这回是铁了心要他们的命的。

想到这里，唐嫆不觉有些暴躁，把手里的头骨扔得远远的。他们所在之处是一个斜坡，那头骨滚了下去，不一会儿便消失在黑暗中。唐嫆问靳柯：“现在我们没有笔记，还怎么找到玄宫？”

靳柯回想着从正殿拐到这里来的岔口，与印象中的地图路线做了比较，他又看了看这里的地形，很有把握地说：“这里应该是左殿的耳室，爷爷用断续线画了个入口，表示这里没有走过，但爷爷根据整体构造，推断这里有入口。我们分开找。”他眉头一皱，“三胖怎么不见了？”

唐嫆一脸惊讶：“刚才他还在的。”

“这家伙总是无组织无纪律，下次给他套个马笼头，看他还擅自行动不？”靳柯心里烦乱，朝着黑暗喊了一嗓子，“三胖！”

“我在这里。”

靳柯和唐嫆循声追到墙角，只见墙角处有一处楼梯，螺旋状一直通到黑暗深处。

那颗被靳柯扔掉的水晶头骨，正在楼梯上跳跃滚动着，而它后面撅着大屁股的，不是三胖是谁？

靳柯与唐嫆下着楼梯，靳柯叫着三胖：“你又发什么神经，那头骨很邪门，你还要拿它干什么？”

三胖继续撅着屁股，追着头骨，回道：“饿死胆小的，撑死胆大的，这头骨没啥了不起的，就那对招子厉害，我把它蒙上不就行了吗？”

靳柯“咚咚咚”连续下台阶，气愤地赶到三胖面前，一把抓住滚动的头骨，朝墙上砸去。三胖怒吼拦住，双手死死抱着头骨。两人互相瞪着眼，谁也不让。

唐嫆上前拍了拍两人的手，夺过头骨，三胖还要评理，唐嫆白了他一眼，说：“这头骨是我找到的，本来该归我，你们俩抢有什么用！”

三胖一愣，赔笑着说：“唐公子，这头骨你也没有用，我这人嘛，最爱这些零碎，你就赏给我好了。”

“你是狗啊！”唐嫆没好气地说。她说着用布盖住头骨，把它装进了背包里。心想等找到机会把它扔掉。

三胖急得抓耳挠腮，但就是拿唐嫆没办法。

石梯螺旋下降，不知通往何处。走了十分钟，螺旋梯变成了坡梯，墙壁上每隔五六米便有一盏铜灯，形状是一条大蟒蜷身昂首，蟒信子是灯芯，血盆大口是盛油的托盘，只不过里面铜锈斑斑，油早就干了。离奇的是，铜灯脚部斜插在墙壁里，跟墙壁像是焊接在一起的。喜王时代已经有了电弧焊接技术？应该不可能，靳柯敲了敲灯脚，应该是用锡做的，用火烧红粘在墙壁上？

靳柯正胡乱猜测着，一阵阵哀乐隐隐入耳，好像是锣声，他摆了摆头，心说自己是不是又产生幻觉了。

音乐变大了，还有许多窃窃私语声。靳柯睁大眼睛，扭头看向唐嫆、三胖，两人脸色惨白、眼神惊恐，只顾往下走，脚步更急。

他想开口说点儿什么，但是双脚却不听使唤，冲着下台阶。他整个脑子里充斥着铜锣、唢呐、圆鼓的声响。

“怎么跟我们小时候听到的送魂乐一样？”

是三胖在说话吗？靳柯想扭头过去看三胖，却发现自己脖子不能扭动了，他的双腿像装了轮子，一直往下滚，耳边都能听到“呼呼”的风声。

靳柯看到一胖一瘦两个小孩儿闯进停尸房，小孩儿揭开了尸体上的白布。老奶奶躺在床上，头发从额前到脑后梳得十分整洁、油光发亮，脸部抹着厚厚的白粉，高突的颧骨涂着腮红，嘴唇红得发黑。她突然睁开了眼睛……“快过来，帮我把被子盖好……”

靳柯想起小时候与三胖参加远房奶奶的葬礼，他们亲眼看着把奶奶装进棺材，接着钉棺、弹线、刷漆，把棺材抬了出去。出殡的队伍在暮霭中缓缓前行，他们穿着白衣服，人人都是悲戚之色，丧乐队跟在最后面，圆鼓浑厚低哑，唢呐尖锐奇特，铜锣清脆铿锵。那两个小孩儿又出现了，他们吹着哨子，把丧乐声都干扰了。那些鼓乐手都围着棺材跪了下来，孝子们不停朝棺材磕头。两个小孩儿还准备吹哨子，突然发现棺材板“砰砰”地响，接着掀开，从里面走出一个穿寿衣的老奶奶，阴惨惨地笑着招手让他过去：“这里有很多好玩的，我带你们去玩。”

靳柯突然感觉脖子上剧痛，眼前的景象顿时全部消失了。

“这石阶好像动了，我们都停下脚步！”

谢天谢地，这是唐嫆的声音。靳柯回头，发现唐嫆揪他之后，双腿依然在下着台阶……

这勾魂乐在狭窄空荡的阶梯中，越来越急促，似乎在和着他们前进的速度打着节拍，先缓后急，与心脏跳动频率共振，一波急过一波，心也跳得越来越快，直欲从身体中蹦出来。楼梯拐角是一堵石墙，三人意识清醒了，却收不住脚。如果以这种速度冲过去，不撞得脑袋开花才怪。

第三十四章

丹 炉

离那堵石墙只有十多米的距离了。靳柯冲在最前面，危险度最高。他脱下背包，弯身前倾，护好脑袋，双手紧捂耳朵。

“砰”的一声响，继靳柯撞墙之后，唐嫆和三胖几乎同时撞到前面之人的身上。靳柯被压在三人的最底下，忍不住痛苦地呻吟了一声。最外面的三胖拿起背包，赶紧站了起来，唐嫆此时也从靳柯背上爬起，两人有靳柯做肉盾，撞得较轻，便伸手扶起地上的靳柯。靳柯手脚撞得全麻，身体是软的，站不起来。

唐嫆知道这是瞬间剧烈碰撞造成的后遗症，便蹲下身子把靳柯靠墙扶好，缓慢地给他抹胸、揉胳膊、捶腿，三胖拿水壶喂靳柯喝了口水，过了半晌，靳柯才缓过劲儿来，虽然手脚还是酸软，却也能走能动了。

“这是怎么回事？”三胖一脚踢在石阶上，台阶发出“咚”的一声，好像是踏在琴键上的声音。三胖脸色煞白，“你们听听，你们听听，这台阶怎么会发出丧乐声？”

靳柯问三胖：“你听到也是丧乐手吹奏的？”

三胖说：“就是我们参加张奶奶葬礼的丧魂乐！”

“我怎么听到的都是‘嗞嗞’声，各种各样的蛇在我身上爬动……”唐嫆吃惊地看着两人，她想了想，又说，“也许，我们都听到了自己最害怕的声音。”

“这里的台阶可能跟北朝天子冢的石阶是一样的原理。它是利用台阶中间的凹槽，形成多个均匀的声波反射和折射面，声音经过不同层面的反射，形成特殊的和声。因此，游客们只要走到台阶上，便会听到‘叮咚’的水滴声。如果放鞭炮，水声更响。”靳柯说。

唐嫆点了点头，说：“我也听说过天子冢石阶发出的怪声。但鬼乐阶好像更高级，它不仅能发声，还能激起恐惧的声音的幻觉。而且，我发现踩在石阶上发出的声音似乎与心脏跳动的频率合拍，导致我们的脚步都停不下来。因为正常成年人每分钟的心跳在 60 ～ 100 次，而鬼乐刺激我们后，能够让我们心跳更快，连带着双腿也不停地运动，停都没法停下来。依我看，这制造者对我们的听觉神经、心脏神经等人体结构也是极为熟悉的。”

靳柯与三胖相视一眼，明白事情越来越玄了。他们现在不担心僵尸鬼怪，最怕的是让人想不到的机关消息，前者大家都有一套看法，有枪在手不怕打不死；后者却是能让你陷进去，死都不知道怎么死的。这确实令人不寒而栗。靳柯推了推面前的石墙，又扳了扳墙角的铜灯，说：“是非之地不宜久留，我们赶紧想办法出去吧！”

话音刚落，没想到那铜灯的灯座竟然移动起来，石墙发出“轰隆隆”的声响，向下降去，中间出现一条通道。

靳柯先用狼眼照了照，延伸到黑暗中的通道望不到底，他犹豫了起来，开门的机关也太容易太显眼了吧！

但现在到了这份儿上，是龙潭是虎穴也得闯一闯了。三人进通道前做好了基本准备，把刚才撞坏的矿灯扔掉了，戴上了登山头盔，装上了打猎用的强光灯，他们知道要进王陵，灯具是准备得最充足的。这种强光灯比矿灯更亮，但是非常耗电，持续照亮的时间只有四五个小时。

三人陆续跨过石门，仔细观察着周围的一切。通道是一个坡度 30 度的坡道，路面有着层层的褶皱，类似于公路上人为降速的防滑道。洞壁光滑如镜，黑黝黝的，用工具敲击，还会发出金属撞击声，绝对不是石头做的。

这明显是在往地下走，大概垂直深度下了两百米左右，来到了一个大厅。厅内摆着九个大鼎，有三米高，重达数万斤，几乎将大厅挤得没有空隙。

三人在鼎与鼎的间隙穿过，三胖却敲着大鼎问靳柯："这鼎里不知道有什么，要不我们上去看看？"

靳柯对三胖说："不用去看了，鼎在先秦以前只是王权的象征，是空的。"

三胖扒着鼎耳爬上去一看，果然如靳柯所料。他垂头丧气跳了下来。

靳柯接着说道："九鼎是王权至高无上的象征。握九鼎就是拥有九州之土，只有天子才够资格。而一方诸侯的攸侯喜只能拥有七鼎，看来他倾周复商的野心到死也没有放弃。"

唐嫆对靳柯说："这正好也印证了我们之前看到的雕绘，喜王死之前，确实想发动与周朝的战争。"唐嫆转到鼎的背面，突然对靳柯和三胖说，"你们来看看这些。"

鼎背面绘着彩图。只见平顶土堆上站着许多百姓，有垒石浇砌的，有扛木做梁的。土堆旁边放着十多口巨大的铁锅，锅里红色的熔浆翻滚沸腾。几名百姓拿着铁钩拉开锅膛，熔浆顺着黑色的管道流到了一个方形大槽里，一时雾气浓厚，云蒸霞蔚。百姓后边出现几何形状的物体。

靳柯凑到近前，仔细瞧看，越看越吃惊，那些几何体竟然像现代工业制造的机器零件，有三角形的角撑架、四方形的轴承、圆形的壳体、圆柱形的螺栓等，商代怎么有能力生产这些机械部件？！

靳柯迫不及待又去看其他鼎上的彩图，将这些画面联系起来，应该是一幅《升仙接引图》。

画中百姓、工匠将平顶大土堆打造成了气势雄浑的平顶金字塔。龙头人身的攸侯喜带领文武百官在塔顶架起三个丹炉，成品字形放置，炉上火光冲天，三条火焰如三条蛟龙，冲上云霄。

攸侯喜站在丹炉中间，高举阴阳螭，那三条蛟龙引来了万里祥云，有身姿飘逸的神仙出现在云中，他们脚下踩着圆形的仙岛，岛内仙鹤和凤凰齐舞。

靳柯马上意识到，他们所在的金字塔，可能就是画中所建造出来的。

“仙岛很像飞碟。”唐嫆贸然的一句话把靳柯的思绪打断了。他凑到唐嫆旁边仔细瞧看，仙岛表层发出金光，下面有喷射状的火雾，好像是点火喷出的火焰。

“如果它真的是飞碟，这画里的内容倒也好解释了。攸侯喜在外星人的指导下，派百姓建造金字塔。建完后，他拿着阴阳螭把外星人的飞碟给招来了，他所谓的羽化成仙就是外星人用飞碟把他接走。”

“我完全支持这种说法，不然又搞鬼乐阶，又做螺丝，就没办法解释了。”三胖突然两眼冒光，“如果能在墓里找到外星人的东西，尸体也行，那是比古董、黄金更值钱的啊！如果外星人带来的什么书能够破译了出来，也许可以解释宇宙诞生、生命起源的秘密。如果这件事情经媒体曝光，我们三人将名留青史，成为世界上第一个发现外星人的人。如果他还没有死，我们帮……”

“停，停！再说下去，你哈喇子都要流出来了。”靳柯打断道。

三人从九鼎的空隙中走出来，经过廊道，发现白骨累累，把廊道都塞满了。他们只好踩着骨架前行，脚下不断发出骨骼折断的“咔咔”声。

这条廊道有数里长，这要杀多少才能塞满。三人本以为殉葬的人只有这些，没想到转过长廊，来到耳室，眼前还是堆满了尸骨残骸，这些白骨划分得很清楚，有武士牲、养狗牲、驾马牲等，身插刀剑、断肢少头、死状恐怖，就光是摆在外面能看到的头颅怕也有上万个。

单看一副骨架，也许就像在看一个实验标本一样，但是数量如此庞大的骨架，产生了强烈的视觉冲击，让看的人脑子里一片空白。靳柯想的第一个词，不是震惊，而是残酷！

除了九鼎殿，这里还有献宝殿、华盖殿、礼宾殿等，靳柯极力挥散低落的情绪，集中注意力回想笔记内容和地图路线，他想到玄宫的秘道就在献宝殿里，那里有三个丹炉，均是喜王向神仙祭献的礼物。不过，爷爷笔迹潦草，在献宝殿里不会是发生了可怕的事情吧？

三人商议后，分头寻找献宝殿。听到这个名字，三胖情绪高涨，对靳柯和唐嫆说："你们谁都别跟我争，这个头功是我的！"

"看你立功心切，让给你了。我们等你好消息。"靳柯说。

约莫二十分钟后，三胖气喘吁吁跑了回来，对靳柯和唐嫆说："我找到丹炉了！"

三胖带路，把两人带到一个阔大的石门前，门栏上雕着仙禽瑞鸟，进入门后，眼前的黑暗一扫而尽，三胖早点着了殿周立着的大铜灯。

这是一个上千平方米的石头房子，穹顶绘着古代的北斗星宿和八卦图案，石房正中放着三口丹炉，呈品字形排列，每个丹炉十分高大，炉盖紧闭，炉身挂着两个耳环。

丹炉的南面，挨近门口的地方，横躺着一块梭形巨石，它被分成三部分，前有枕石，后有缚腿，中有束腰，两侧是箍绳。

巨石上刻着雕画，靳柯和唐嫆弯着身子瞧看。

三胖却拉住靳柯，指着丹炉，不耐烦地催促道："这些丹炉就是喜王给神仙献宝的，有不少宝贝，你快来帮我撬开炉盖。"

"饭要慢慢吃，小心噎着你了。"靳柯说着便不再理会三胖，继续低头看着雕画。急得三胖围着他打转，没待上一分钟，便跑出殿外。

雕画的内容很简单，画面正中是一个躺在白色梭状平台上的奴隶，他身上被绑得牢牢的，全身赤裸。旁边一个头戴高帽，身着玄色上衣，腰系玉带的人，还是龙首人身，应该是攸侯喜。他抽出佩刀掏出了奴隶的心脏，扔到随从捧着的玉盘子里。而玉盘中已经堆了七八颗还在跳动的心脏。画面虽简单，但奴隶挖心时惊恐的眼神，跳动的心脏都雕绘得极为逼真，让人身临其境。

唐嫆本来是挨着平台的，看到这里，不由得退了一步，对靳柯说道："这原来是攸侯喜的解剖台，画中绘的颜色是白色，没想到现在都被血染黑了。这该杀了多少人啊！"

靳柯说道："商代自纣王以下，诸侯大臣均对人体结构颇为好奇。

纣王为人所熟知的两桩暴行，比干挖心，孕妇剖产，都与解剖有关。攸侯喜是他手下爱将，恐怕也沾染此恶习。商代那些贵族草菅人命，解剖人体极为残忍，除了宗教献祭之外，更主要是因为好玩儿。也唯有如此，后代才会出现扁鹊、华佗等神医，他们是直接受了商代人体解剖的影响。不然华佗何以信心十足提出要给曹操开脑破颅。”

唐嫆点头说：“只是，画中的攸侯喜只是摘下人心，并没有涉及真正的解剖，这是怎么回事？”

靳柯说：“攸侯喜可没有把挖心当成解剖，这只是一种宗教祭祀，他可能认为神仙吃人心吧！挖心祭祀，可能源于玛雅，也可能源于貊咒。但我觉得后者的可能性比较大。貊咒是一套很系统的巫术体系，以追求重生为终极目的，一切具有重生意象的事物都被他们视为图腾。人体中除了头发割断可以再生之外，他们还发现人的心脏被取出，还能在体外存活一段时间，于是也将心脏视为圣物崇拜。攸侯喜深受貊咒影响，也把心脏当成圣物，挖得越多，招引仙人的概率会更大。”

画面往下，跟前面看到的雕绘有些相似：攸侯喜身披人皮，一手举着满盘心脏，一手举着阴阳螭，三口丹炉火光熊熊，也不知道烧着什么东西。唐嫆说烧的是尸体，靳柯不同意，认为丹炉里的东西是神仙感兴趣的，应该具有象征性。

门外，三胖兴冲冲跑了过来，正好听到靳柯与唐嫆的话，他不知道从哪儿找来的一根撬棍，把地板敲得“咚咚”响，说：“你们在这里瞎猜测有什么用？丹炉就在眼前，我们打开看看不就知道了吗？”

靳柯却一脸担忧，笔记中这一段文字非常潦草匆忙，考古队可能遇到了什么。

“老爷子肯定看到了不可思议的宝贝，太激动了！”

“你以为都像你啊，见了宝贝都忘了自己姓什么。”

这三个丹炉形制相同，大小一样，只是铜绿颜色深浅不一。

三胖着急要打开的是品字头上的淡黄色丹炉。丹炉上面铺着一张韧性极好的牛皮，要掀开，先得把牛皮除下来。

三人踩着炉把，各自用刀割开一边，当靳柯割到一半时，突然发现皮上有两个圆圈，晕黑，凸起，靳柯吓了一跳，不由得往后退，差点儿从炉上摔了下来。唐嫆与三胖问他发现什么了，靳柯指着两个圆圈："这是乳头。"

唐嫆仔细一看，也是头皮发麻，这不是一张人皮，而是很多人皮缝合起来的，有很多这样的乳头，只是日久年深，很多乳头陷了进去，变成一个个黑圈，靳柯当初还以为只是纹饰的图案。

"这里有上百张人皮？"唐嫆还不敢肯定。

靳柯也注意到人皮之间缝合的细线，脸色十分难看。他点头对唐嫆说："玛雅巫师在祭祀时也会披人皮，但是是披一整张，而这里却是由无数人皮缝合而成的，而且都是女人皮。"

眼见就要把皮剥开了，丹炉的第一层保护壳就要去掉了。三胖可不想半途放弃，他边割着人皮边问："女人皮跟男人皮有什么不一样？"

靳柯说："信奉貊咒的人崇尚阴阳理论，攸侯喜是男人，肯定要披女人皮，这才符合貊咒的成仙理论。貊咒认为世界万物阴阳互补才臻完美，纯阳纯阴，简单地说，男人和女人作为个体都是有缺陷的，无法长生成仙。如果采集异性的人皮，就能弥补缺失，完成成仙之举。"

此时，三胖割开了绷炉的人皮，掀到一边，炉盖上呈现出了它原始的样貌，上面绘着一幅画，画里人物生动、线条流畅。

三胖并没有觉得这画有什么奇特之处，但是靳柯与唐嫆看到后，脸色立即变了。

"这是一幅宇航图。"靳柯与唐嫆几乎是异口同声喊了出来。

"你们别老这么一惊一乍行吗？我胆子小。"

炉盖上的图绘跟墨西哥帕伦克遗址中发现的帕克·沃坦棺盖一模一样。只见炉盖上面刻满了花纹图案，中间是一个青年的浮雕。这位青年的动作显得有些怪异，他身子向前倾斜，全神贯注盯着正前方。右手呈拈花状，似乎在捏着什么小仪器，而左手微蜷，在握着把手状的物体。在青年的四周全部是装饰性的花纹，有几何形的，有齿轮状的，还有顺滑的弧形，整体看起来，青年与周围的花纹融为一体，充满速度感。

发现这幅浮雕时，考古学家们都感到惊奇，认为这幅图是一幅完美的动感艺术画。可是到了 20 世纪 60 年代，世界航天技术有了迅猛发展，宇航器被发明了出来。再来看这幅画，就不一样了。

青年人的穿着与当时的玛雅人迥然不同，他的衣领是圆的，腰间围着一块像机关枪子弹带的竖条纹宽皮带，肚脐处有一个安全扣，手腕有护腕似的袖口，裤子呈网格状，并且在脚踝处倒卷，紧紧勒住了腰踝。他弯腰屈膝，神情专注地目视前方的仪表盘。

他正坐在火箭助推器一样的座位上，右手指在调节什么，左手把着方向柄，右脚脚板微露，似乎在踩着刹子，而左脚后抵着一个齿轮状的东西，脚下是有着三四道槽痕的踏板，后面有火焰腾飞的图案……

靳柯指着图案下铭刻的玛雅文字，对三胖说："这行字我记得说的是'白色的太阳之子，效仿雷神，从两手中喷出烈火'……"他顿了顿，接着说，"当时考古学家拍下这幅图寄给了美国宇航局，那些参与航天器设计的专家无不感到震惊，他们喊道，了不起，这是古代的宇航器！"

听完这些话，三胖兴奋得手掌一片湿润，他强装镇定地说："这幅浮雕他们直接从玛雅抄过来，也没什么大不了的啊！"

唐嫆激动地接道："所以，只要打开炉盖，便能揭开是不是攸侯喜带回了外星人的秘密。"

说完，唐嫆和靳柯抬起炉盖一角，三胖将撬棍插了进去，三胖双臂把着撬棍，身子往下一弯，炉盖"咯咯"动了起来，唐嫆和靳柯撑住炉盖，用力把它推向一边，直到容出一个人进出的大缝儿。

三胖最急，探头往里一瞧，顿时傻了眼，偌大的丹炉竟然只放着一块圆石头和一个普通的大贝壳。三胖跳进去，准备把它们捡起来，没想到因为年代久远，石头和贝壳在触到的瞬间变成了粉末。

三人面面相觑，都不明白攸侯喜大费周章放这两样东西干什么。

接着三人又割开人皮，打开了第二个炉盖，里面装的是一块不规则的红石，呈四方柱状，光泽明亮绚烂，在灯光下如钻石般闪闪发亮，三胖大为振奋，以为是红宝石，但唐嫆却认出它只是一块比较罕见的金红石。

金红石一般深藏在地下上千米，储量比金刚石还少，它的主要成分是二氧化钛，是炼钛的重要矿物原料。唐嫆当特警时，曾经出勤保护过一位女航天设计专家，在她家里的杂志画册里看到过这样的石头。

靳柯拍了拍三胖的肩膀，打趣道："胖子你也不用灰心丧气，这金红石我虽然没交易，但看着也是宝贝，回去能卖。"

三胖苦着脸说："再好卖毕竟是普通矿石。"

唐嫆笑了，对三胖说："金红石提炼出的钛主要用于航天航空等军工方面，比等量的黄金贵重多了。不过，这么一小块儿，恐怕炼不出一克。"

"你是说航天航空？"

"对，有什么问题吗？"

靳柯脑中闪出个念头，说："攸侯喜也许真的跟外星人有联系，那条他从玛雅抓回的羽蛇神恐怕就是外星虫子。"

面对两人疑惑的表情，靳柯把刚才的想法说了出来。他说，第一个丹炉里见到的圆石和贝壳，其实就是玛雅人的计数符号，分别代表着"1"和"0"，这是二进制计算的基础，特别是玛雅发明的"0"的概念，造就了二进位法，并使记录与计算庞大的数字成为可能。玛雅人那些"卡吞""阿拉吞"等，动辄计算数十亿的"天文"数字，也得益于这最基础的"1"和"0"。美国寻找地外文明的科学家，利用光波发射到太空，其表达的也只是简单的数字"1"和"0"，因为"1"和"0"不仅是全人类，而且是整个宇宙通用的语言。

唐嫆这下也明白了，她接着靳柯的话头说："钛是宇航器的生产材料，攸侯喜放在丹炉里，也是在向外星人示好。"

"对。我们走过的鬼乐阶，恐怕也不是古代人想出来的设计，而是在外星虫子的指导下，用特殊金属制成的机关。"靳柯说道。

听了两人的话后，三胖亢奋得像打了鸡血："我靠，胖爷今儿中大奖了，我们快来看看第三个丹炉放着什么！"

三人迫不及待地爬上第三个丹炉，但是，靳柯很快注意到，丹炉人皮已经被扯开，炉盖也有撬过的痕迹，第三个丹炉显然曾经打开过。

是不是爷爷他们打开的？靳柯突然感到隐隐不安，不由得警觉起来。

炉盖刚打开，迎面扑来一股福尔马林液的气味，三人不由得捂住鼻子，再仔细一看，不由得吓了一跳。

只见炉内装满了红色的液体，上面漂浮着数十颗人类的心脏，那些心脏还在有节奏地搏动着。

三人感到恶心，本能地跳下了丹炉，他们没有注意到，红色的液体突然像煮开了似的翻腾起来，心脏在上面快速游动。

三人刚落地，一条红色的东西从上面倏地蹿出来，直扑唐嫆。唐嫆应变奇快，侧头躲过，靳柯正要来救，正好撞上红色的东西。

靳柯“呜呜”出声，大张着嘴，而嘴上正是红色的蝓指虫王后，它大部分身子已钻了进去，只有小半截身子还留在外面。靳柯伸手去拉，但是抓到的却是一手的黏液，王后钻得更快了……

第三十五章

咬虫子

三胖挥刀要砍掉王后的屁股，唐嫆连忙制止，她在炉壁上抹了些灰，去扯王后的尾巴，但一用力手就滑，不用力却又感觉到王后往里面钻了一寸。

普通的蝓指虫钻进皮肤都很要命，更何况是钻到嘴里，而且还不是普通的蝓指虫，是能飞的王后，难道得用刀剜破靳柯的脸颊才能救他的性命？三胖在旁边干着急，拿着刀不知道如何是好。

唐嫆用防风火机去烧王后，王后膨胀了起来，颜色更红，唐嫆本以为它膨胀之后，会卡在靳柯嘴里，让她有更多的时间考虑怎么办。谁知道王后的伸缩性与弹性非常惊人，这时尾巴鼓起像鸡蛋那么大了，竟然还能一寸一寸往里钻，现在留在外面的部分只剩下两厘米长了。

从靳柯翻着白眼，鼻翼紧皱的样子看来，王后不光是尾巴膨胀，它的头也在膨胀。现在靳柯的喉咙已被王后顶得胀大，几乎到了窒息的边缘。

再想不出办法，只能眼睁睁地看着靳柯死去了。唐嫆也急了，伸出手去抠王后，她的指甲深陷进肉里，但是没有作用，王后还是在往里钻。

三胖眼睛通红，大吼一声，拿刀比画着靳柯的脸颊，说："你别动！"

他叫靳柯别动，自己的手却颤抖起来，刀尖颤动着，贴到了靳柯的脸颊，就要割下去。

靳柯双手使劲儿卡着脖子，期望阻止王后往喉咙里深入，但是，王后背部的指甲硬块和骨翅像玻璃一样划拉着靳柯的喉中间腔和声带肌，靳柯能感觉到它每一次的蠕动，不可控制的，眼泪“哗哗”往下流。

靳柯这么痛苦，三胖快要把刀插进去了。唐嫆急得眼泪都快流出来了。

又有两个王后从炉里蹿了出来，直扑唐嫆，唐嫆杀意顿起，当即两刀就将王后料理了。

这时，她脑中突然灵光一闪，寻思着，三胖站得跟她一样近，这两只王后为什么只咬自己？而且先前钻进靳柯嘴里的王后，也是最先扑向自己的。它们似乎对自己情有独钟。再联想到以前王后常常追自己的情形，唐嫆脑中闪过一个大胆的想法。

三胖的手抖得非常厉害，刀尖已划破了皮肤，鲜血冒了出来。唐嫆突然冲了过来，将夺刀、扔刀等动作一气呵成，她上前贴着靳柯，双臂一拢，抱牢靳柯的脖子，同时把嘴往前一凑，一口咬住了王后将要钻进去的尾巴。

王后一阵扭动，它感觉到了唐嫆的气息，停止再往里钻。

这一切来得太快，只在电光火石间，三胖的刀子被打掉，正要发火，突然见唐嫆跟靳柯同咬一条虫子，不由得十分惊讶，在这么紧张的时刻，他脑子里却想着闹洞房时，新郎与新娘同叼一个苹果……

可是，当三胖看到王后慢慢从靳柯嘴里爬出来，扭动身体倒退着往唐嫆嘴里缩的时候，三胖真是又惊又喜，对唐嫆的机智聪慧佩服得五体投地。一路走来，他们一直都在奇怪为什么王后的主要目标是唐嫆。虽然还没有找到答案，但唐嫆利用这个“规律”找到救靳柯之命的办法，实在是常人难以想到的。

王后从靳柯嘴里慢慢退出来时，靳柯刚才的慌乱、恐惧一扫而空，他配合着慢慢拉开与唐嫆之间的距离。这样，王后虽缩进了唐嫆嘴里，但是腹部有一大段是露在外面的。

唐嫆眼疾手快，拼力将王后拉出，扔到地上，还没等它落地，忍了很久的三胖一铲将其拍成肉饼。

这个时候，丹炉里又传来拍水声，那是王后脱离心脏、鼓动翅膀发出的声音。三人哪敢多想，立即爬上炉顶，拉开炉盖将其盖好。

刚才生死一线，靳柯几乎虚脱，他坐到地上，喘了半天气才缓过劲儿来。但是，他脑子里还在闪现着刚才王后钻进喉咙时的景象，那些景象告诉他一些远古发生的事，曾经看过的壁绘，都活了起来，像录像片断一般在他脑中不停切换，信息量大得让靳柯的脑袋要爆炸。

靳柯摆了摆头，深深吸了一口气，这才感觉好受些。

唐嫆恶心得不行，拿着水壶，一边干呕，一边拿水漱口。

三胖怒骂道："这攸侯喜纯粹是一个小人，先前两个丹炉搞些破玩意儿，一点儿事也没有，看准了我们松懈下来，第三个突然飞出王后，想要置我们于死地。这样的人渣，不撬他棺材，对不起养他的娘老子。"

靳柯站起身子，对三胖说："现在确定这墓里有外星虫子，虽然不知道它来干什么，但绝对不会是来地球观光旅游的。你赶紧收起那份淘宝贝的心，一切的一切，还是保命要紧。"

说着，他凑近唐嫆身边，看着她吐出来的水有没有血，见王后并没有在她嘴里弄出伤口，悬着的心放了下来。

王后把丹炉盖撞得"咚咚"响，这炉盖要三人合力才能抬起来，靳柯倒并不担心王后飞出来。只是，待在这里，谁也不知道后面还会发生什么。靳柯对唐嫆和三胖说："三个丹炉是明显的标志，这里一定有通道通往墓道。"

三人短暂休息后，便分头寻找。三胖摸着墙壁，唐嫆察看着解剖台，靳柯也跟了过去。他跟唐嫆想到的一样，如果有机关，这解剖台最有可能。但搜索半天，却没有任何结果。

就在这时，解剖台从中中间裂开，许美灵从里面探出头，朝他们招手。三人一愣，跟了过去。

"会不会是陷阱？"唐嫆说。

"火坑也得跳了。"靳柯警惕地跑在最前，许美灵突然不见了。

唐嫆扔下冷烟火，可以看到洞底。她走到另一边，换了角度，发现洞壁上有银光闪闪的黏液："可能有虫子！"

说着跳了下去，靳柯、三胖也陆续跳下。

墓道土质松软，是混合土。而这里的土又黑又坚实，不像是墓道。地面上沾满了黏稠的液体，每次抬脚，脚后跟都带起丝线，看起来像是有很多虫子爬过留下来的。这应该是虫道。

虫道幽深潮湿，穹顶和地面都有黏液，在灯光的照射下，发着清冷的光，不知道从哪儿吹进来的风，阴森森的，三人有种浸在水里的阴冷感觉。但是，这里的空气含氧量非常高，众人吸着感觉神清气爽，依然警惕，许美灵绝不会好心地把他们引进来。

为防止滑倒，三人放慢脚步。虫道越走越宽，停脚处宽有两丈，前方出现了一团白乎乎的卵球。靳柯小心上前，看到卵球是一个透明的茧，茧内蜷缩着一个人，肌肤如常，面色平静，好像在沉睡中。四个卵茧呈环状形成一个大圆，大圆里交叉着两条脐带，构成"X"形。

四个卵茧里的每个人的双耳长出一根软管，与其他三人耳中伸出的软管螺旋连接，而软管和脐带内竟然爬动着红色的蛐指虫王后。

放眼望去，灯光所及的范围内，全是这种四个卵茧形成的大圆。

三人大气都不敢出。他们不明白为什么要把人做成卵茧的方式，是做什么用的，什么时候开始有的，为什么时间在他们身上没有留下一点儿痕迹？

从双腿尾缠人俑到反身连体人环，再到四人耳管连环，衔接度的圆润层次一次比一次提升，一次比一次更自然。难道现在见到的这些巨大卵球都是貊咒之术的应用版？还是这些就是外星虫子的杰作，它制造这些有着不可告人的目的？但是攸侯喜跟外星虫子又是什么关系，三千多年来，不论是人，还是虫子，应该都死了。但是这些卵球里的人都穿着衣服，除了有商代、周代、春秋战国、秦汉唐宋……竟然还有穿现代夹克与裙子的。靳柯沿着虫道走去，目光一刻也没有离开这些卵球，越看越震惊，越看越迷惑。

众人都小心翼翼地前进，步伐很轻，他们把头上的强光灯都调暗了，仿佛生怕吵醒这些熟睡中的人。

沿着虫道大概走了半个小时，转角处突然出现一块高大的神功圣德铭碑，铭碑是墓道里记录帝王生平、歌颂功绩的，但是这块铭碑却刻着奇怪的浮雕。

碑上雕着四个背着树枝的男人，分站四方，拿着一根木棍，指着从外分出四个方框的小圆，而这些小圆又环绕着一个外缘有很多锯齿的大圆，大圆内交缠着两条角龙。

三胖突然想了起来，他说："这幅图我们是不是见过啊？"他用手指敲了敲脑壳，叫道，"我记起来了，在蓝尸的棺盖里，好像有一幅一样的。"

唐嫆说："当时蓝尸玉棺破损，导致那幅画不完整，所以我们没有想到其中的含义。"她看了一眼靳柯，说，"其实这幅图跟玛雅《保基亚古抄本》中的DNA图很相似。"

三胖说："我觉得你们越说越玄乎了，怎么又跟DNA扯到一起了？"

靳柯看唐嫆专注地盯着图中的双龙，便向三胖解释说："这幅图从生物学角度看，四个男人小刀指的就是氨基酸，而四个方框代表着组成氨基酸的四种基本元素：氢、氧、碳、氮。而锯齿状的大圆则是细胞，其外面刺状的东西正好是细胞膜，细胞里面的双龙线条，正是遗物物质染色体X、Y。"

话音刚落，唐嫆指着双龙："你们快来看这里。"靳柯和三胖凑到近前，把光亮聚焦，打到图上。

"红、黑双龙呈双螺旋纠缠，双龙的鳞片上挂着无数水泡，水泡内就是我们刚才看到的卵球。"唐嫆的手往下挪了下，说，"这里，他们耳朵里伸出了软管，横连着另一条龙的卵球耳朵。"

靳柯说："喜王恐怕是想把自己的DNA改变成外星人的。我们一路过来，碰到的虫子不是蝓指虫就是太空不死虫，而这两种虫子有一个显著的特征。而这个特征正好跟貊咒重合。"

"你是说雌雄同体，重生？"唐嫆反应很快。

靳柯点了点头，说："虫子的雌雄同体对应着貊咒的阴阳缠体，虫子的再生能力对应着貊咒的重生成仙。”

唐嫆说：“这样一说，攸侯喜是利用貊咒邪术、玛雅巫术及外星虫子教的理论构造了一个他自己的重生成仙的体系，并造了一个藏风纳水和有效防御闯入者的神仙墓。”

“还不仅如此，它制造这些虫子和卵球应该还有的能出陵墓。”

“怎么讲？”

“这些卵球中的人穿着登山服很好理解，他们应该是探险时被蝓指虫袭击了。但是，为什么现代人中还有穿裙子和夹克衫的，他们穿这些便装来探险旅游的可能性很低，但是为什么他们也成了虫卵？”靳柯自问自答道，“虫子和卵球里的虫人还能走出陵墓，幂幂和爷爷身体里恐怕就钻进了红色蝓指虫，他们发作之后，就会咬人抓人，感染第二个人，但是，他们都活不长久……”

靳柯没有再说下去，他突然想到母亲和唐嫆的父母，神色黯然，恐怕他们在考古和地质探险时被这些虫子钻了进去，这才会变得像在地上爬的虫子。

三十年！一年前，爷爷接到的病毒报告说他最多活十年，靳柯想着，从十岁被抓伤的那一刻起到还能活下去的二十年，正好是三十年。也就是讲，这病毒能蛰伏二十年，也许十年后，他不是真正死了，而是来到了这个鬼地方，成为一个虫卵，就像那些蜷缩在卵球里的夹克衫和裙子一样。

如果没有找到解毒的办法，恐怕被唐幂抓伤的唐嫆和三胖在二十年后也都会落得如此下场。靳柯心中一阵悲凉，心中产生了一种不好的预感。他记得笔记中讲过，穿过虫道就是喜王的玄宫了。前途未卜，即便凶险无比，也只能硬着头皮上了。

三人将弹匣装满子弹，紧紧握着枪，向前走着，他们紧张而警惕。

转过铭碑，呈现在他们眼前的却是数十条虫道，大小跟他们所处的虫道一样。

该走哪一条？哪一条又没有危险？靳柯记得笔记中没有讲过，唐嫆和三胖更是不知道。虫道还是如往常一样平静，只是太平静了。

突然，寂静的洞中传来蚕咬桑叶的声音，三人转头望向墙壁的人茧，顿时头皮发麻，只见那一组四个茧卵里的人同时睁开眼，冷冷望了过来，但他们尖利的牙齿并没有停，还在咬着就近的茧皮，只要咬破一个窟窿，他们就可以钻出来了。

其中有一个穿中山装的男子侧身弯起腰来，他的后背顿时呈现在三人眼前，背部竟然有一段白色硬块，他的脚长到了一起，他的手融进了身体内，从侧面看这人更像是一条大号的蝓指虫。

隔壁虫道传来惨叫声和枪声，罗驼子他们可能已经遇到了破茧而出的虫人。三人不由得紧张起来，准备随便找一个虫洞钻进去，但是，他刚跨出脚步，三人头顶上的强光灯突然没电了。

他们同时按亮强光灯，没想到这三个灯如此默契，偏在节骨眼儿上一齐罢工。世界顿时陷入黑暗之中。他们翻遍背包，这时才发现，包里没有照明用具了，刚才下洞前唐嫆扔下的冷烟火是最后一支照明用具。

三胖翻出手机，打开手机电筒照亮。他刚要照向前方洞口，突然一阵疾风将手机撞落在地，手机光亮熄灭前的瞬间，他看到一团白影冲向唐嫆。

黑暗中，只听唐嫆与白影拳脚来往，“砰砰”乱响。靳柯与三胖循着声音赶去援救，突然唐嫆尖叫一声，他们先是听到重物落地的声音，接着听到麻袋拖地的“嚓嚓”声。靳柯与三胖向声音传来的位置打去，两人同时“哎哟”了起来，他们竟然打到了彼此。

靳柯知道唐嫆出事了，越来越慌。他和三胖蹲在地上，伸手乱摸。三胖终于摸到了手机，打开电筒一照，只见对面的虫道里，一个白衣女人抓着唐嫆的头发，拖着她快速拐过转角。

第三十六章
大奶尸

靳柯感觉热血一下子冲到脑门儿，他想也没想，冲了过去。地上出现一道粗大的拖痕，许美灵竟然敢拖着唐嫆走！靳柯怒不可遏，也没注意脚下的路直着往下，呈一个60度的大斜坡。靳柯没有防备，顿时摔了个跟头。

地面的黏液又稠又滑，靳柯刚爬起来，又摔倒在地。

靳柯干脆坐在地上，身体前倾，两手作动力，以黏滑的虫道做滑道，极速滑行，遇到拐弯处，就用双腿或手撑一下墙根儿，控制好方向。但是白衣女人速度非常快，早已消失了踪迹，摸到地上有唐嫆衣服的碎布，靳柯的一腔怒火化成了焦虑担心。

此时三胖也追了过来，虫道两壁都是人做的茧卵，黑暗中，只见无数道绿光冷冷地射着他们。靳柯拼命划动手臂，改变方向时，也不管是不是蹬到茧卵上。但是，那些茧卵被他踢动，也跟着他的屁股追了上来。

靳柯没工夫跟他们周旋，离得近的，掏出MP5一顿扫射，三胖在后面冲靳柯大叫道："哎哟，你认准了，我还在你屁股后头呢！"

靳柯在虫道里像过山车一样绕来绕去，大约过了二十分钟，突然身子往下一栽，掉进了一片光亮之地。

靳柯刚爬起来，就忘记了那些圆球紧贴后面，顿时被圆球撞得背部剧痛，赶紧连滚带爬，远离洞口，三胖哇哇乱叫，随后跟到。

两人站起来一看，只见这是一处巨大的宫殿，宫殿门口点着巨大的油烛，金银玛瑙珍珠翡翠钻石玉石夜明珠堆积如山，这片宝山光亮闪闪，晃得眼睛睁不开。三胖揉了揉眼睛，再仔细一看，只见宝山中间矗立着一块巨大的金红石矿，上面布满四方柱状和针状晶形的红色、褐色金红石，左边堆着龙、虎、熊、狼、犀等猛兽形状的奇玉，右边堆着珠宝坠满的金缕衣、白银铠、凤凰冠、麒麟靴等，长寿龟、丹顶鹤、金丝猴等用纯金打造，这些全部被珍珠、玛瑙、夜明珠等小件珠玉覆盖，三胖见到的只是冰山一角。总之，这座宝山最高处高达五米，几乎贴着穹顶。

靳柯一阵目眩神迷，想到唐嫆生死未卜，定下心神，用力踢开散落四处被黏液黏着的珠宝，开出一条道路，他一边翻着宝山，一边呼喊唐嫆的名字，叫了几声后，竟然听到唐嫆的回应，靳柯心中狂喜。

“我在这边。”

“你有没有受伤？”

“不碍事……”停了有三四秒钟，那边又传来声音，“你快来吧……”

唐嫆声音发颤，她遇到再大的困难，都会咬牙扛住。靳柯从来没见到她如此无助，心里更急了，他乱抓乱蹬，满山的宝贝翻滚下来，发出“叮叮”脆响，但这一切早已被甩在脑后了。

三胖看着这一地的宝贝，失神将近有五秒钟，他也没看清是什么，忙抓了几把宝石塞进兜儿里，心说，等着吧，救回唐公子，胖爷就来收拾你们。想着，他吞了吞唾沫，忍不住又多看了几眼，突然他伸手给了自己一嘴巴子，暗骂自己没出息，大喊着：“我来了！”说完他便追上靳柯，也向上爬去。

宝山另一边，地上滑如冰面，到处都是银光闪闪的黏液。唐嫆好不容易从地上爬起来，她衣服顿时黏了好几颗珍珠翡翠。

她摸了摸被扯得发痛的后脑勺儿，向上望去，只见殿顶梁柱上镶嵌着十多颗鸡蛋大的夜明珠，将玄宫的珠宝世界照得美轮美奂，如走进了梦幻宫殿。

宫殿两边都是卵茧，卵内是穿着各朝代衣服的男男女女，如同虫道里见到的一样，四个一组连成大圆。而这些大圆的卵茧内，竟然也有失踪的几名考古队员，他们手里抓满了珍珠宝贝，却突然像琥珀一样被封在里面，连神态动作都保持着原初的狂喜。唐嫆不由得叹息，“人为财死，鸟为食亡”这句话说得不错。

唐嫆一一看过去，突然发现靠近角落里面一层的卵茧里，竟然有一个她最亲的人——她的母亲。

母亲年轻时的照片她一直留着，那是一张黑白照，如瀑的黑发，灵动的眼睛，充满青春活力的笑容……原来她一直在这儿。

唐嫆百感交集，不由地想去触摸母亲的脸，但是当她真的走近时，她又害怕了，她害怕这张美丽的脸突然长出獠牙，突然变得可怕。

当她驻足不前时，她注意到这边卵茧里的人竟然在形体、相貌、眼角眉梢上都与自己与母亲有几分相似，当唐嫆意识到这些人是她的族人时，却陷入一种莫名的恐惧之中。一切，好像只是一个圈套，一个引她来此的圈套。

唐嫆慢慢退后，余光看到了许美灵。唐嫆很想质问她这都是为了什么！但是她只是嘴唇动了动，许美灵目光空洞、表情呆滞，如木偶一般站在一具大棺材边上。

这具大棺材一直在大殿正中，这些卵茧只是分左右排在两边，而她竟然一直没有注意到。这个时候，唐嫆听到了靳柯的喊叫声，她回答着，竟然感觉到了自己声音的颤抖。

唐嫆不由得深吸了几口气，这空气竟然无比的鲜美，她去氧吧也没体验到如此纯净醇香的氧气。唐嫆终于平定了思绪，恢复镇定，她盯着黑色的棺材。

这棺材像是陨铁打造的，上面坐着一个人，体形魁梧，头蒙红布，披着银铠，此时铠甲散开，露出了胸口，胸口起伏不停。最离奇的是胸脯一抹雪白，胸部有三块灰暗的尸斑。

肩膀以上被红布蒙着，看不到它的喉结，唐嫆特意去看它的手，却发现它的手掌粗大、骨节粗壮，手是男人的手，但胸脯却有着女人的特征。喜王是阴阳人？！

突然，似男似女的喜王肚脐内伸出触角，插进许美灵的身体。许美灵颤动起来，红色的液体通过触角快速流入大奶尸体内，当触角离开时，许美灵也瘫在地上。

唐嫆利落地取下步枪，打开保险、扣扳机、瞄准几个动作一气呵成，只要它敢动一下，就开枪打死它！

远处传来匆忙的脚步声，三胖紧追着靳柯来到了面前，正好看到了大奶尸伸出触角吸血这一幕。

大奶尸的触角伸了出来，在三人面前试探着，仿佛确认着什么。

三胖心说，看这架势就知道你是大 Boss，不先下手为强，我们都得遭殃。“你个半男半女的死妖精，今天胖爷再让你死一次！”三胖拉上枪栓，对着那个大奶尸就是一通扫射，打得它连连后退。

靳柯与唐嫆见三胖出手，纷纷对着大奶尸扫射起来。大奶尸并不动，但是它周边的卵茧突然都滚到了他的面前，作为盾牌挡住了绝大多数的子弹。只见里面的虫人都睁开了眼，被子弹打得惨叫不断。

靳柯看到这大殿内上百个卵茧全是喜王的杰作，怒火更盛，他冲上前，拨开那些还没有攻击力的卵茧，钻到里面去对着喜王开火。

突然两个卵球滚到他的面前，靳柯抡圆胳膊，正要用枪托把它们砸到一边，没想到余光看到那卵球里的人竟然是他的母亲和父亲。

已经隔了二十一年，母亲和父亲依然还是那么年轻，没有一丝衰老。如今与儿子重逢，父母脸上却是怨毒的表情，他们的眼睛是红的，死死盯着靳柯。父亲继续啃着茧皮，母亲却抬起獠牙，对着靳柯滴着涎水，恨不得把他吃进肚子里去。

靳柯不由得后退了两步，突然大吼着上前，把他们砸退，愤怒地冲到喜王面前，矮身避过一条触角的横扫，滚地而上，蹲射数枪，打得喜王踉跄怪叫，一屁股坐在地上。靳柯跃起，黑洞洞的枪口顶住了喜王蒙着红布的“头”，说道：“你给我去死！”

突然传来一声空响，靳柯这才意识到由于刚才的扫射，子弹已经被打光了。靳柯气得跳脚，他也是狠角色，突然倒转枪托，抡圆了朝着那块红布砸去。但是一股巨力突然抓住了枪，靳柯还没反应过来，枪甩到了墙壁上，被砸得零件乱蹦，枪已经废了。

那根触条像条巨蟒横甩过来，将靳柯拦腰卷起，举到空中。靳柯用力往外扳着触角，但怎么也扳不开，手臂粗的触角越缩越小，靳柯衣服扣子“嘣嘣”乱掉，脖子粗了半圈，身体骨骼发出“咯咯”的声响，眼见着就要被勒成两截儿，唐嫆扫射打断触条，靳柯从十多米的高空掉下，砸到一个卵球身上，顿时把那个刚从卵球爬出来的虫人砸成肉饼。

唐嫆见靳柯没事，趁热打铁，一阵扫射，把喜王打得筛糠般乱抖，再次重重摔倒在地。唐嫆扔枪，抽出匕首对着它的胸膛连插十几下，绿色的液体冒了出来。唐嫆抹了把汗水，探手要掀开它蒙着的红布，突然红布无风自动，掉落下来，它项上只有颗碗大的瘤疤，头不见了。

唐嫆心里一惊，本能地后退，只觉得腰上一紧，喜王不知什么时候站起的，项上的瘤头伸出两块舌头交缠的触手，猛地插向唐嫆的嘴里。唐嫆甩头堪堪避过，那触手上长得密如发根的绒刺，在她脸上划出一道血痕。

那触手一击不中，又插了过来。唐嫆身子被搂得死死的，双臂酸麻，当即跪下身子，身体前贴，双肩发力，胯、腰一拧，来了个抱腰过肩摔，但她没想到喜王竟然纹丝不动，伸出触条反而将唐嫆缠住倒提了起来，另一条触条“嘶”的一声要插进唐嫆的嘴里。唐嫆眼疾手快，双手抓住了触条，但是，触条还是在向前推进……

更多的虫人正在破茧而出，靳柯与三胖背对着背，挥刀砍杀这些虫人。偏在这个危急关头，子弹打光了，靳柯看到远处的唐嫆有生命危险，急得满头大汗，冲她吼道：“千万别让触手插进嘴里！”随即甩出斩鬼刀射向喜王的头瘤，一击即中，救下唐嫆。

三人会合一处，挥着武器往外冲去，也不知道推倒、撞飞了多少虫人，只是奇怪后面没有动静。

靳柯回头看去，只见喜王站在大殿之中，它紧握的双手突然摊开，只见手里各握着一粒黑得发亮，极似眼球的珠子，正是笔记中提到的瞳玉。瞳玉发出毫光，将整个玄宫照得如同白昼。唐嫆突然跟着震动起来，她的背包抖个不停，靳柯正想捂紧，谁知道包扣崩开，阴阳螭从背包扣隙里跑了出来，飞向喜王。

喜王接住阴阳螭，装上瞳玉，毫光千丈，阴阳螭快速旋转，两龙在内游动，宛如一个光环，悬浮在他的头顶。

大殿内仿佛七级地震一般，地板裂开，殿内众人一阵摇晃，前仰后倒，靳柯抱住殿中圆柱，才控制自己不被摇晃。

震动在继续，沙土纷纷扬扬，墙体裂开，宝山的珠宝轰轰地向下倾斜，他和唐嫆滑得跌倒在地。

头悬阴阳螭的喜王身体突然变得绯红，全身上下包括手臂、大腿等都长出触角，像一个八爪章鱼，带着倒刺的触手向三人卷来。

就在这时，门口突然出现罗驼子一伙人，他们火力充足，不待罗驼子发令，便已开火，子弹悉数打在喜王身上。喜王嗷嗷后退，头上的阴阳螭转速变慢，光芒黯淡了下来。地面不再震动，墙体停止倒塌，众人这才知道，只有夺到阴阳螭，才能阻止墓室坍塌。

一直不避子弹的喜王此时身形如鬼魅，在地上、墙上乱爬，它躲避着罗驼子他们的扫射，身上的十多条触手激射出去，其接触端是那些贴着墙壁的数十个茧球。茧球震动，里面的虫人眼睛大睁，仿佛通了电一样，拼命咬着茧皮，一个个从茧里跳了出来，张开獠牙咬向众人。

靳柯三人边逃边宰杀虫人。而罗驼子却指挥手下冲锋，攻到喜王身边，抢夺阴阳螭。豹子在火力的掩护下，瞄准喜王头顶的阴阳螭，子弹射过，正中靶心，但是没想到阴阳螭没有打落，反而将子弹原道弹了回来，差点儿要了豹子的命。

喜王用触手绑了四个卵球，将身体四周严密地挡住，一边用触手甩打罗驼子他们，一边冲向唐嫆。他的目标，好像就只有唐嫆一人。

罗驼子他们步步后退，退到了靳柯、唐嫆三人的队伍中。

一名打手钻过喜王胯下，举枪正要扫射，突然胸膛洞穿，身上多了条触手。这条触手方向一转，从天而降，竟然落到唐嫆头顶，将她整个人吸了起来。唐嫆拿出匕首要割断触手，却又有两条触手伸出，将她的胳膊吸住。

喜王头顶的阴阳螭旋转了起来。地面又恢复了晃动，墙皮在剥落，露出了坚硬的钛金。靳柯捡起死者的枪，对着触手一通扫射，打断了一只触手，正要再接再厉。突然地砖裂开，露出黑色的地板，靳柯手中的枪“呼”的一声，被吸在黑色地板上。

靳柯再去看其他人，他们也是一脸震惊，武器纷纷脱手，两个打手身上背着的火焰喷射器还没用上，也被吸到地上，拉也拉不起来。

这黑色地板竟然是一块巨大的强力磁铁。

第三十七章

蜕 变

喜王触手里伸出三根尖针，扎破了唐嫆的胳膊，血液通过绿色的触手管道，快速向喜王身体流去。

喜王的身体膨胀起来，铠甲崩掉，带着女性阴柔的洁白皮肤渐渐剥落，翻出红色的肉，红肉长出釉质皮层，光滑黏湿，极似蝓指虫的皮肤，而两乳间的尸斑，有一块慢慢由灰黑变成红色。

众人都看呆了，没了武器，慌作一团。

靳柯仰躺在地上，他最先以为那触手是生殖器，没想到却是抽血提取DNA。靳柯像掀翻的乌龟，在地上乱蹬。他好不容易解开背包带，抽身而出，爬起来伸手去拉紧吸在黑地板上的斩鬼刀，可怎么拽也拽不出来。三胖爬起来冲他喊道："没用！"

靳柯突然注意到，喜王有一只触手正按着墙壁的一个把手，那也许是磁铁的机关。他招呼三胖一边躲避着虫人和触手的攻击，一边拿那些地上的珠宝砸喜王，扰乱它的注意力。但是他们势单力薄，根本没法冲过防锁线。

罗驼子站在宝山顶上，居高临下，俯瞰战局，此时也注意到了靳柯的意图，指挥手下抢攻扳手。

豹子抓起带锐角的纯金兽雕，拿它当武器冲到靳柯和三胖旁边，他狠砸喜王的触手，掩护靳柯两人向前冲去。其他几个打手也纷纷冲上前为两人开道，他们拳脚更犀利，来一个虫人便给扭断一个的脖子。

冰炭不同炉的两伙人为了夺回武器，同仇敌忾，共同抵抗强敌。

饶是如此，虫人实在太多，靳柯他们还是无法突围。

那个不起眼的黑色棺材突然像发动机一样隆隆作响，金字塔深处也传来轰鸣，震耳欲聋。穹顶土石乱掉，宝山倾颓。罗驼子从宝山上摔下来，回头看了一眼那将要塌掉的大门，冲手下吼道："门就要堵住了，再不拿下，大家都要死在这里了。"

靳柯扭头看了一眼唐嫆，只见她那只胳膊抖个不停，嘴唇发乌，两眼翻白，眼看着坚持不了多久了……

靳柯脸上一阵悲哀，难道要把唐嫆留在这里？三胖砸飞一个虫人，对靳柯喊道："跑吧，我们快跑吧！"

靳柯坐倒在地，汗水顺着他的头发往下淌，视线模糊了，每个人恐惧的声音都在往耳里灌：三胖的嗓子喑哑发紧，打手们狂奔的脚步声杂乱失措。靳柯甩掉满头汗水，猛地推开三胖："你先走！"

"你呢？"三胖声音发颤，扭头看了一眼唐嫆，强行要将靳柯拖走，"她快死了！你醒醒！"

"你在沼泽里也说过这样的话！"靳柯一拳打到三胖的脸上，"给我赶快滚！"

三胖咬了咬牙，"你不走，我也不走！小时候你就欠我一条命，现在再欠一条。"他捡起地上一块棱晶状的金红石，棱角锋利，如三棱刀，"一条命五千万，你欠我一个亿！"

靳柯也抓起一根金红石，突然他的目光被地上的矿泉水瓶吸引，脑中灵光一闪，抓起瓶子冲三胖喊："快用尿，用你的尿！"

三胖猛然醒悟，接过矿泉水瓶便开始撒尿。但在这节骨眼儿上，一肚子水早变成汗了，哪里还有尿。三胖也不含糊，抄起水瓶里的水猛灌了起来。虫人可不管三胖，照样追咬，三胖满头大汗，一边狂喝水，一边兜圈跑。晶状金红石是最好的三棱刀。靳柯横劈竖斩，在他的掩护下，三胖终于喝完水了，但对着矿泉水瓶他就是尿不出来。

三胖急得一把扔掉瓶子，直接对着手撒起尿来。他是肉手，手指间没有缝儿，接尿正好合适，终于挤出一捧尿。靳柯赶紧接力，伸手接尿，一股脑儿将尿液全泼到触手上。

触手顿时被灼得“吱吱”作响，冒出白烟，缩了回去，喜王怒叫着，用所有的触手去卷靳柯。靳柯接住唐嫆，躲过虫人的扑咬，闪过触手，背着她转身就往外跑。三胖见他吸引了所有的兵力，一不做二不休，冲到喜王身后，拉下了墙壁的扳手。

只听“嗡”的一声，地板的磁力消失了。三胖拿起火焰喷射器，对着喜王一阵猛烧。喜王全身着火，痛得触手全缩了回来。

罗驼子听到这边的动静，一声令下，打手们狂喊着跑了回来，捡起地上的武器对着喜王一通扫射。两名虫人突然倏地吸到喜王身上，挡住了所有子弹。罗驼子趁机上前去抓阴阳螭，只见他抖着手“哇”地惨叫，滚烫的阴阳螭将他的手心烙出两条龙的烙印。

“门塌了，快逃！”靳柯喊道。三胖捡了一大把武器，跟着跑出去。

烧得全身发黑的喜王突然站了起来，它头上的阴阳螭再次闪出夺目的光辉，他身体受损的部位以肉眼可见的速度在愈合，身上的触手乱挥，像无数腾空而至的蛇，紧追着众人。

豹子架住罗驼子，向外狂奔。只这一会儿的工夫，大门只剩下不到三十厘米的豁口，豹子开枪扫射喜王，掩护罗驼子和三名雇佣兵钻出大门，他刚钻了出来，突然一条触手伸出，牢牢卷住他的脚。豹子正要抽刀砍断触手，那触手却已经将他拖回玄宫之内，十多条触手猛地全部插进豹子身体。

豹子狠狠吐出一口血，拉开了手中的手雷，正要扔出去，身子却如断了线的风筝撞到大门上。只听一声巨响，手雷爆炸，豹子化为血雾，大门倒塌。

门外。三胖追上靳柯，拿着枪开道。虫道里的卵茧不停地发出沙沙声，许多虫人破茧而出，扑咬众人。罗驼子一伙四人，跟三胖一起战斗，虫道里血肉横飞。

只是虫道太滑，一伙人走的是上坡路，步伐一快就容易摔倒。

眼看着虫人纷纷跳茧而出，紧追而来。靳柯放下唐嫆，脱下外套，大伙儿都跟着脱，三胖收起所有人的外套，领头将外套垫在地上，隔两米抛一件外套垫地，最后一名雇佣兵通过后，将外套全部收起，再传给三胖，以此往复。不久，一伙人终于走出虫道。但是虫人拦截花费了太多时间，喜王的怒吼声已越来越近。

一行人穿虫洞、过献宝殿、登鬼乐阶……终于来到金字塔神庙，刚扳开石门，没想到神庙外聚集了上百只王后，都是从漏斗洞里飞出来的，见到众人蜂拥而上。

由于是近身围攻，众人都抡起工兵铲，左右前后乱拍一气，伴随着金字塔崩塌的巨响，到处都是王后骨断的脆响。众人边打边跑下石阶，身后追着王后和七根巨大圆柱。众人吓得魂都飞了，只怪爹妈没有多生两条腿，拼命狂奔，但是圆柱来势太急，众人肩碰着肩，脚踩着脚，拥成一团，最后学着靳柯抓住石阶旁边的藤萝，躲过滚石。

靳柯背着唐嫆本来就已经很吃力了，这时单手挂在藤萝上，更是没有办法抵御王后的包围，幸好三胖从旁边援助，才没有陷入绝境，但也是险境环生，只盼着圆柱快点儿滚下去。

挨着靳柯的一名雇佣兵被王后钻进体内，顿时狂性大作，反而赶咬靳柯，三胖伸腿将他绊倒，只见他惨叫着从三十多米的石阶上滚下，被紧跟而到的圆柱碾得骨断吐血而亡。

金字塔发出齿轮的急速转动声和马达的巨响，晃动得越来越厉害，一时巨石乱滚，尘土漫天，金字塔里面的东西正在组装合体，点火启动，欲破土而出。

众人大骇，眼看附在塔壁的青藤纷纷断裂，忙跳回石阶，一路连跑带滚疾驰而下。石阶突然坍塌，众人想也没想，直接跳了下去。

靳柯跌跌撞撞，他重心不稳，着地摔倒，背上的唐嫆也在跌撞中悠悠醒来，回首一望，金字塔外墙已经脱落，露出圆盘状机械体，缓缓腾空，离地将有两米。喜王率领数百虫人已在塔顶，正往下追赶而来。

唐嫆心中一惊，已完全清醒过来。她手臂上有几处笔芯那么大的眼儿，被喜王抽了血，但并不碍事。只听“扑通”一声，靳柯已背着她随众人跳进了水潭。她看见靳柯所过之处，水面被染红，不由得大为感伤，又见他在玄宫没抛弃自己，心里感动，突然搂紧了他的脖子。

“你醒过来了，还好吧？”

唐嫆没有说话，她闭着眼睛把脸紧贴到靳柯的脖子上，深深吸了一口气，享受着这片刻的美好。

唐嫆突然拍了下靳柯，靳柯不由得疑惑回头，托住唐嫆臀部的手就松了。唐嫆推开他的手，跳了下来。

“快上来！”

唐嫆朝靳柯微微一笑，语气却是毋庸置疑的坚定：“身上只是打了几个小孔，我能行！”

众人蹚水来到崖底，都不敢回头看一眼，只顾扯着青藤奋力往上攀爬。

这个时候，天空乌云密布，狂风大作，金字塔外墙完成解体，从中浮出椭圆形飞碟，正喷着火舌，缓缓上升。

喜王已到峭崖底下，他头顶依旧悬着阴阳螭，发着金黄色的光，阴阳两龙以太极阴阳鱼之形，飞速旋转，双睛射出嗜血的红光。

喜王身上的十多根触手，每根长达两米，紧抓着峭壁，用力一跳，身子便上蹿两三米，很快便接近攀爬在半山腰的众人。

更不妙的是，半山腰斜刺里突然爬来黑齿蚁和蝓指虫大军，它们密密麻麻围堵了过来，后面喜王带领着王后也飞速追上，堪堪几步之遥。

众人心中凉了半截。武器再厉害，子弹也有打光时；身体再能拼，力气也有衰竭之日。到时，不是死在蝓指虫、黑齿蚁和王后之口，就会死在喜王的爪牙下。

唐嫆对靳柯说：“我去引开它们！”

靳柯抓住唐嫆的手，摇头。

唐嫆一脸冷峻：“它们为我而来，我不能害得大家都丢了性命！”

靳柯还要阻止，突然，一支枪顶住了靳柯的脑门儿，旁边的罗驼子恶狠狠地瞪着靳柯：“让她去，不然我先一枪打死你！”

三胖把枪口对准罗驼子，却被雇佣兵们用枪指着。

靳柯久久凝视着唐嫆，将斩鬼刀交到她手里。他嘴唇动了动，似乎想说什么，但最终一个字也没有说出来。

唐嫆冲靳柯露出一个惨白的笑脸。她双腿一蹬崖壁，身子一摆，荡着青藤到了空中，伸手抓住了另一根青藤，向着黑齿蚁、蝓指虫冲来的方向而去。

唐嫆找到一块踏脚的平台，将青藤缠绕在身，左手兵工铲，右手斩鬼刀，准备死战，但是蝓指虫与黑齿蚁只是将她围成一圈，并不进攻，它们“吱吱”叫着，仿佛在等谁的命令。身下青藤乱响，喜王用触手吸住崖壁，跳到了面前，身子悬在半空，被斩断的触手又长了回来，十多条触手在唐嫆身前群蛇乱舞，张牙舞爪。

两人就这样面对面盯着。那菜花一样的头瘤虽然没有五官，但唐嫆感觉到它在打量自己。唐嫆毫不退缩，与它对视，余光却看到靳柯他们快接近崖顶。她尽量拖延时间，问道：“你到底是人是虫，你要找我，直接冲我来，为什么对我妹妹下毒手，为什么害死我父母！”

喜王却没有理她的话，肚脐伸出触手吸住了她的腹部。唐嫆等的就是这个时候，工兵铲和斩鬼刀齐挥，先斩断肚脐触手，接着斩断那两只吸住崖壁的触手，本以为喜王会掉下去，没想到它的动作远比自己想象的还要快，另外又有触手固定在崖壁上。

喜王又伸出三只触手，分别吸住唐嫆身体各个部位，将她悬空举起，正要伸出触手插进她的胳膊，崖顶突然传来大喊声，接着一股腥臊味儿扑鼻而来。唐嫆听到喜王的惨叫声，睁开眼，发现喜王全身冒着白泡。

喜王的触手一松，唐嫆站立不稳，几乎要掉落悬崖，突然空中垂下一根粗绳，靳柯的声音传了过来：“快抓住！”

唐嫆刚一抓住，就感觉到一股大力将她直接往上提。不一会儿，便已到了崖顶，只见罗驼子等人手拿着一个矿泉水瓶子，正往喜王身上洒着尿液。

喜王狂叫不已，它胸口本已黯淡的尸斑，又加深了几许。此时它狂性大发，脖子上的头瘤发出刺眼的红光，突然头瘤破裂，长出黏湿滑溜的绿色虫头，虫头两侧裂开，露出碧绿的复眼，下面出现一个窟窿，长出八瓣卷牙和角质齿舌，齿舌生满倒刺，卷牙弯如钩刀。

抓着绳索上升的唐嫆突然发觉背包抖动，好像有什么东西要从里面飞出来。

她扭头一看，发现在祭殿中找到的那颗青玉头骨飞向喜王，正好戴在它的虫头上，青玉头骨突然被烤软了，像奶油一样覆盖在它头上，完全融合了进去，不一会儿，喜王头顶上长出两根向后弯去的鹿角。

喜王身上起泡的皮肤脱落，露出绿色的虫体。原本的双手突然变成一米多长的骨翅，双腿跟躯干融成一体变成色线环绕、边缘卷起的尾鳍，十多条触手，除肚脐那两根没有变化之外，其他的都粗了一圈，吸盘变成带刃的尖利的梭标，它朝天咆哮一声，振动双翅冲向崖顶……

第三十八章
爆 炸

天际风云变动，电闪雷鸣，乌云翻腾，旋涡滚涌，黑色龙卷风跟着飞碟，飞向喜王头顶不远处。

崖顶上靳柯震惊不已，他和三胖拉起唐熔，跟上罗驼子三人向原始森林狂奔而去。

“森林尽头有大瀑布，我们冲出森林就能逃出去。”靳柯大喊道。

众人听了精神大振，跑得更加卖命。

林中树木成片倒下，在天空飞的喜王轰然落地，阻住了众人去路。

大家举枪扫射，还没扣动扳机，枪掉了，身子悬到了半空中，三胖举起火焰喷射器，刚喷出火舌，火焰喷射器便摔落在地，他也被触手卷起在空中。喜王融了青玉头骨之后，其速度比之前快了一倍。

落在最后的罗驼子眼睛一闭，往地上一躺，突然晕死过去。但他装死也难逃此劫，一条触手也将他卷了起来。

靳柯护着唐熔躲在巨树后边，触手卷了过来，巨树半中折断，树干把唐熔甩到了一边。祖母绿戒指从口袋里飞了出来，落到喜王脚下。

唐熔掉转头冲向喜王。靳柯在后面追着：“你疯了！”

“我的戒指，不能丢！”唐熔不要命地冲到了喜王的触手面前。

靳柯震惊了！他眼睁睁地看着唐熔在地上翻滚，躲避着触手的追击。

她惊险万分地冲到喜王脚下，抓起了地上的祖母绿戒指。然而，触手也将她缠了起来。

你个傻女人！靳柯脑门儿的青筋顿时暴了起来，他冲上前，抓起地上的MP5，射向触手，救了唐熔。靳柯边射击边把唐熔挡在身后：“你快跑！”

“你呢？”

“喜王的目标是你，只要你跑掉了，我们都会没事！”靳柯用力把唐熔往后一推，冲了上前。

唐熔却执拗地跑了回来。“不行，要死我们……”

她话还没说完，身子就不能动弹了，下一秒钟，身子已到了空中。与此同时，她看到MP5飞了出去，靳柯也被碗口粗的触手拦腰缠住，悬在半空。

蝓指虫及王后、黑齿蚁都涌了过来，但此时喜王大功告成，它们又恢复了宿敌的本性，相互厮杀起来。数十个虫人将喜王围成一圈，静静等待。

喜王触手中的尖针刺进唐熔腿内，红色的血液经过触手汩汩涌进它的身体，它仿佛赞叹了一声，享受着血的重生。

血液“嗞嗞”流动，顺着触手管道进入体内，喜王似乎非常享受，它仰起了头瘤，就像仰起头一样，尸斑慢慢变淡，身体的另外几只触手在空中亢奋地舞动。这是难得的美妙时刻。而那些虫人也保持着跟它一样的姿势，闭着眼，非常享受。

唐熔的目光开始涣散起来。那些远古的景象又在脑中闪了起来……画面一帧接着一帧。画面清晰有力：

椭圆状的飞碟穿过云层，发出巨大轰鸣，它的轮廓渐渐清晰，菜碟那么大眨眼间变成一座巨大的山。

中美洲原始丛林的土著人穿着兽皮，拿着标枪，仰头看着这个天外来客。当飞碟落下时，他们眼睁睁地看着飞碟巨大的阴影压在他们惊恐的脸上。

舱门打开，走出戴着氧气罩的两名外星虫子。他们此时呈现的是人的形状，全身绿色，双腿走路，手臂、大腿都长着蛇尾巴那样的触条，手里捧着“水晶球”，对着空气转着身子，好像在测量着这个星球的气温、湿度和空气质量。

一名首领模样的土著人扔出标枪，将外星虫子的氧气罩打落下来，外星虫子咳嗽起来，他倒在地上，接着身体开始融化。

另一名外星虫子双手一招，飞碟里爬出无数条黑色蝓指虫，冲向恐慌中的人群。

接着脑中画面又闪到另一幅场景。坐在高台上的外星虫子，接受着土著人的跪地膜拜。外星虫子说着什么，但土著人却一脸茫然。外星虫子站了起来，指着底下一名孕妇，招手让她上台。外星虫子给她喝一瓶绿汁，那名孕妇很快诞下了一名男婴。

男婴长得很快，长到一米高时，他就已经站在外星虫子身边，高台上的外星虫子说着什么，他在旁边翻译着。底下的土著人连连叩首。

土著人给男婴戴上羽毛冠，佩上法杖，男婴成为第一代巫师。他把外星虫子教授的文字，再教给土著人。这些土著人欢呼着在地上画着两个象形文字，“玛雅”成为他们种族的名字。

接着，巫师又教给玛雅人天文、历法、算术、几何、建筑等知识，在热带雨林中，一条条复杂的地下供水管道纵横交错，一座座宏伟壮观的平顶金字塔拔地而起。

外星虫子来地球只是为了传播文明？唐嫆脑中刚闪过这样的念头，画面又变了，那些为观测天文而建造的金字塔，塔底出现大大小小的瓶瓶罐罐。每个瓶罐中放着扭曲的尸体，蝓指虫在里面大快朵颐。旁边的实验台上，放着装着各种颜色液体的试管、切成两半的各体型的蝓指虫以及女人、男人、老人、小孩儿的头。

一个少女被带了进来，外星虫子把红色蝓指虫塞进她的嘴里。少女倒了下去。

外星虫子抓了一条红色蝓指虫，扛着少女来到另外一个实验室，透明的玻璃床上躺着无数的尸体。外星虫子把少女放进其中一个空床上。

然后，拿针管抽取了她的血液，注入红色蝓指虫的身体。蝓指虫长出了一对短短的翅膀，外星虫子露出了微笑。

外星虫子培育出大量长翅膀的蝓指虫子，把它们装进飞碟，就像喷洒农药一样，喷洒在热带雨林中。地球成为它们的狩猎场。

东渡而来的攸侯喜军团攻克了玛雅城邦，发现了外星虫子的秘密，用尿液抓住了他，并把他挟持到了中国。

外星虫子不肯就范，但是，无意中发现攸侯喜手中有同类的飞碟控制器——阴阳螭，便"帮助"攸侯喜找到了埋在长白山之下的破损的飞碟，并教他怎么修复。与此同时，攸侯喜的貊咒之术让外星虫子的儿女进化了，蝓指虫变得更强大，长出了弯牙和三对骨翅。它们能钻进猛兽身体内，增大猛兽的体形，影响猛兽神经中枢接收的信号。

而所有信号的信号源，就掌握在他手里。猛兽军团的数量越来越多，而这么一支庞大的军队，只听命于他一人。

攸侯喜为了控制外星虫子，他把装着尿液的羊皮袋用链条锁在虫子的脖子上，一旦发现他有异心，便射破皮袋。

外星虫子受此奇辱，当夜统率猛兽军团夜袭攸侯喜。战争十分惨烈，攸侯喜本来用于攻打西周的精锐之师一夜之间全军覆没，猛兽军团也死亡殆尽。

攸侯喜趁外星虫子夺到阴阳螭的狂喜之中，偷偷射破皮袋，但是，外星虫子非常凶悍，在"临死"之前也重创了攸侯喜。

时日不多的攸侯喜将金字塔改造为陵墓。攸侯喜知道外星虫子愈合能力很强，要不了多久便会重生，命人剁碎外星虫子，利用貊咒的连体咒术将外星虫子和自己葬在一个棺材，希望借着外星虫子强大的再生能力，获得重生。

但是，人算不如天算，半途却杀出个程咬金。

那些建筑陵墓的工匠都被杀死陪葬，其中一名工匠躲在"逃生通道"里，躲过了这一劫。他见了墓中惨死的人，十分愤怒，撬开喜王陵墓，割下了他的人头，并把棺盖扔到一边，让他的尸体早日腐烂。

外星虫子本来在封闭的陨铁棺内，氧气微弱，必死无疑。工匠泄愤之举，虽然“杀”了攸侯喜，却阴差阳错救活了外星虫子。外星虫子雌雄同体，干细胞丰富，再生能力十分强大，此时见了空气，组织细胞开始恢复。

但是，外星虫子受伤太重，只能寄生于人。经过漫长的岁月，虫体DNA终于跟攸侯喜的DNA完美结合在一起。只是，攸侯喜的头被工匠带走之后，造成了某些遗传密码的缺失，因此，外星虫子虽然早就活了过来，但走不出古墓。他只有等待，等待攸侯喜的后人，提取他们的DNA，匹配自己的……

脑中的景象明确地告诉了唐嫆一个事实：她就是攸侯喜的后人，自己的父母祖辈及妹妹的DNA都是外星虫子试验提取的对象，而且真正能完全匹配的只有自己的DNA。

一旦匹配成功，外星虫子将会用阴阳螭控制飞碟，将随着他而进化的蝓指虫撒遍全世界，到时，他就是地球唯一的主宰！

这个意念同时也传达到了外星虫子脑子里。

唐嫆此时感受到了外星虫子的快意，身体竟然放松了下来，也不觉得有任何痛苦，她的脸上竟然还带着微笑，好似受了蛊惑一般。

与此同时，靳柯、三胖、罗驼子和手下身上的触手却在渐渐收紧，每人骨头都被挤压得发出“咯咯”的声响。一个打手惨叫着，五窍流出血，触手一紧，空中爆出血花，整个人瞬间成了碎肉；接着是第二个打手被触手五马分尸；第三个，轮到了靳柯……

惨叫声把唐嫆惊醒了过来，她涣散的瞳孔慢慢聚在一起，她看到了靳柯脑袋颤动，脸呈猪肝色，眼球鼓起，脸上的皮肤肿得老高，眼见着身体就要爆裂。

唐嫆突然腰部一振，双腿弯起，踢向触手，与此同时，靴底上的尖刀自动触发，割破了触手表皮。就这一缓，喜王没有空儿去绞碎靳柯，转而伸出另一条触手吸住唐嫆的腿。

唐嫆明白，她与眼前的喜王连成了一体！唐嫆从靴筒拔出匕首，用牙一咬，突然刀尖转向，插进自己的胸口。

与她相连的喜王身体竟然出现一个同样的窟窿，流出绿色的血液，喜王痛得大叫，触手全部脱落。

唐嫆忍着剧痛，在密林中翻滚，躲避着喜王暴怒中的触手，她捡到火焰喷射器，火焰喷向四周的树木。夏末秋初的天气本就干燥，又是正午，林木触火即燃，很快蔓延成一片火海。

靳柯肿起的皮肤慢慢恢复正常，他狠狠喘着气，平复刚才窒闷的感觉。他看到地上竟然有浮石，便拿来将它护在衣服下面作为防弹衣，抓起斩鬼刀和一支枪，冲向喜王。

触手又卷了过来，靳柯身子一纵，紧紧抱住了触手，用身体浮石硬挡了其他触手的两次穿刺，滚到喜王近前，将冲锋枪的子弹悉数打进喜王身体。喜王痛得狂呼乱吼，口中尖牙向靳柯咬来。

靳柯正待它靠近，踩着触手，腾空而起，将斩鬼刀直戳进它的嘴里，然后缩臂紧贴于胸，用全身的力量将刀把一顶，斩鬼刀透过喜王喉咙，穿过脑袋，刀尖透肉而出钉于地上。

“小心！”唐嫆大叫。

靳柯本能地闪避了一下，但还是晚了，一条触手虽未刺中他，却也将他甩到远远的树上，他顿时晕死过去。

唐嫆挡住喜王的道路，用火焰喷射器向它喷火，阻止它进一步攻击靳柯。

喜王拔出嘴里的斩鬼刀，它的伤口在愈合，速度十分快，眨眼间便恢复如初。

经过数次变身的喜王十分强大，竟然不躲不闪，沐浴大火，它的身体在火中由肥胖而瘦长，暴长成十八米，身体更具流线型的速度感和美感。它的皮肤更为鲜绿，长出绿光闪闪的贝壳状鱼鳞，腹部四侧裂开，伸出四足，足下是五只爪子，在空中扑打的骨翅“啪啪”作响，竟然长出丰满的羽毛……

它仰天长啸一声，撼天动地，林中回音久久不绝。它经受住大火的洗礼，涅槃重生了！

它用爪子抓住唐嫆，一条触手直接插进她的肚脐……鲜血哗哗地通过触手流进喜王体内。再次蜕变后，它吸收鲜血的速度更快了。

唐嫆脸色苍白，头晕目眩……失去意识前一切的症状都出来了，但是，唐嫆却对火焰带给喜王的蜕变熟视无睹，她依然咬牙举着火焰喷射器，继续向着喜王喷火。

火焰持续了一分多钟便因油料用尽而熄灭。

唐嫆再也握不住火焰喷射器了。

唐嫆像临死前的回光返照一般，她满面红光、瞪圆双眼，看着喜王把她带到空中，飞向正缓缓驶来的飞碟。

风卷残云，阴霾尽扫，天空晴空如洗，金色的阳光刺得人睁不开眼。唐嫆微笑着，等待着最后时刻的来临……

林中树木烧毁，阳光直射了进来，暴晒在喜王身上，喜王鸽蛋大的复眼猛地紧缩，在阳光下，它竟然露出一丝恐慌。喜王大口喘起气来……

距离百米的林外，三胖与罗驼子正拿着武器对抗着虫人的袭击。他们身染鲜血、遍体鳞伤，两人相背而立，错动脚步，转着圈子，紧盯着虎视眈眈的虫人们，准备打退下一波狂风骤雨般的袭击。

为了保持意识清晰，唐嫆把嘴唇咬得不停流血，她含着血微笑着。

喜王振动翅膀向飞碟飞去，但它吸进的空气量越来越多。一开始它飞得很快，接着慢了下来，它终于踏上飞碟伸出的长台阶，但身子摇晃得厉害，突然在接近舱门时摔了下来。

唐嫆利用火焰喷射器先让它膨胀，它的身体越大，吸进的空气越多，吸进的毒气也越多。空气，也是喜王的克星。喜王果然只能依靠最纯净的氧气生存！

一切事物都遵循着阴阳相生相克，相辅相成的规律，这是你教给我的……唐嫆拔出身上的触手，滚到了一边。她感到极度的困倦，慢慢合上了眼睛。

喜王痛苦地挣扎着，愤怒地咆哮着，爪子将地面抠出深深的痕迹，但这一切都无济于事。它身体的颜色由光鲜慢慢变得黯淡，接着身上的肉一块一块地腐烂，直到慢慢消融。它头顶上悬着的阴阳螭突然撞向飞碟，天空出现一个大火球，带火的碎片坠落地上，化为灰烬。灰烬中，阴阳螭转动的双龙渐渐停了下来，血红的双睛渐渐失去光彩……

扑咬三胖与罗驼子的虫人都惨叫着，身体直至化为脓水。

交战中的黑齿蚁与蝓指虫死伤大半，它们似乎是没有了寄主，似乎是被爆炸声和虫人的惨叫声吓着了一般，仓皇而逃……

爆炸声和惨叫声惊醒了靳柯，他抬头看到喜王最后的下场，露出八颗牙招牌式的微笑……

三胖扶着罗驼子，向着靳柯走了过去。

唐嫆朦胧醒来时，不知身在何处。她睁开眼，看到自己躺在柔软而温暖的床上。周围有泥土的气息和花的芬芳，还有小孩儿的嬉闹声和鸡鸣狗吠声。

靳柯开门走进，手里端着一碗热气腾腾的汤。靳柯告诉唐嫆这是螳螂村李老汉的家，吹了吹，把汤递给她。

唐嫆喝了一口便皱起了眉头，有些像蝓指虫的味道，一股土腥味道让她恶心得难受。唐嫆把碗放到桌上，不肯再喝。

“我亲自熬的，喝完它。”字面是命令，语气却极为温柔。这是男人对心爱的女人的关切。

尽管汤的味道很重，但是唐嫆挣扎地坐起来，捏着鼻子，把汤灌进了胃里。

靳柯说：“这汤是用蚁粉和草药熬的，罗驼子给的配方。罗驼子在盗一座周代古墓时，得到一份古帛，里面就记载了将黑齿蚁磨成粉，熬成汤能除去身上的阴阳螭图案。”

“罗驼子为什么告诉你这些？”

“因为我把阴阳螭送给他了。”

唐嫆脸色微变，仔细地观察靳柯，看他是不是在说谎。

靳柯却对她眨了眨眼睛，笑着说：“找到阴阳螭时，瞳玉已经不知道掉到哪里了。所以，罗驼子拿到的只是未点睛的阴阳螭。”他接着说，“三胖和罗驼子都在外屋，虽然受了伤，但身体没什么大碍。我们都活着。”

“我们俩可以活得更久。”

靳柯沉默。

“出发前，我收到两封神秘邮件，也许你有兴趣看看。”唐嫆将靳教授匿名发的邮件打开，把手机递给了靳柯。

靳柯看着邮件，一封是全球包括哈佛、牛津等病毒研究院发出的检查报告，这封报告他看过，说他只有十年寿命。靳柯意识到了什么，打开了另一封邮件，标题写着“我走了，请照顾好靳柯”。标题下的内容是爷爷把靳柯托付给唐嫆的恳切之辞……显然这两封邮件是同一个人发的。靳柯本来以为对自己的感情隐藏得很好，原来爷爷早就察觉了。

靳柯把手机还给唐嫆。

唐嫆拿住手机时，轻轻地握住了他的手。她掏出祖母绿戒指递到靳柯面前，凝视着靳柯，目光充满期待：“你愿意吗？”

靳柯盯着戒指。他看到了陷没泥沼前一脸失望的唐嫆，一口咬住王后智慧勇敢的唐嫆，吹着手指不断翻动滚烫戒指的唐嫆，不顾性命要从喜王脚下捡回戒指的唐嫆……他也看到了笑靥如花的罗青，看到了睫毛扑闪着的罗青，看到了轻抚着戒指摘下戒指的罗青……

“什么愿意？”

唐嫆缩回手，紧紧抓着戒指，那戒指都快要把手掌硌出印儿来。唐嫆别过头，望着窗外无尽的黑暗。

你是八牙。你是靳大仙。你以前的洒脱到哪里去了？罗青都希望你幸福，你怎么还放不下？靳柯站起了身子，向门口走去。“乌云终有散去的一天，黑夜终有曙光初现的一刻，一切都会过去。”这是爷爷在邮件里告诫两人应该互相体谅的话，这一句话用在现在却是如此贴切。靳柯站在门槛上，踏出这个门，他可能永远都进不来了。

门外，李老汉和王大婶坐在矮凳上，正在摆弄着摞成一堆的大头菜，剥皮腌制。

“大头菜没芯的才好吃。”王大婶说。

“有芯的才好，谁见过没芯的。”

……

靳柯听着老两口琐碎的交谈，突然听到冥冥中的声音：只有循着你的心才好。靳柯犹如醍醐灌顶，心胸豁然开朗。

靳柯折返而回，凝视着唐嫆。

“我当然不愿意。现在你是病号，应该由我来照顾你！”靳柯一把拉过唐嫆的手，握紧，“它是你的了！”

唐嫆手里握着戒指，她感觉到了戒指的温暖和质感。戒指刚才还只是一块冰冷的长着奇怪形状的铁，而现在却是一颗温暖、柔软、甜蜜的心。唐嫆脑袋晕晕的，突然而至的快乐和幸福充满了身体，从她的眼里溢了出来。

村庄笼罩在薄薄雾霭之中，宁谧安详。太阳西下，家家户户点起了灯光，院外的三胖和罗驼子坐在矮凳上聊天儿，不时拍打讨厌的蚊子。靳柯突然走了过来，脸上露出八颗牙招牌式的微笑。唐嫆拿出一壶酒，笑着放在桌上，酒香充溢在院子的每个角落。

（完）